JN074789

天開の図画楼

雪舟等楊御伽説話

雪舟の足跡

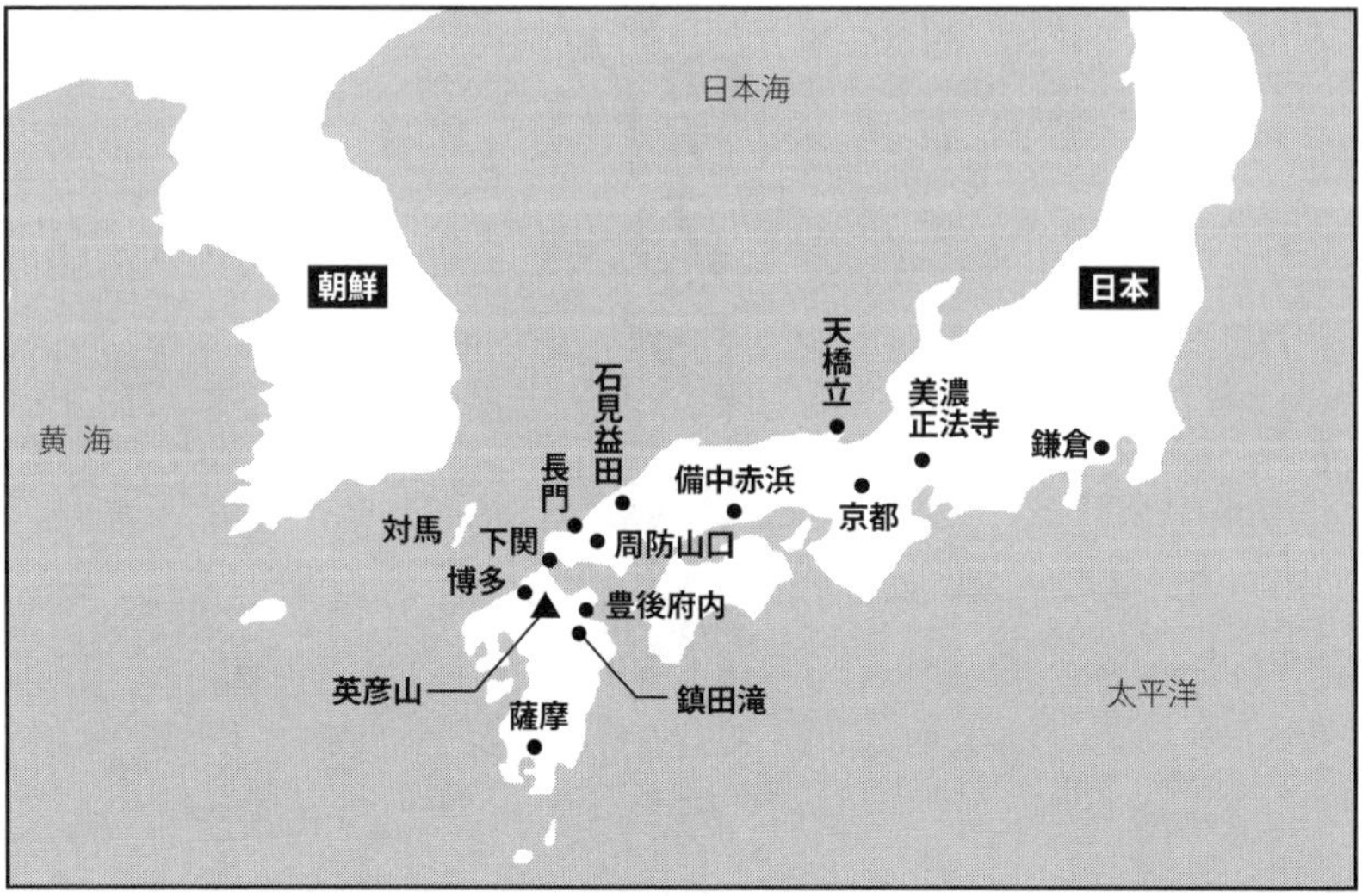

日本海
朝鮮
日本
黄海
天橋立
美濃
正法寺
石見益田
鎌倉
長門
備中赤浜
京都
対馬
下関
周防山口
博多
豊後府内
英彦山
鎮田滝
薩摩
太平洋

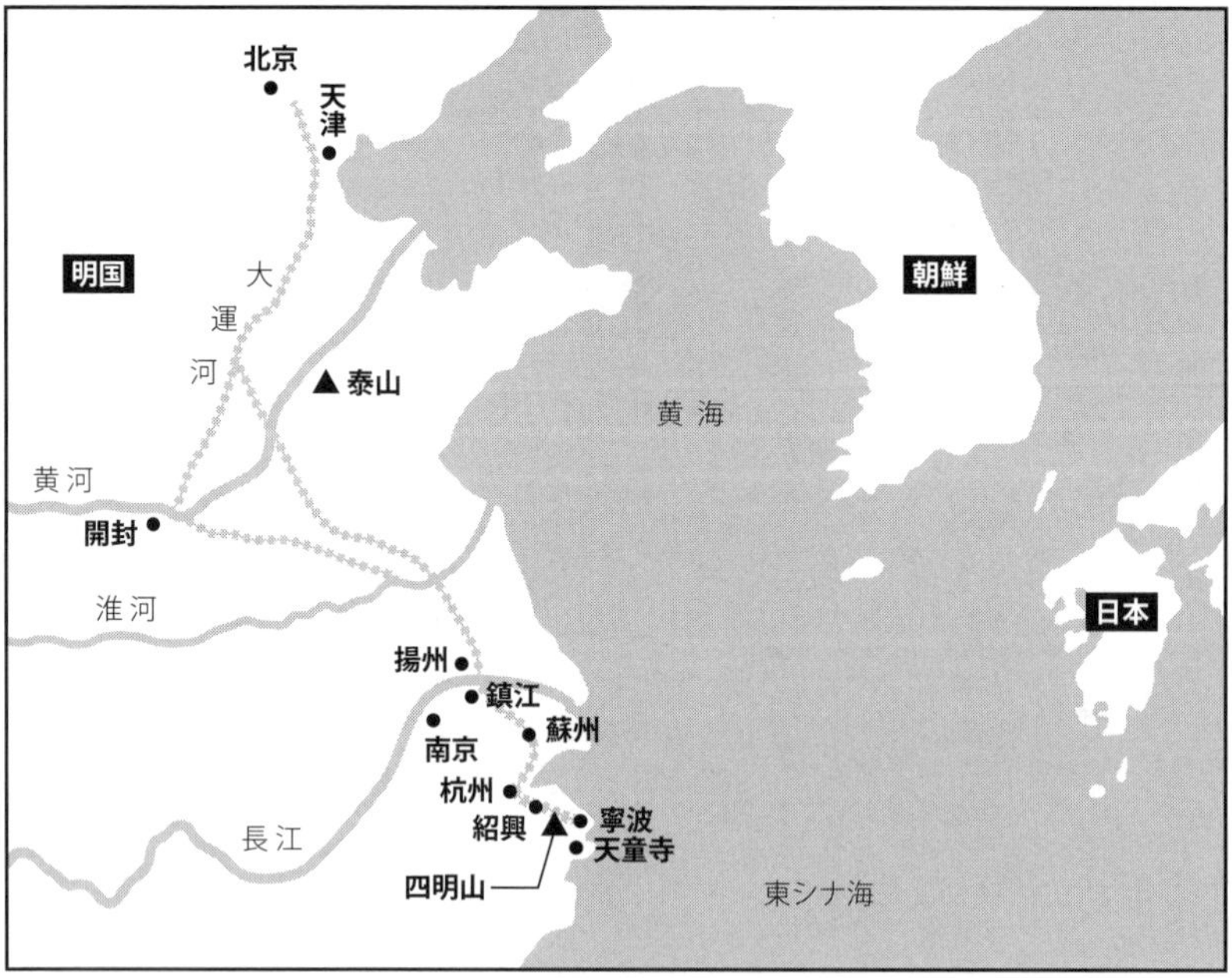

北京
天津
明国
朝鮮
大運河
泰山
黄海
黄河
開封
淮河
日本
揚州
鎮江
蘇州
南京
杭州
紹興
寧波
天童寺
長江
四明山
東シナ海

目　次

装幀　横山典子
本文DTP　蛇川陽子

天開の図画楼

——雪舟等楊御伽説話

等楊が、山口天花《てんげ》の自ら名付けた雲谷庵（悔庵《かいあん》と庵号を称した）に落ち着いてからは、もうかれこれ十三年の日月が過ぎようとしている。

雲谷庵は、西の京都と称される山口の北西部七尾の連峰の山間の峡谷の棚台にひっそりと開かれた庵《いおり》であるが、等楊はこの地に魯庵を結ぶときに、中国北宗画の山水画に描かれた仙郷の奥山に隠れるようにひっそり佇《たたず》む仮寓を夢想したのであった。

春か、秋さきによく見られる夜来《やらい》の雨に、周囲の風景はしっとりと洗い清められて、翌日の朝方から、わずかに窪んだ谷間の上気が幾層かの棚状に霞んでいる。この地の幻想郷のような山里の風景は、これまで等楊を静かに喜ばせてきた。

その棚台の上に霞む雲谷の遠くに、ときには近くに、向かいの山裾《やますそ》に立つ均衡のとれた優美な香積寺（のちの瑠璃光寺）の五重の塔が望める。その下方の谷あいに目を落とすと、一の坂川の細く流れる白く輝く河原の水脈が見える。

険しい峻崖絶壁こそ見えないが、そこは、まるで中国宋朝代の山水画の世界に紛れこんだかのようでもある。

等楊のここ十三年間の年月はじつに規則正しく、たんたんと過ぎていった。

それは、長年の禅寺での修行時代の威儀《いいぎ》を正す生活が身に染みているからであろう。また、等楊自身、書画の習慣を大事に守っていこうという敬虔《けいけん》な気心が関係しているからでもあろう。

朝早く寝床《とこ》から身体を起こし、季節にかかわりなく窓戸を半分ほど開いて、山頂から降ってくる新鮮で清澄な深緑の溶けこんだひやりとする外気を部屋に招き入れ、小さく大きく呼気の吸い出しを繰り返して身体に一日の始まりを覚え込ませる。いっ時《とき》、等楊には、短い瞑想のような祈りのようなときがある。

いつでも湿り気のある山気は、かすかに渓谷の香気もふくんでいるようである。

窓外に映える、深緑の樹林中の広葉樹の赤い実を百舌《もず》が、しきりに啄《ついば》んでいるのが遠くに見える。

等楊は、窓外から目を室内に移す。

それから、佳衣の用意してくれた手桶の湯に手を伸ばし、桶から口元に一口のぬる湯を運ぶ。朝食はいつも質素だが、お昼時近くまでは摂らない。

その間に、戸外をひととおり見て歩き、のち画廊小部屋に隠《こも》る。

等楊は、力を込めて古墨を硯にすりつけながら、少し硯からこぼれでた墨汁を手元にあった乾いた布で拭《ふ》き取った。

短尺の竹笛を取り上げて、ふうっと息を吹き込み、音色を確かめると、利き指でひとつずつ穴を塞ぎ、徐々に符音を自身の思いに合わせて、楽曲に表す。等楊の気は、笛音とともに累線を辿るように昂揚していく。そして、興が乗ると口上に漢詩の一節が加わる。ときには、完成前の仕上げの図画に向かう場面では御神酒を口に含んで、さらに敬虔な気持ちを加えることもある。

そして、また硯《すずり》に向かい、自身の集中をしだいに高めていき、頃合いを見て用意した別の白和紙に墨を置き、素早く筆を走らせる。

一旦、筆に馴染み、画紙を意識することなく、気が定着すると、等楊の画趣は長時間に持続して安定する。まずは、別の真新しい白画紙に真剣に挑む。また、あるときは、横に置いた大判の白和紙をときどきにらみつつ、目測したり、手幅で確かめたりして、新規の図画の構成を練る。また、三面の壁に掲げた描きかけの墨画に入れる墨の具合を点検したりして一時を過ごす。図画紙に墨を落とし筆を入れ出すと、等楊の目は輝き出し、気は高揚し、時は止まる。

完成を見た山水画をうっとりと眺め、見つめて、耽溺《たんでき》するのも、また愉しい。たれにも邪魔されないこのときを、等楊は愛する。

また、粗食後には、佳衣や秋月や周徳、等悦ら六、七の門弟と、通いでやってくる図画の修行徒を相手に、画具の用い方から絵筆の振るい方までひと通りのことを教え、のちひとりひとりの墨描を見てやる。

住み込み外の門弟を帰したあとは、半刻の休息ののち、近在の散策に少時を費やし、また図画部屋に隠《こも》る。訪れる場所を決めておこなう散策は、等楊にとって、頭裏を清澄に保ってくれる常備薬でもある。

歩いて行ける寺社や親しい隣家、知遇は薄いが近頃関心の向く場所を目指す。

ひとりで出かけるときもあるが、佳衣や秋月らをともなうこともある。

帰着後の夕餉《ゆうげ》までは、等楊にとっては、特別な時間であり、秋月や等澤、等悦、周徳、等春ら弟子を相手に墨筆を振るうこともあれば、佳衣を相手に書画を教える。また、自作の読画書に興じ、所用の画文をしたためたりもする。

ときには、お城より大内の御屋形《おやかた》殿からの使者が訪れて、画事のご用で殿からのご所望を眼前で伺ったり、家老から伝え聞くために築山館に赴くこともある。また、予定のあった親しい近遠来の僧侶や武人、庶人の来訪もあり接待と歓談や、その依頼もこなす。


自らの画業には、日々の研鑽《けんさん》に余念がなく、自悦に入りつつあると感じるが、ときになんとはなくじれったいような、ものはゆいような感覚にとらわれることもある。

それは、内面からの勃興してくるような感触の沸き立つ衝動でもあった。

長年の習慣に飽きを感じつつあるのか、最近は少しこうした自身のうちの違和感にとらわれつつある。

絵筆を執っては感じないが、たとえば魯庵の小部屋の机上のひとときに、ふとうずく感触でもある。ただ一点を凝視して、等楊自身の脳内は忙しく活動しているが、次第に瞼《まぶた》が重くなり、急に眼力は霞がかったように衰え、身体は仕掛け罠に嵌《は》まってしまったかのように微動だにできない感触に襲われるのである。

なんだか、腹中に悪い虫でも飼っているようで、急に気分が悪くなることもある。

そんなとき、背後方の障子のむこうの長廊下を渡って、夕餉前の新しい湯具を持って細身の佳衣の軽い足音が近づいてきても、等楊は気づかないことが多い。

もう、そんな時間まで、等楊の思考は鈍り、ひどく虚《ほう》けた状態である。

かいがいしく等楊の身の回りの面倒をみてきた佳衣にしても、近頃のこんな様子のうかがえる等楊の虚態が、不思議でならないらしく、秋月や等澤らを急いで呼びだすこともしばしばであった。

そんなところへ、先般の大内の御屋形殿からの大仰な書状による呼び出しであった。

御屋形殿というのは、大内家第十四代当主の大内政弘公のことである。

この当主・政弘公には、先代当主の父・教弘《のりひろ》の兄である教幸《のりゆき》という叔父の後見役があり、この叔父がいまは出家して道頓入道を名告るが、院殿内外では「大殿」と称されて隠然たる影響力を保持している。

この大殿、道頓入道も、等楊の魯庵をたびたび訪れ、等楊から墨画の技法の手ほどきを受けている。なかなかに覚えは悪くないが、先観に抜けないところがあって、闊達さに欠けるので、絵筆の上達には未だおぼつかないきらいが見える。

しかし、この御仁は、言上にはうるさく、高尚な詩歌や連歌にはひとくさりもふたくさりもあり、図画の手解きとは名ばかりで、ほぼ文詞の談議で修養のときは終わるのが常でもある。

その道頓入道殿から、近々この魯庵に隠《こも》る等楊が、殿中へのご用で呼びだてを受けるやもしれぬ、というような話をされたのである。

なにごとかと、入道殿の前で落ち着かず気をもむそぶりを見せると、入道の口からくすと笑いが漏れた。

「ほれ、なんと申したか。唐土《もろこし》の官衙《かんが》にあって風雅をよくするという南宋の図画の大家の、たれかしであったか。よう、思い出せんが、それに奥山の数条の滝上を勢いよく渡る飛鯉魚の姿が描かれておってな、風趣の面白きことこの上ないのよ。鯉魚は、吉祥を表す魚であろう」

「ほう。さような。周省どのからの伝え聞きですかな」

「いや。あれはな、われを、日頃より、煙たがっておるようでな。どうも、われが、屁理屈が多いとぬかしておるわ。われの相手をするのが苦労《えらい》とな」

「そんなこともありますまい。周省どのの、一種一流の、大殿との間合いの取り方に過ぎませんでしょうな」

等楊が名を出した周省とは、牧松周省《ぼくしょうしゅうしょう》（または、以参周省とも）のことで、先代の教弘公の子であり、当主の大内政弘公は実兄であり、道頓入道は叔父にあたる。周省も、よく等楊の山水画の手解きを受けるために、この魯庵を訪れている。

「周省のことは、まあよいわ。貴殿は、その唐土の画師のことを知らぬかな」

「いえ。南宋朝代の有名な画師の名は、幾人かは思い浮かびはしますが、そのような風趣の図画をたれが描いたのかは存じませぬが。道頓大殿は、その図画を、どちらでご覧になられたのか」

「はは、なに、実際に見たのではなく、京落ちの公家どのの話に聞いたことよ。最近は、お相手を任されておってな」

「たしかに、そげんな画の構図は、どこでも、まだ見ませぬな」

「どうじゃ。じかに見たいとは、思わぬか」

「ほう。それは、また」

「まあよいわ。いずれは、そなたを、その公家どのにも会わせてみるか」

そこまで言って、暇《いとま》をのべて、道頓入道は数人の従者を連れて御殿に帰って行った。

等楊のこころに起こった焦《じ》れた熾火《おきび》に、よく乾いた松葉のスクドを投げ入れられたときのパチパチと勢いよく爆《は》ぜるような胸騒ぎを、等楊は覚えた。

それは、この西京の山口に来るまえにも、感じていた焦れったさでもあった。殿上からの書状による呼び出しは、その後に来た。

この魯庵には、住み込みの古株の修養付きの弟子の秋月のほかには、直弟子の等悦、周徳、等澤、等春、等琳、楊月、得受らと、通いで五、六の新参の者が出入りする。さらに、等楊の身の回りの世話と修養に身をおく住み込みの佳衣《かい》という女《むすめ》がある。しかし、下働きの女にしては似つかわしくない。

この女の佳衣については、この雲谷晦庵に修養兼世話役として入るについて、少し込み入ったいきさつがある。

佳衣は、天花のこの雲谷晦庵に来る三年前までは、もとは名を結衣と名告った。

曹洞宗瑞雲山系の長門康福寺、のちの大内氏の菩提寺となる大寧禅寺に居ついた上杉憲実《のりざね》が、老婆に連れられ、繁《しげ》くこの寺に通ってくる端整な顔立ちの女児を見定め、きっとなにか仔細な事情があるものと、あるときに老婆を呼び止めて問いただしたところ、なかなかに口の堅いのを推して、粗飲を勧め、不憫《ふびん》であろうと花菓を女児にと持たせたところ、ようやくに、警戒心を弛《ゆる》めて、しぶしぶと口を割りはじめたのだという。

この老婆の語ったところは、じつに憲実のこころを揺さぶる哀れな話の内容であったのだという。

その聞き知った大内氏の深く関わる故事の要約は、こうである。

佳衣、もとの名の結衣は、大内氏第十三代当主にして、京にあった等楊を山口のこの地に招き入れた張本人である大内教弘公によって討ち滅ぼされた鷲頭《わしず》弘忠とその嫡男《ちゃくなん》弘貞の縁戚者であるという。憲実が、さらに懇《ねんご》ろに問いただすと、じつは一族郎党、皆扼殺されたはずの鷲頭弘忠の一人女《むすめ》であるという。

そもそも、この鷲頭家は、元来初代当主大内盛房《もりふさ》の三男盛保《もりやす》が周防都濃《つの》の切戸《きりと》川沿いの鷲頭庄という地を所領として得てのちに、鷲頭氏を名乗った大内家最古参の重臣の名門家である。

のちには、鷲頭氏開祖盛保の嫡男親盛《ちかもり》の死後に男子の後継が無く、親盛の女（娘）の禅恵尼が養子として大内宗家から第六代当主弘家の次男である長弘を迎え入れ、鷲頭家の後継として立てるほどの血脈筋にあたり、大内家を物心両面から支える縁戚関係と総領権を覗《うかが》うほどの重要な名家であった。

大内家は、当主が弘家の嫡子重弘が第七代、子の弘幸が第八代と続き、ついに宗家とその叔父の鷲頭長弘が、大内家の家督《かとく》を巡って抗争を起こすことになるが、抗争の原因は第八代弘幸と叔父の長弘との不仲、および長弘の増長にあったという。

鎌倉幕府滅亡後、建武の新政として知られる後醍醐天皇の親政により、旧幕府側に与《くみ》した大内弘幸に対して、長弘は建武中興側に付き、結果周防守護職を託任されるが、新政の瓦解《がかい》は早く、三年後の足利尊氏の室町幕府の成立により、足利方に双方擦《す》り寄り、長弘は再び周防守護職を足利氏より委嘱され大内豊前権守を名告るが、双方の対立は収まらず、大内第八代弘幸の子である弘世が幕府内の対立から起こった観応の擾乱の後、南朝方に付き、南朝より周防守護職を任じられて、ようやく形勢の逆転を勝ち取る。

それほどに、鷲頭氏は、当初大内宗家にも代わりうる近しい立場を得ており、常には大内一族を束ねる惣領《そうりょう》という立場で、本家の後継の絶えた際には宗家に次代を送りうる枢要なる立場にあった、ということでもある。

そして、ついに相争った長弘は亡くなり、鷲頭氏は大内宗家の当主弘幸の死後、嫡子弘世の軍勢に討伐されて、周防平定が果たされた後、鷲頭家を継いだ長弘の次男鷲頭弘直を屈服・従属させることで、この両家の騒動は一旦決着をみる。

以後、鷲頭氏を傘下に収めた大内弘世は、周防平定の後、長年の宿敵であった長門守護の厚東氏を果敢に攻め、主城霜降城を落城させ、次いで国府の長府を陥落させて、長門国を手中に収める。

大内宗家は、弘世を継いだ第十代当主で嫡男《ちゃくなん》の大内義弘の時に、九州制圧と幕府の南北朝統一の仲介役を果たし、和泉・紀伊・周防・長門・豊前・石見の六カ国を所領する守護大名としての大内家の全盛を迎える。また、李氏朝鮮国とも独自に使節を立てて、交易をおこなうほどであった。

いっ時《とき》は、大内宗家と鷲頭氏との、その後の関係は好転したとみられる。

大内氏は、幕府に背いた応永の乱で義弘亡き後、室町幕府第三代将軍足利義満に所領の大半を取り上げられ、自領も周防・長門の二国と縮小され一時衰退するが、義弘の弟で当主となった盛見、義弘の遺児持世、持世の養子にして盛見の子教弘によって勢いを盛り返し、再び往時の勢力を伺うほどに伸長する。

大内家第十二代当主持世の時、鷲頭弘忠は、代々同じく大内家重臣内藤氏が重任してきた長門守護代に補任され、長門深川城（長門殿台《ひい》）を居城とした。

鷲頭氏当主の弘忠は文武両道に秀で、領地経営にも手腕を発揮し、勢力拡大に余念が無かった。なによりも、宗家第十二代当主である大内持世の信任が厚かったという。

また、弘忠もその期待に応え、大内家の礎を支える活躍を果たし、重任を担った。

しかし、長弘の時の、この大内宗家と鷲頭氏との抗争の燃え残った種火が、結果的には、のちの鷲頭弘忠・弘貞親子の追討・廃嫡の遠因ともなったと考えられる。

鷲頭氏の家督を継いだ弘忠は、長弘の四男盛継の子弘為の長子であり、重用された大内持世の死後も、独自に九州に勢力を伸ばし、大内宗家に伺候《しこう》を立てずに、着々地歩を築いていたが、そうした行為を好ましく思わなかった新たな当主となった大内教弘によって、疑念の末に、疎まれ、長門守護代の任を解かれたのち、九州の大友・少弐氏から戦役で得た筑前粥田荘《かゆたしょう》の所領経営の不義を指弾されて、ついに宗家の大内教弘公からの討伐を受けることとなる。

文安五（一四四八）年二月十七日、戦略の綻《ほころ》びによって鷲頭弘忠・弘貞親子の立てこもる堅固な深川城は、宗家軍に包囲されたのち陥落させられ、そのとき籠城していた一族郎党は皆殺された。この直前に、弘忠の女である幼い結衣と小人は地元をよく知る姥母に伴われて密かに城を抜け出し、深川湾の漁師の小舟で難を逃れたという。

こののち、姥母と結衣は、姥母の縁者を頼り、門徒である山寺の門をたたき、結衣を尼僧として預けることにしたが、結衣がどうにも入尼を嫌がったため、寺の雑事として置き、落城ののち父の遺骨を納めた墓のある康福寺（のちの瑞雲萬歳山大寧護国禅寺）に、忍んで度々詣《もうで》るようになったという。

もともと、この康福寺は鷲頭弘忠が、応永十七（一四一〇）年に深川城内に曹洞宗の高僧である能登総持寺の石屋真梁を招聘して開基・創建した禅寺であったために、討伐を受けた弘忠の遺骸はこの寺に納められたようである。

時宜に、康福寺にあって、件《くだん》の老婆よりこの話を聞き出した上杉憲実は、驚きを隠せず、かつ弘忠の遺女である結衣を不憫に感じ、他言を避けつつ適当な傅養先を探すことを老婆に約して、遺女の名を佳衣と改名させた。

この佳衣が、その一年半後に、等楊の魯庵である雲谷晦庵にやってくるについては、等楊と上杉憲実との浅からぬ関係を明らかにせねばなるまい。


「秋月《あきづき》」と、ひと声、佳衣のよく通る女の高い声が聞こえた。

しばらくして、はと弾けるような声がして、男の重たげな足音ののち、秋月と呼ばれた男の「佳衣どの、なんとされましたか」と低い声の返答があった。

「ついておいで。画廊小部屋じゃ」

二人の男女の声とともに、廊下を渡り、こちらに向かってくる人の気配が現れた。

二人の姿が開いた障子越しに見えたのを、等楊は見届けたが、あとの覚えがなくなった。眠りこけたようでもあった。

ふたたび気がつくと、医者の安世永全の顔が見えた。

「おお、ようやく、気づかれたようじゃ」

医師の声であろう。

安世永全は、大内家お抱えの医師で、医術はもちろん教養と人柄も優れて、評判の高い漢方の医師であったが、等楊のためにこの魯庵にも直に訪れることを許されていた。

等楊とも気安い間柄で、以前から特段の病事でもないのに、等楊の魯庵を訪ねて来るようにもなっていて、等楊の魯庵の前庭や画廊小部屋の図画作品を眺めて行くこともある。

「先師の容態は、少し良くなられたのでありましょうか」

これは、女の佳衣の声であろう。

先師と呼ばれたのは、もちろん等楊のことであろうが、こう等楊のことを呼ぶのは佳衣に限られる。

「もう、大丈夫でしょうな」

医師の声であった。

「はやく、秋月らに知らせておいで」

これは、佳衣の声である。

別の出入りの者が立ったのであろう。

「夢でもみられておったかな。拙宗《せっしゅう》どの」と、医師の永全の手が腕をまくって等楊の右手の脈をまさぐっている。

すっかり事情が飲み込めた等楊は、膝を立てて半身を起こそうと、床の上で上体を浮かせる動作をした。しかし、等楊の身体には、まだその力は備わっていなかった。

上体の少し浮いた等楊の身体が、ふたたび崩れ沈んだ。

それでも等楊は、声に出して平静を示そうとした。

「いま、なんどきになっておりましょうかな」

医師の永全が、思いがけない言葉に反応した。

「はは、時が気になりますかね」と、気さくな会話を好む永全が、面白そうに等楊の反応に、笑いを浮かべながら言う。

気がつくと、佳衣は等楊が寝床に横になる足下から、じっとこちらを窺《うかが》っている。

永全はすっと立って、その動作に合わせて縋《すが》ろうとする等楊の身体を制して、いつの間にか戸口まで進んだ。

「しばらく、静かにしておいでませ。じきに良くなりましょう」

永全が上衣を取って、部屋からすり足を滑らしながら、等楊に言うように、佳衣の方を向いて、にっこりして出ていってしまった。

等楊には、ふたりの表情をうかがい知ることはできなかったが、なんだか穏やかな空気が一瞬漂ったのがわかった。

佳衣の眩《まぶ》しい白い頬と永全のぽつりと洩らした茶褐色の笑顔が、等楊の頭に残った。

狭い小部屋には、等楊と佳衣とが残された。

しばらくの、静寂が訪れたあと、慌《あわ》ただしく小部屋に駆け込む男の、重苦しい足音が立った。そのすぐ後から、佳衣に言い付けられて呼びに走った弟子も従ってきた。

秋月と、女に呼ばれた男であろう。

等楊は、ちか頃、自分の日常には十分満足することが多いにもかかわらず、自身の体調の突如の変化に悩まされている。

「お師匠、もう起きあがられようとしてもよろしのじゃろか。も少し横になられたが、よろしのではなかろか。おちおち、所用で、外出もままなりませんな」

等楊の魯庵に住み込み、あるいは普段に出入りする門弟処遇の者は、この秋月を含めていまは六、七人と、そう多くもないが、これらの者は等楊を、強要したわけではないが「お師匠」と呼ぶ。

「佳衣どのがついておるに、お師匠はときに勝手な振る舞いをなさろうが。よう言うて、周徳や等悦、等澤らにも気をつけさせねばならんの」

とくに、秋月と呼ばれた男の声には強い地方なまりがある。

秋月は、のちに等楊の名にちなんだ秋月等観《しゅうげつとうかん》を名乗り、等楊の水墨画法の忠実な模写をこころがけ、弟子中で一番の年長であったことから第一の弟子を自称したが、もとは薩摩島津家の家臣高城《たき》（または、たかじょう）氏に仕える大隅の出身者であった。年を経てから武人を捨て出家して九州より東国の各地を渡り、京までも放浪ののち、今度は西行して山口大内氏の庇護する大きな禅寺に辿りついたが、等楊がこの地に移ってくると同時に、画業の修養と等楊の面倒をみるために、大内の大殿道頓入道がその適任者にと、禅寺の住持の推薦もあり、たまたま目をつけて弟子入りさせたのであった。

等楊の直門の弟子としては、京時代よりの弟子であった等悦や周徳、等澤がいる。これらの弟子は、自ら志願して、等楊の西京行きに従った者たちであった。

それに対して、秋月は、等楊が西京の地に入山後に入門して来た新参の弟子であったにもかかわらず、大内大殿の推挙者であったことと最年長者であったことから、他の若い弟子らを手なずけて一番弟子を自称して、等楊の付き人の如くに振る舞い、御機嫌をつねにうかがう立場に立っている。

秋月自身は、壮年にさしかかってから出家した私度僧で、禅門での下積み修行に長くあって、画業に関してはいまだ稚拙《ちせつ》な腕前である。が、絵ごころはあると見えたので、等楊もこの雲谷庵に受け入れることにした。ただし、当初は地方訛《なま》りがきつく、等楊をひどく困らせた。

もっとも、禅寺での長期の修行修養などとは名ばかりで、門前の若僧や入門の浅い僧は寺院内での高僧の世話や雑用係で、しかも特例扱いはなく段階を踏んで上位の階位に上るが、当然に食い扶持《ぶち》以上には働かされていたであろう。たとえ年長者で、禅道以外で名をなした者であっても、禅寺での扱いはほぼ小僧時代と同じであったろうと思う。

それは、等楊には、同じような経験をしてきてよくわかる。

禅寺での小僧とは、朝参墓詣といわれる墓参りから始まり、日中は経を読んだり、写経に勤《いそ》しんだり、禅を組んでの禅行修行に励んだりの勤業とはたいして縁がない。幼少の見習い僧は、沙《しゃ》弥《み》や比丘《びく》と呼ばれる。

等楊自身も、こうした小僧時には、寺院の堂内や境内で多く目にする壁画や画絵をしばらく眺めては師僧や先輩僧にとがめられつつも、目を盗むようにただ雑業の掃除のあいまに雑巾《ぞうきん》で、なんども見返したそのなかの頂相《ちんそう》といわれる高僧の肖像画やわきの人物や風景をまねて、こっそり濡れ雑巾を水筆に見立てて描いてみたりした。

もともと、等楊は備中赤浜田中村の、寺に残る系譜では小田氏を名告る家系にあたり、そのもとは藤原姓（藤氏）の家で生を受け、物心ついてすぐの十歳前で、生家のすぐ近くにあった臨済宗東福寺派の西国布教の中本山とされる禅寺井山宝福寺に小僧として入れられた。

備中赤浜は、国分寺の置かれた総社にも近く、藤原姓（藤氏）の家とは、古来そこの官衙に赴任してそのまま居着いて地方の在住者となった藤原氏の一族の流れをくむ枝系で、のちに地名にちなむ俗称として小田を名のったのであったかもしれない。

等楊自身、出自にまつわる生家の事情は、すでに父母もなく幼少時に家から寺院に隔絶されたので覚えに定かなものはなく、後年実家は途絶えたことも理由であるが、ことあるごとに疎遠であった縁者をたより諸説を尋ねてみても、いまだによくわからないところもある。

そもそも、等楊が禅寺に幼少にして預けられたということは、生家には、すでに勢いがなかったことの証明でもあったろう。藤原氏の流れをくむ小田の氏姓を有する家柄に生を受けたのであるから、一応帯姓帯刀を許されて、当時は大森氏という地元の有力豪氏に仕える武家であったと想像できるであろう。そして、その傍《かたわ》ら農家《のうけ》を営むといった半武半農の家であったものと推測される。

とはいえ、平時の家計の主は農業であろうから、農家の多産の結果で、普段の田畑仕事の労働力としてよりも、天候不順等による不作で食い扶持に窮した農家の家長の所望により、物心つく前後の幼少時に寺に預けられたのであろう。

当時、近在の吉備津には数百年前に現れた臨済宗の名祖である栄西師に倣い養育環境の厳しい農家の習わしとして、家督争いを避けるということもあろうが、扶養に窮した長子以外子を寺に預ける習慣があったといわれる。

まぎれもなく、等楊もそんな家督を継ぐべき長子以外の次三男といった男児であったろうと思われる。

等楊は、物心ついて十歳になる前で出家入寺したが、物心つく前の四、五歳ころから入寺する者も多く、これら幼年の見習い僧をみな沙弥《しゃみ》と呼び、戒律に従い正式な出家修行者となれば小僧は比丘《びく》と呼ばれた。

その沙弥として入寺するにあたって、幼い等楊の手を引いて宝福寺の長い参道を歩いて連れてきた父と、その後ろに従った母の姿を、等楊はぼんやりと記憶に留めている。しかし、父母の尊顔の記憶は乏しい。とくに、母に至っては、まったく忘れ果ててしまっている。寂しげな遠くを見つめるような女人の姿を認めると、いまでも、等楊は亡き母のそのときの遠い記憶とダブって、胸を締め付けられる思いがする。

等楊が入寺して、しばらくは、ときどき、その母が宝福寺を訪ねてくることがあったというが、等楊には面会した記憶はない。恐らく、母は訪問のたびに、等楊の寺での修行の様子を寺社の関係者から聞き、見えないところから等楊の姿を窺って静かに帰って行ったのであろう。

あるとき、その母から預かったという真新しい一本の毛筆を寺の者から渡された。たぶん、母が寺を訪れた際に、等楊が絵を好むという話を聞いて、わざわざ持ってきてくれたものであろう。等楊は、その筆を大事にいまでも持っている。すっかり、使い古し、禿筆《とくひつ》となってしまってはいるが、ときどき等楊は筆箱より取り出して使用することがある。

幾人かの小僧の遊び仲間はいたとはいえ、寺での辛く寂しい修身時代、師僧や先輩僧の目を盗んで、飽くことなく、水筆で乾いた板床に所構わず絵を描いていたのであった。

横柄な師僧や意地悪な先輩僧などの滑稽な様子を、日頃の鬱憤《うっぷん》晴らしに、とくによく描いた。そうした人物像や寺院内外の風景、動物の絵や仲間の小僧の表情豊かな顔など、題を選ばず描いた。ことに、動物のネズミは境内でよく捕まえては、細密に模写してみた。普段人の立ち入らない渡り廊下の長床の乾いた板上に水筆で描かれた水画の湿りが乾ききるまでのあいだが、等楊のいっ時《とき》の至福の時間でもあった。

いまとなっては、母の薄く淡い面影とこの禿筆が、等楊の幼少時を甘く苦く思い出させるのみである。

この等楊の入寺した宝福寺は、聖一国師《しょういちこくし》（円爾）の弟子の曇奄《どんえん》の開山開基とされるが、その真偽はさだかではないが、もともとは天台宗の日輪和尚によって開かれた仏門の寺院と伝えられ、鎌倉時代になって、病床にあった四條天皇の病気平癒の祈祷《きとう》を行って天皇の快癒をえた、とされる備中真壁出身の禅僧・鈍庵慧總によって禅寺に改宗された。

山号の井山《いやま》は、四條天皇の病気平癒の祈祷のおりに、壇下に流れ星が落ちて霊験の現れたことから、そこに深く井戸を掘ったと伝えられるのが名付けのもとであったとされる。等楊の入寺期には、まだそこには井戸の跡と伝えられる場所があった。

等楊の入寺の前後には、京の天皇家からの厚い庇護もあって、諸山《しょざん》にもかかわらず巨刹《きょさつ》として六十近くの子院である塔頭《たっちゅう》や末寺をかかえ、立派な山門や本堂や庫裏、禅堂、開基堂、また三重塔や大きな伽藍《がらん》までも備え、寺は多くの修行僧を抱えて賑《にぎ》やかな様相を保っていた。

しかし、等楊にとって、この時期の、封印したい思い出はたくさんあっても、よい思い出はなにもないといえる。

秋月も、どういう経緯があって、遠地の九州薩摩からこの山口の地にまで昇り着いたのかは、自身の口からは語られたことは一度もない。

仔細はあろうが、自分から語らないものを、等楊自身も聞こうともおもわない。

遠地より西行し、この地山口に辿り着いたといえば、秋月も、等楊自身もそうであったが、当時は西の京と称された周防山口の地勢と大内氏の厚い庇護による政策が関係していよう。自ら惹《ひ》かれるように西京を目指す者も、また招かれて来たる者も、この地に引きつけられる仕掛けや、特異ななにかが見いだされるということではあるまいか。

上杉憲実《うえすぎのりざね》の場合も、それを感ぜられる。

憲実といえば、応永十七（一四一〇）年に越後守護・上杉房方の三男として越後国で生まれ、十歳で養父で従兄の憲基の死去にともない、鎌倉を所轄する山内上杉家の家督を継いだのち、室町幕府の出先機関の鎌倉府において鎌倉公方《くぼう》を補佐する関東管領《かんれい》に就いた。また、上野・武蔵・伊豆三国の守護も兼ねる。

その憲実は神童というに相応《ふさわ》しく、幼少時より利発で芸能や儒学に深く親しみ、関東管領に就いてからは、関東最古の儒学を教える学校である足利学校や金沢文庫を再興したことでも知られる文武に通じた当代一級の貴人である。

幕府の要職関東管領を長年にわたり務め、関東数ヵ国の守護を兼ねるほどの室町政界の重要人物であった憲実であるが、それがどうして、最期は、この西京の地に辿り着き、その十四年後の応仁元（一四六七）年三月六日に五十七歳でこの地で亡くなるのか。そこには、数奇な貴人のたどった波乱の人生が感じ取られるのである。

応永三十五（一四二八）年、室町幕府の六代将軍に足利義教《よしのり》が就くと、関東管領の憲実が補佐する鎌倉公方の足利持氏《もちうじ》が将軍義教に叛旗を掲げ対立する関係となってしまうが、憲実は幕府と鎌倉公方府の確執《かくしつ》を和らげ調停するために、双方のあいだに立って粉骨砕身し、融和のために東奔西走したと言われている。

しかし、野心にはやる持氏と強権を振るおうとする将軍義教の対立は止むどころか、ますます先鋭化して、ついに幕府は持氏・義久父子の成敗を憲実に厳命する。

これに対して、躊躇《ちゅうちょ》する憲実は、永享十一（一四三九）年、京の相国寺の住持であった柏心周操（第四十九世）の説得もあって、ついに主人である持氏・義久父子を出家蟄居《ちっきょ》していた鎌倉永安寺に攻めて、自害させるに至る。これが、永享の乱といわれる。

乱後、苦悩の末、憲実は、関東管領や守護などの後事を弟の上杉清方に嘱託して、自身は伊豆国清寺《こくしょうじ》に退き出家して、雲洞庵長棟高岩と改称した。

憲実は幼少より儒教の教えの影響を強く受けており、永享の乱では、自身の主君・持氏への行動を「不義不忠」と指弾されることを恐れた。また、その後の出家と諸国行脚《あんぎゃ》という自らの行動については「主君を裏切ったことへの贖罪《しょくざい》」であった、とのちに自ら述懐している。

そして、伊豆隠世の直前には、持氏の墓前にて、感極まり衝動的に自害《じがい》を試みてもいる。その後の憲実は、短い政界復帰と隠遁《いんとん》を繰り返し、子孫や家族に累の及ばぬように長子を除く実子たちもみな出家させる。

伊豆隠遁後には、憲実の意志に背き家督を継いだ長子・憲忠と義絶し、自身は出家修行のために、意を決して前時を断ち切るために、諸国遍歴の旅に出る。その後の憲実の正確な足取りはわかってはいないが、北の越後から京都を経て九州にも足を伸ばした形跡がある、という。

遍歴の終点に、憲実は西国長門の大寧禅寺に入り、そこで寺第四世住持であった竹居正猷《ちっきょしょうゆう》に見《まみ》えて、たがいに意気投合し、その場で師弟の契《ちぎ》りを交わし、この寺に庵を結び、高巌長棟《こうがんちょうとう》という僧名をえて、ようやく旅の草鞋《わらじ》を脱ぎ、腰を落ち着けることになる。大寧禅寺に残る記録によれば、その時は享徳元（一四五二）年とある。

憲実が出家して雲洞庵長棟高岩と改名し、さらに当時は康福寺と称した大寧禅寺入寺後は高巌長棟と名告るが、自ら境内に「槎留軒《さりゅうけん》」と名づける茅屋の塔頭を生涯に営んだが、この庵名は、筏《いかだ》を暫く留める、という意味である。

入寺後の二年の後、奇しくも憲実の家督を継いでいた長男の憲忠が、享徳の乱で、かつての主君の足利持氏の遺児・成氏に、恩讐《おんしゅう》のために暗殺されてしまう。

父憲実の出家の要請を断り、為に義絶したとはいえ、かつての主君の遺児に、親の恨みを晴らすために、わが実子を成敗された憲実の心境はいかばかりであったろうか。

当代、高学識で知られた憲実こと高巌長棟が、師弟の契りを交わした大寧禅寺の竹居正猷師は、国中に名を知られた著名な儒学者でもあった。儒学の素養は、武士の嗜《たしな》みや教養にとどまらず、曹洞、および臨済禅宗徒の基礎学識でもある。その竹居正猷師は、儒学の蘊奥《うんのう》を極めた大師として知られていた。当然、憲実も竹居正猷師の名声は知っていたし、以前には交流や面識もあったのかもしれない。

こうした世に名の知られた儒学の大家や京で認められた著名な禅師を、自領の自らの菩提寺である大寧護国禅寺（さきの康福寺）に招聘《しょうへい》できた大内氏の有力守護大名としての実力を感得しえないわけにはいくまい。

等楊も禅行のほかに、多少の儒教の経典を解説した書物に触れたことがある。禅語や禅問答集などよりも、身近なところに深淵を見るような、その深いところから身近な修身に役する、という思いを抱く。禅行は、座禅瞑想による自修苦行によって、ただただ高みを極めようとするが「公案」と呼ばれる禅問答では理解不能な空理な論説にはまって身動きできなくなる時もある。それに比べて、その説くところは、学ぶ者に実事に供する身軽さを感じさせ、等楊は儒学に気安さを感じてしまう。

しかし、等楊は絵筆に多少の覚えと自負はあるものの、いまだ浅学にして、禅行と儒学の教義や意義の違いや感想などを感得するのに、大概は周囲の師僧はもちろん、同僚僧にも、とても怖くて、おくびにも出したことはない。

なにしろ、等楊の長年の相国寺での禅事修行の師僧は、かの厳格な禅行師であり、脱俗究学の徒と知られた春林周籐師であった。

しかし、等楊は、憲実こと高巌長棟と、交流のあった旧知の竹居正猷和尚から紹介され知遇を得て引き合った以降は、懇意に親しく付き合うようになった。しかも、お互いに西行の果てに辿り着いた西京の地であり、ともに身内のないことから、宗派を超えて自然に親しむようになっていった。

憲実こと高巌長棟師は、武将の面容を持つが、気さくで学識が深いにもかかわらず、その言葉は型張らず、等楊にも理解しやすいように接してくれる。また、大変な気づかいの人でもある。戦乱の修羅場を切り抜けてきた人は、こんなにも捌《さば》けた人なのかと、驚かされることもあるし、情に厚い面も見えるが、その心根に乾いた心地よさがある。また、諧謔《かいぎゃく》とも無縁ではない。等楊は、この人を見て、ひとは不思議なものだ、縁とは容易には理解しがたいものだ、と思うことがある。

高巌長棟師は、よく「武人は、普段は田畑を耕す民でもありますから、素養がないといってはおかしいが、教養に欠ける者ですよ。その者たちに、難しいことを説いても無駄ですな。まずは、わかりやすさが第一でしょうな」と説かれる。

等楊は、膝を打ってなるほどと納得する。等楊が、慎《いそし》んできた禅行や儒教の問いを気楽に話せるのは、高巌長棟師をおいてほかにはない。その永年疑問に抱き難しく感じていた解釈を、師は等楊にもじつにわかり易い言葉で伝えてくれる。

そんな気安い関係から、ある日、折り入って話があるのでと、高巌長棟師に言われて、参寺した等楊は佳衣の話を聞かされた。尼寺への入寺を、佳衣は望んでいないということで、等楊のところで世話係に受け入れてもらえませぬか、との申し出であった。込み入った事情を佳衣は抱えているので、高巌長棟師は、等楊と二人だけの秘事として、他に漏れぬように是事を進めたい、と言われた。

もっともなことであるので、等楊は多少の不安はあったが、快諾した。

そして、その佳衣が、半月もすると、雲谷晦庵に、老婆に付き添われて、人目を避けるようにやって来たのであった。顔にはまだ、あどけなさが残っているが、佳衣の表情には無為とこわばったものが交互に表れる。

付き添いの老婆は、その日以来、等楊のもとに顔を出すこともないが、等楊の見るところ、佳衣は寂しがったり、不安を感じたりすることはないらしい。佳衣には雲谷庵の小部屋を与え、この生活に慣れるのも早かった。佳衣にしてみれば、ようやく、安住できる居場所ができたことが大きかったのであろう。

佳衣一人増えても、等楊の生活には、たいして影響はない。

大内家には、世話をやいてくれる使用人を増やしたと報告したのみであったが、なにも言っては来なかった。

もともと、等楊の山口招聘にあたって、大内主家より、身の回りの世話をやく付き人を用意する予定であったらしいのが、些事《さじ》にかまけて、先方も気が回らず、うやむやにされていたらしい。それでも、等楊の方も、なにも申し出なかったのが、現状のとおりとなってしまっていたらしかった。

等楊は、ひとまずほっと、一息つくことができた。

佳衣には、日日のやるべき仕事を言いつけて、しばらくは様子を見ることにした。

寛正五（一四六四）年の冬、等楊の魯庵である、山口天花の雲谷晦庵《うんこくかいあん》の等楊を、京から懐かしい人物が訪ねてきた。京東山の東福寺の有名な禅僧で、旧知の翺之慧鳳《こうしえほう》である。慧鳳は、細川氏の使者として、大内氏に見《まみ》えたあとで、天花の雲谷庵にひょっこりと顔を出した。山口では香積寺《こうしゃくじ》（いまの瑠璃光寺）内の大蔵院に滞在していたが、御殿で等楊の住処を聞いて訪ねてきたらしかった。等楊と慧鳳とは、ほぼ十年ぶりの再会となった。

細川氏とは細川勝元であり、大内氏とは大内教弘公のことであった。当時、伊予で河野氏の反乱があり、その対処に困った幕府と細川氏は大内氏に助勢援軍を依頼してきたが、双方の思惑が絡み、上手くことが進まなかった。

慧鳳は、その調停も兼ねた、いわば当時の文化使節であり、たんに細川方の用事向きを伝えに来た使者ということだけではなく、両者の協力関係を取り結ぶために、双方との一定の距離を保ちうる有名な学識に優れた高僧を細川氏は、わざわざ使者として派遣してきたわけである。

等楊もかつて在籍した京東山の東福寺は、幕府や朝廷などとの交流は他山と比較して少なく、京五山のなかでは政治的には中立的な立場にあったし、等楊の知る慧鳳自身も、幕府に媚《こ》びず忌憚《きたん》のない発言をすることのできる人であった。そうした立場の禅僧を指名して、細川氏は大内氏への使者として、友好と提携の意図を持ってさし向けたのである。

のちに、等楊も、慧鳳師同様に、有名図画師としての名声から、大内氏の文化的な高評価もあって、宗主の大内政弘公の意向に沿って、石見や丹後、美濃、関東にまでに文化使節として長旅をすることになる。

ところで、二人は、旧時を温めるうちに、すぐに意気投合して、慧鳳は等楊の魯庵の庵号「晦《かい》庵《あん》」の意味を字説文にして書いてくれた。

そもそも「晦庵」とは、暗い奥まった、見つけられにくい庵《いおり》、という意味であろう。「晦」には、月末を表す「つごもり」『みそか」という意味がある。また、南宋の儒学者・朱熹《しゅき》が自らの講堂にこの名を冠していたことは、つとに有名である。

さらに、慧鳳は、等楊の所蔵の如拙筆『牧牛図』や等楊の自作の山水図に題字を認《したた》めてくれた。この慧鳳の字説中に「山口を訪ねてみると、楊雲谷の名は女や子ども、無学の民にまでも知れ渡っている」と驚きの言葉が記されている。楊雲谷とは、等楊のことである。

日頃、領主の意向を陰に日向に気にしながら生活している領民の「子ども、婦女子、無学の民」(児童走卒)までもが等楊の名を知り、等楊の優れた画技を話題にしているということは、領主である大内氏の、御用絵師としての一面も併せ持つ等楊への評価が相当に現地で高かったことを言い表している。このころは、図画師としての等楊は、大内氏の当主にとっての文化的な利用価値が、すでに相当に高まっていたと見るべきであろう。等楊のところに出入りする画業の弟子も増え、大内氏の殿院内外からの御用絵師としての図画の依頼も多かったと推測される。

応仁元（一四六七）年、等楊は四十八歳になった。

この年に、等楊は遣明使に随って、大内船で明朝代の中国に渡ることになる。

その一年前の文正元（一四六六）年、等楊は、遣明船である大内船の随行絵師として乗船を正式に許された。

等楊の望んだことであり、待ち焦《こ》がれた禅行と図画の本場唐土をじかに渉猟《しょうりょう》し、経験を積めることでもある。大内家の御屋形殿である大内政弘公からの直接の呼び出しと伝達があった。等楊は、全身に身震いがした。

いよいよ、いよいよか、と等楊の高揚する気持ちが、どうにも抑えることができずにいる。魯庵にあっても、一時も一所に止まることができず、そわそわとうろつき回り、用足しに入った厠《かわや》でも震えが止まらずしくじり、寝床でも横になったが飛び跳ねる思いに駆られ、食事でも箸や椀を不覚にも取り落とし、等楊の身の回りを世話する佳衣をヤキモキさせた。珍しく、墨汁を擦る手が定まらず、硯より墨をなんども溢《こぼ》すし、馴染んだ絵筆ですら手につかない日日がしばらく続いた。

仕方がないので、等楊は、渡航準備の合間に、久しぶりに憲実こと高厳長棟師を長門の大寧禅寺に訪ねた。

このとき、このたびの遣明船の幕府正使（正史）として任命されて、山口に滞在中であった京の建仁寺の高僧の天与清啓《てんよせいけい》師とともに、等楊は高厳長棟師のもとを訪れている。

長棟師の塔頭に、等楊を迎えた禅師の第一声は「聞いておりますぞ。かの唐土に渡ることができるとは、羨ましき限りですな」と、高いよく通る明るい声であった。

同行した天与清啓師であるが、信濃国出身の室町幕府とも関係の深い著名な禅僧で、宝徳二（一四五〇）年に、允澎東洋《いんほうとうよう》を正使とする遣明使の一員として一度目の入明を果たしたひとでもあり、このとき明朝の代宗皇帝（景泰帝）と使節との謁見《えっけん》を強く迫るなど強気の交渉を行ったことでも知られる。

このたびの遣明船での唐土への渡航は天与清啓師にとって二度目の入明となる。

一度目の入明の帰国後は、郷里の十刹《じっさつ》である信濃国開善寺の住持となっていたが、寛正元（一四六〇）年に、再び室町幕府から遣明正使に任命されて上洛後、建仁寺第百九十一世住持となった。

そして、幕府側の正使任命の四年後の寛正五（一四六四）年に、渡明準備のため周防山口を訪れていた。さまざまな準備で、予定より渡明が一年ほど遅れ、その間は山口に滞在していたのであった。

このとき、天与清啓師は、山口にあって大内氏の家臣である仁保弘有《にほひろあり》や等楊らと親交を持った。仁保氏は、もともとは源氏方に与《くみ》した平子氏という関東三浦の地頭であったが、平家滅亡後に、功績により周防の吉敷《よしき》郡仁保荘を下賜されて所領としたが、そののち自領の仁保を氏名として名乗り守護大名大内氏に仕えた。文武に長けた弘有は、信頼が厚かった大内教弘公より偏諱《へんい》を賜い、仁保氏の全盛を築いた人とされ、大内政弘公の時代の有力家臣である。

じつは、等楊も、周防山口に来て、魯庵を結んで以降、たびたび仁保弘有の世話になり、親しい関係にある。弘有は、文武芸能に通じた武将であり、書詩画や禅宗、学芸にも大変な理解があった。この約二年前には、魯庵をたびたび訪れる仁保弘有の人物画の素描を、等楊は描いて進呈してもいる。

天与清啓師は山口滞在中には、仁保氏の代々の菩提寺である源久寺に入り、仁保氏の世話になっていた。

老境にある長棟師も、この西京の地に渡ってきて、大内船の遣明船への参加を知っていたであろうから、自身も、儒学の本場に渡る機会のあることを想像しておられたのかもしれない、と等楊はふと思った。

「またとはない土産話は、のちに、とくと聞かせてもらいますぞ」

「心得ました。長棟師におかれましては、唐土からの土産は画や旅の話だけでなく、儒教の経典の新奇のものを、当地より所望して携帯し、持参いたしたく存じます」

「ほほう、これは我が意を得たり。その土産には、正猷師も生きておいでであれば、さぞ喜ばれたことでしょう。等楊、いや雪舟どのの現地で描いた図画も楽しみですな」

久方ぶりの悳実こと長棟師との対話であったが、師の身体の衰えをなんとはなしに、等楊は感じた。長棟師の言葉に、若干力を感じない。

しかし、等楊が、見識豊かで詩文に秀でた天与清啓師を伴って来たことで、両師との対話も弾み、和やかで、みな自説に酔い意気投合して、数日の寝食までもともにし、よい雰囲気であった。

「ところで、佳衣どのは壮健であられるか」

「はい。佳衣は、いや佳衣どのは、なにかとよく気が付き、静嘉《せいが》で聡明さが際だって参りました。やはり弘忠公の遺児ですな」

等楊は、長棟師の問いに、密かに周囲を気にしながらも、はっきりと答えた。

「そうですか。安堵しました。ほんとうに、等楊どの、いや雪舟どのに預かってもらえてよろしかった」

等楊は、一年前に、号名を「雪舟」と改めていた。


ところで、長棟師は、等楊が会ったこの三ヶ月後に入寂《な》くなった。等楊にとって、このときの親しい対話が最期となった。

のちに、唐土より帰国後、長棟師の亡くなったことを知って、等楊は、ほんとうに惜《お》しい人を亡くしたと他人にも公言し、その懿徳《いとく》を静かに忍んだ。是非に、在りし日の長棟氏の遺影を頂相として残しておきたいと思い、筆を執った。

しばらくして、等楊は長棟師の墓参に、長門の音信《おとずれ》川の渓流沿いにある、古くからの湯治場のその先にある、山深い大寧禅寺を訪れた。

禅寺の住持に長棟師の仕上がった頂相を渡して、亡師の最期の様子などを聞いたあと、墓参の勤行《つとめ》に向かった。

長棟師の真新しい墓石の右隣には、大樹の植樹を挟んで、鷲頭弘忠公の立派な宝篋印塔《ほうきょういんとう》の墓石が置かれていた。佳衣の実父の墓である。それに気づいて、等楊は驚いた。

等楊は、長棟師の冥福《めいふく》を懇《ねんご》ろに御祈禱して、その場を去りがたかった。

そして、その後、隣の弘忠公の墓前にも等楊は静かに手を合わせて、雲谷晦庵で預かる実女の佳衣の日頃の様子を報告することもできた。

「南無、南無。御子女、結衣どのは、このわたくしがお預かりいたして、息災《そくさい》にございます。ご安心あられよ。南無、南無、南無、南無」

等楊は、深く念じて、墓前に手を合わせた。


等楊は、大内氏の遣明船の出港地である赤間関（赤馬関、いまの下関）に向かうために、雲谷庵を出立する前日、佳衣を自室に呼んだ。

佳衣も、ここ数日、所在なげで、普段の落ち着いた挙動が見えなかった。等楊になにか問いたげであったが、ついに今日まで口にすることはなかった。

等楊は、唐土へ渡航時の自身の不在の時をどう過ごせばよいか、佳衣が悩んでいることがわかるが、適切な説明を省いてきた。

その佳衣は、やや伏し目がちに、等楊の前に姿を現した。

「佳衣や、聞いておくれ。ここに、佳衣の亡くなった父上と母上の位牌代わりのお札をお守りとして用意した。これを渡しておく。毎日の精進の前と就寝の前に、亡きご両親に一日のお祈りと、ご報告をしなさい」

佳衣は、等楊が差し出した二枚のお札のお守りを受け取りながら、頭を垂れた。

等楊は、佳衣のために、亡き父の弘忠と母の法名と遺影を自筆で描いた紙を守り札に入れて、親しい近在の寺の住持に御念魂入れしてもらい、用意しておいたのだった。

「先師、わたくしは、こちらに居続けていても、よろしいのでしょうか」

「無論である」

「では、先師。留守中は、佳衣はなんとすればよいのでしょうか」

「普段どおりに、精進に励みなされ」

「はい。ですが、先師のお世話なしでは、なんといたしましょう」

そう、佳衣から問われて、等楊はしばし、思案した。

「以降、迷いは放下《ほうげ》なされ。わしがいると思って、秋月や等悦や若い者らを相手に勉学と図画に努めなさい。秋月らにも申し伝えておこう」

佳衣は小さく「はい」と、応じた。ようやく、霧中の靄が少し去ったようである。

「唐土から帰国の折には、佳衣やみなの精進の成果をとくと見てみようぞ。佳衣よ、よろしかろうな」

「はい」

佳衣は、ようやく顔をあげて、等楊の方を真っ直ぐに見た。

「わが父母の、ただいま頂いたお守りを、大切にいたします。毎日、欠かさずご祈願いたします。先師のお気持ちに感謝いたします」

「うむ。よい。われが留守中の魯庵のことを頼むぞ」

「はい。かならず」

佳衣は安堵して、父母の守り札を胸にして、明るい表情で部屋を退出していった。


「拙宗等揚」または「等楊」の記名のある図画と「雪舟等楊」または「雪舟」の名義の図画に、同一の絵師であるという根拠をどこに置くか。また、かりに同一者と見るにしても、その図画傾向の連続性や継承性に疑問を呈する識者の意見は、いまも、かつても、多々ある。

さらに、その図画と画師名の変容に、京の禅林画壇から西京山口への遷移も重なって、どのように関連を付け、説明をするかは、大変に悩ましい問題であるらしい。

しかし、等楊について、唐土へ渡ってののちの図画の傾向には、明らかな進展と曲折が見られるのは、ほぼ周知の事実であろう。

また、この入明の経験がきっかけとなって、のちの「画聖」と詠われることになる等楊の図画が完成を見たとも言えよう。

しかし、等楊自身は、帰国ののちに、唐土での当時の図画界には、なにも見るべきものも、学ぶべきものも、師とすべき図画師もいなかった、と素っ気なく述懐している。

遣明使の大内船の従僧としての僅《わず》かに二年余の忙しい渡航日程を熟《こな》しただけの等楊にとって、多少の図画勉学の余裕は得られたにしても、それは物見遊山に多少毛の生えた程度の遊学経験でしかなかったであろう。北京滞在時に、翰林図画院《かんりんとがいん》に赴《おもむ》いてはいても、本格的に図画の師匠について画技や修行に励んだ、というわけにはいかなかったのである。

当初の期待が大きかっただけに、そのぶん落胆もまた大きかったからであろうか。図画の師とすべきは「天開」たる大自然をおいてほかには無し、ともいう趣旨の言葉を残している。

また、さらに、後年の等楊の『破墨山水図』の自筆自賛には、渡明して「李在、張有声に設色の旨《むね》、破墨の法を学んだ」とある。

等楊の『破墨山水図』は、代表作とは言えないが、等楊の図画を語る上では欠かすことの出来ない作品ではある、と言えよう。後年、弟子の宗淵が鎌倉の寺に帰る際に、請われて描き与えた作品である。

また、李在という絵師は当時の明朝画壇では名の知れた人で、作品も多く見ることができる。しかし、定説では、等楊が直接師事して、設色の妙技や破墨法を学んだということになっているが、等楊が足を運んだであろう翰林図画院には、その姿はすでになかった。歿後《ぼつご》、三十年であったと言われている。

さらに、長有声に至っては、その作品はおろか図画師としての名前さえ、現地の記録にも伝わってはいないという。いったい、これは、どういうことであろうか。

謎である。

ほんとうは、等楊は、たれに、その「設色の旨と破墨の法」を学んだのであろうか。

また、李在や長有声といった明朝代の図画師と等楊との、ほんとうの関係は、どうであったのであろうか。

この疑問については、懇切に語られることも、詳細な解明がなされることも、かつてなかったのである。

話を戻そう。

当時の遣明船には、随行記録役の絵師が必ず同行した。

帰国後に、大内氏の当主に使節が帰還の報告を行う際に、随行の日誌などの記録が必要であった。ことに、写真のない不便な時代、絵師の描いた現地で接した風景や使節の様子、見聞きした文物などを書き留めておくことがなにより便利であった。いわば、随行絵師は、朝貢の書記官や記録係、いわばスポークスマン役である。

遣明船による勘合符貿易にたずさわることを室町幕府から許された守護大名としては、足利将軍家に近い細川氏が堺商人と組むのに対して、地方の大内氏は、豪商神屋、奥堂、川上、小田など博多の有力商人と結び協力して遣明船を運営していた。

この日明貿易には、明国と日本の双方の朝廷で互いの認めた貿易船とわかるように、朝貢を証明する当時の明国の皇帝永楽や宣徳などの承認した勘合符という割り符の渡航証が用いられたことから、遣明船は勘合船とも呼ばれた。勘合符は、入明受入港である寧波と首都北京の朝廷の礼部で台帳・原簿原符と検査照合された。

室町幕府の遣明船は、当初は朝貢の形をとったが、実質は貿易船で、一回の遣明船では五隻程度の船団で構成され派遣されたが、宝徳三（一四五一）年の遣明船が九隻参加して以降は、三隻に制限された。幕府は遣明船の運営を、実際は守護大名や有力寺院に任せ、勘合符の発給に多額の金銭を納めさせた。

また、遣明船の一隻の賃借料や修復費、乗組員の人件費、進貢品代、乗船者の食料代など合わせると約千五百貫文程度の運営維持費が必要とされたという。

この費用のほとんどが客商や従商と呼ばれる商人の参加費で賄《まかな》われ、参加商人は付搭物《ふとうぶつ》という朝貢物以外に、自らが独自で積み込む商品を入明後に売り捌《さば》いて、その費用に充てた。この付搭物の売り上げによる利益は、一隻当たり一万貫から二万貫文にも推定される。多くの西国商人が、この利益を巡って参加を競い合った。特に、明朝で需要が高かった銅銭や刀剣類や、のちの銀は中国地方が主要産地であった。

この利を目当てに、次第に、貿易の利権を瀬戸内海側の所領地を有する有力守護大名である大内氏、細川氏、山名氏が競った。

正平二十三／応安元（一三六八）年の明朝の建国後、博多商人の肥富《こいつみ》が将軍足利義満に対明貿易の利得とその有意義を直訴進言し、応永八（一四〇一）年に同朋衆《どうほうしゅう》の祖阿《そあ》とともに最初の遣明使として入明して以来、遣明船は十七度の計画実施と派遣がなされたが、朝貢品の明朝側からの交換品や、入明後に売り捌いた商品の代金で、明国の美術工芸品や書画、儒教や禅宗の経典・仏典など貴重な文物が、数多く当時の日本に輸入されることとなった。

そして、遣明船の習わしとして、代表する一隻には必ず五山を代表する高僧が正使と副使として乗り込んでいた。一団の配船も、幕府船の他に細川、山名、大内、大友、島津の守護大名が過去に遣明船を出し、相国寺や天竜寺、三十三間堂などの寺社船などが仕立てられてきた。

西京山口に来る前には、相国寺に在籍したことのある等楊は当然、遣明船のことは詳しく知っていた。相国寺には、その遣明船によってもたらされた、唐土からの舶来絵画を、幕府の御用絵師も務めた周文の画廊兼製作場などで、飽くことなく眺め、模写を試みたりもした。おそらく、等楊には、それだけでも、周文のもとに弟子入りをし、出入りを許された甲斐《かい》があった。

幕府の正使を乗せる幕府船はじめ、細川船は、堺や神戸の港より瀬戸内海を経て、等楊らを乗せる大内船は長門の赤間関より出帆して、いったん博多港に集合する。

博多では、遣明船出航まで、等楊らは出港準備が整うまで、博多聖福寺に滞在し、その時を待った。遣明船では、幕府船を先頭に、細川船、大内船の三隻の船が、それぞれ母船となり数隻の随船をともない、明朝の受入れ港である寧波をめざす。

寛正七／文正元（一四六六）年に、ようやく大内家の遣明船（三号船）の寺丸も、等楊を乗せて出立した。

等楊らを乗せた遣明船は、第十三次遣明船と呼ばれ、前回の遣明船からは、じつに十五年の休止期間を経て計画実施された。明朝代の資料では、永楽期の次の宣徳期の、第四次の勘合船であったとされている。この間、明の皇帝も、前回の天与清啓師が強く謁見を迫った代宗から第九代の憲宗（成化帝）の時代である。

等楊は、赤間関の出立の前夜に、不安と期待からか、なかなか横になったが寝付けず、ようやく朝方になって睡魔に襲われたせいか、夢を見た。見たこともない宮殿のような大きな建物のなかでひとり迷って、迷路のような場所に入り込み、出口は見つからないし、人人の群れに紛れて、盛んに押されたり押し戻されたりして、右往左往している夢であった。

気がついたら、等楊はぐっしょりと寝汗をかいていた。

古来より、人は将来を予測することに熱心である。

その予測や、あるいは予知には、占い・伝承の活用・夢・天啓・類推・期待・祈りなどに頼らざるを得なかった。

それに対して、現代では、天気予報のように、精緻な科学的な手法を用いた過去における実績と現状の分析を行うことで、不確かな未来を予測するようになったし、現在のひとの見る夢は予知や将来の予測のメタファーではなくなった。

しかし、等楊の生きた時代でも、依然見た夢は、なんらかの未来の暗示であった。

夢から目覚めるきっかけは、等楊の目前に、巌然と姿を現し、進路をふさいだ巨大な壁と、その壁面に引かれた横一本の墨で描いたような奇妙な太線との遭遇であった。その壁は等楊のほうに、一方的に倒れかかってくるようであり、一筆書きの太い墨線はまるで蠢《うごめ》く青虫の生き物のように等楊の目前に迫ってきた。

目覚めたとき、等楊の顔は脂汗をかいていて、その汗が顔から首筋、脇にかけて、ヒンヤリ、ぐっしょりとした。また、手で拭うと、油のような汗が、ねっとりとこびり付くように吹き出していた。いやな感覚が、しばらく等楊の頭から去らなかった。


等楊らの遣明船が博多に集合して、出帆後、志賀島、平戸を経て、五島列島の奈留《なる》浦に到着した。そして、遣明船は黄海、東シナ海を渡り中国大陸を目指した。直線距離でも約七百キロメートルの海路の行程であった。

三号船である大内船（寺丸）が、舟山諸島の普陀落島を経て、杭州湾の入口にあたる中国の受入れ港である寧波に入港し、上陸を果たしたのが応仁二（一四六八）年の春二月である。明国の年号では成化三年である。寧波到着後、皇帝の住む首都北京へ出立までに約二ヶ月余近くを、遅れた幕府船の正使の到着を待って、猶予《ゆうよ》の時間があった。

しかし、幕府船の正使の天与清啓らの乗る一号船の幕府船（和泉丸）と二号船の細川船（宮丸）は、到着がさらに半年以上も遅れて、ようやく冬十一月に寧波に到着した。理由は、悪天候による出港の遅れと積荷の入れ替えのために、途中でいったん引き返し、博多港を再出発したからである。

幕府船（和泉丸）に至っては、当時の大型船の不安定さからか、激しい風波で玄界灘から呼子浦沖で転覆難破し、急遽《きゅうきょ》中型の代替船（宮丸）で出直すこととなった。船の積荷は、大波に掠《さら》われたり、水没してしまい、交易を旨とする遣明船としては、主船の交換をはじめ、積荷の再選別、入れ替えや積み込みのために、出航港の博多に引き返したのであった。

幸い大内船の寺丸は、この時、博多港に引き返すことはなかったが、同じく激しい風波に見舞われて船の積荷の多くを、幕府船と同様に失っている。

等楊を乗せた三号船である大内船には、京の東福寺で親しくしていた桂庵玄樹が、土官《とかん》として、ともに乗り込んでおり、等楊とも京都の東福寺にいたときから特別に親しい間柄であったので、唐土では、以後、ほぼ行動を共にする。このとき、桂庵玄樹は大内遣明船の副使も兼ねていた。

玄樹は等楊よりも七歳ほど若かったが、もともとは山口長門国の出身で、大内宗家からも信頼が厚かったようで、遣明船の積荷に関しての明国側との交渉役の大任を任されていた。大内船（寺丸）には、禅僧や商人、船員ら百人超の乗組員があった。

大内側の使節方には大内家重臣の高石重幸らのほかに、役割に応じて、乗り組んだ禅僧らは居《こ》座《ざ》と土官に分かれる。いずれも貿易交渉の重要な実務を職務とするが、この官名は中国の官職名に習っている。

主管たる居座には、周防の香積寺の起叟永扶《きそうえいふ》が就き、他に大通寺の通懌《つうえき》、周興彦竜らが同船していた。大内船に同船した幕府側の居座には、呆夫良心《ぼうふりょうしん》が同乗してきていて、この旅で再度知り合った。いずれも、同乗同行したことで、以降は等楊と親しく交わった。

また、同乗の商人は、客商と従商とに分類された。このほかに通事《つうじ》と呼ばれる通訳や従僧がいるが、等楊の立場は従僧に分類されよう。他は船頭と水夫である。馬も数頭乗っている。

遣明船は基本的に、朝貢よりも貿易船といった性格が強く、渡明後、その積荷を明国側で売り捌き、代わりに明朝の文物を買ったり、金銭に換えたりした。したがって、積荷の選考は重要で、明国側の需要の高い物を優先させたため、積荷の分量や配分には慎重を期した。

また、復路で遣明使節が持ち帰った明朝の書画や仏典や儒教経典なども重要な日本側の輸入品であった。等楊自身も、京の東福寺や相国寺の時代にこうした輸入品のひとつであった舶来絵画を驚きと羨望を持って眺めていた。そして、大内氏の所領山口に招聘され、移住してからも、大内家所蔵の多くの輸入渡来の絵画に親しく触れることができた。

等楊ら大内船の一行が、寧波到着後、寧波府城に東渡門外から上陸し、まず駅館という簡易の外来者の宿泊もできる官舎に入り、正式に上陸の手続き等を終えた。

その後、遣明使節の定宿所となっていた城府内の天寧寺で幕府船の正使らの到着を待つあいだ、たっぷりと時間の余裕があった。

等楊は、窮屈な遣明船を下り、ようやく安堵した。唐土を目指しての、渡航にまつわる船酔いや荒い時化《しけ》など、初めて経験する苦行難行の数々を終えてホッと、胸をなで下ろす思いであった。これも、幼くして禅門を踏んだ自身の運命であったろうと、思い定めた。

唐土に渡り、遣明船を経た禅師が寺で次第に高位に昇り、尊崇の限りを享受できるのは、この苦行難行を熟《こな》したためでもあったろうと、等楊は素直に思った。

寧波で一息ついた滞在者の一行が、観光も兼ねて、府城内の幾多の寺院や月湖などの名所名跡を訪ね歩いても、まだ時間は余る。そこで、等楊らは互いに話し合いで、希望者同士で、中華五山の第一であった天童山景徳禅寺に参詣《さんけい》することにした。それほどの、自由時間がなおあったのである。

この禅寺は、等楊らが最初に上陸した寧波の府城街からは約二十五キロほど東の地点にあり、近郊までは杭州湾内を巡る船路が利用できた。

いわゆる天童禅寺は、鎌倉時代より最も名前の知られた唐土における曹洞宗の禅寺であり、大和より渡航した禅宗徒が最も修行すべき禅寺でもあった。そのため、日本の禅寺からの留学僧も多かった。

そして、天童禅寺に行く手前の太白山麓に阿育王寺《あいくおう》があり、等楊はこの寺にも海路に立ち寄り、その全景を『育王寺図』というスケッチ風の図画作品にして残している。

「阿育王」とは、インド初の統一王朝であったマウリア王朝全盛期の三代目王で、仏教に帰依《きえ》し厚い保護者として知られるアショーカ王の中国語読みである。

この禅寺も寧波より東方に約十五キロの地点にあり、天童禅寺とのほぼ中間点にあたる。やはり、この寺も中華五山の一つで、舎利殿《しゃりでん》には釈迦《しゃか》の分骨が納められているが、その改修時には臨済宗の僧であった栄西とともに宋朝代の唐土に渡った重源という僧が山口周防の山から切り出された材木を建造資材として提供したといわれている。

等楊の絵画作品に描かれた東塔ほか三つの塔が現存するが、創建は西暦二八二年で西晋の時代である。

この阿育王寺から、等楊はさらに東方の天童禅寺に向け海陸路をとった。

そして、ここ天童寺での等楊の活動は目ざましく、渡来の従僧という立場の気軽さもあってか、精力的に通事（通訳）や滞在中に親しくなった日本からの留学僧に付いて禅寺での諸事諸般に積極的に参加し、著名な禅師との交流を重ねることができた。そして、さらに、図画の腕前が等楊に幸いする。

等楊と知遇を得た禅師は、みなこの寺の著名な禅師で、懇意に交わった御礼として等楊は、その師僧の頂相《ちんそう》、つまり肖像画を描いて進呈したのであった。

その師僧のなかでも、この禅寺の師僧の頂点に君臨する天童寺第七十二代住持であった無傳嗣《むでんし》禅師は等楊の図画の才能と人当たりの良さをよほど気に入ってくれたのか、特に厚くもてなしてくれた。

海の向こうの日本では、鎌倉時代に禅宗が中国より伝わり、それより室町時代にかけては、著名な京五山の禅宗寺院の禅師が、禅宗徒本来の勤行のほかに、文化芸術や学問、つまり書画や漢詩、儒教の担い手であった。

しかし、本場の中華の世界では禅宗仏教は達磨を祖とし、座禅による瞑想と悟りをその修行の基礎とする大乗仏派として、禅宗文化と文芸とも深い関わりは持っていたが、本来の寺院の禅師は禅事修行が主であった。そして、どちらかといえば、書画や文芸は、朝廷や宮廷内での挙人《きょじん》・文人の書詩画三絶《しょしがさんぜつ》といわれる専門性の高い官僚や知識階級の嗜好としての傾向が強かった。

渡来した等楊のような禅宗徒で、かつ図画や詩書に秀でた者に対する現地の禅師の接し方は尊崇に近い。

そして、等楊がいよいよ天童禅寺を去る日には、等楊はこちらに来てさり気なく天童寺を描き入れた「春季山水図」一幅を寺の住持に贈呈して、その賛《さん》を請うた。

そこで、天童寺側は返礼として、無傳嗣禅師の計《はか》らいで「四明天童山第一座」という有徳の賓客に特別に与える「禅堂禅班首座《しゅそ》」の称号を、等楊に贈与《あた》えてくれたのであった。寺の住持に次ぐ名誉職の称号である。

同行した副使の桂庵玄樹や旧知の呆夫良心らが、盛んに等楊の得た称号を褒《ほ》め、羨《うらや》ましがってくれた。

「禅班首座」の称号は、当時の寧波周辺の明州地方では「禅班第一座」とも呼ばれていて、同意味である。

等楊にしても、天童禅寺第七十二代の住持無傳嗣禅師からの、思いがけない禅師としての名誉の称号に、気恥ずかしさとともに、大いに誇らしさを感じ、以後の自作の図画作品にも、この称号を雪舟の署名と落款とともに頻繁《ひんぱん》に書き入れている。

このように、等楊の入明は、幸先よく始まったといえよう。

遣明船の中国側の最初の入国の地は、中国南東部の寧波《ニンポー》港で、この地は明朝代の前には、町の西南にある高峰の四明山《しめいさん》に因んで「明州《みんしゅう》」と呼ばれた。港町の「寧波」と呼ばれるのは、明朝代になってからである。港湾に適した地であるとともに、稲作の二毛作も可能な肥沃《ひよく》で温暖な地でもある。

その四明山は、ちょうど寧波と紹興《しょうこう》のあいだ辺りにある幾つかの峰峰《みねみね》の列なる高峰である。その手前にある東銭湖《とうせんこ》という湖の湖面からは、その山山を遙かに見渡せる。

四明とは、日月星辰の明かりが四方の窓より照らすという意味で、四明山は太陽も月明かりも、星星の瞬《またた》きも遮《さえぎ》るものなく四方より照らしだす独峰の峰峰が連なり、この連山は切り立った断崖絶壁に囲まれた起伏の激しい急峻峰である。

この山山が、等楊の山水画の世界を形作る必要不可欠な重要な要素となった。等楊は飽きることなく、山容を眺め渡し、筆を執って写生に取り憑《つ》かれた。

また、寧波府城内の月湖《げっこ》や天寧寺などの寺社を巡り、その周辺の東銭湖などから眺められる光景を瞼に焼き付けた。

じつは、等楊は当初、唐土に渡れた喜びと意気込み、物珍しさも手伝って、写生に精を出したが、この経験がほんとうに意味と実感をもって、等楊の画業の栄養や肥料《こやし》となって、その身に迫ってきたのは、いよいよ唐土を離れることが現実味を帯びてからであり、さらに山口天花に戻って豊後に移って「天開画楼」を開いてからであった。

『山水長巻』には、寧波府城らしき城壁や駅館や天寧寺の二塔や鐘楼《しょうろう》らしき風景がそのままに、丹念に描き込まれている。湖心寺にいまも残るアーチ橋なども、さり気なく描き込まれている。

『長巻』執筆時には、等楊の手元には、四明山や東銭湖からの風景や、この寧波府城を丹念に描写した当時のスケッチ図があったはずである。

等楊ら、桂庵玄樹を副使とする大内船の先行隊一行が、さらに目的地である北京に到着したのは、寧波出発から約二ヶ月後の翌年（一四六八年）夏六月初とされる。ただし、明朝側の正史『皇朝憲宗実録』には、成化四（一四六八）年五月十日に北京大明宮で遣明船の最初の一行が明国皇帝と謁見《えっけん》したとの記録が残るので、正確には、等楊ら先遣隊の一行は寧波出発から二ヶ月もかからずに、その約半分の行程で北京に入ったことになろうか。行路は、難事なく順調であったことがわかる。

大内船の一行が、幕府船の正使を待たずに遣明使として上陸を認められ、明国皇帝に謁見を許されたのは、一行が正式な勘合符を携えていたからである。

行路は、寧波府城西門の来観亭より乗船して、紹興を経て杭州までは細い水路を継いで、杭州からは京杭大運河という首都北京までの総延長が約一千七百キロメートルにも及ぶ人工の運河をほぼ真北へ嘉興、蘇州、無錫、常州、鎮江、南京（応天府）郊外、揚州、さらに淮安、徐州、兗州、済寧、聊城、徳州、衡水、滄州、天津、北京と遡《さかのぼ》る船の旅であった。

等楊は、帰国ののちの宋画を模した「破墨山水画」に、自ら解説風の題賛を書き、この時の旅程について述べている。

「余は、かつての大宋国に入りて、北へ、大江を渉《わた》り、斉魯《せいろ》の郊《こう》を経て、洛《らく》に至る」

つまり、大宋とは明朝の前前代の王朝のことで、図画の全盛を迎えた北宋の時代のことを言ったのである。

そして、到着した寧波より北進して、大河長江、つまり揚子江を渡り、かつての春秋戦国期に栄えた斉や魯の国のあった辺りを通って、皇帝の住む首都北京（洛）に到着した、と記述《の》べているのである。

等楊が中国古代の国である「斉魯」を持ち出して、わざわざ述べているのは、かつての魯国が儒教の祖である孔子《こうし》の故国でもあるからである。


この大運河は途中、長江（揚子江）、淮水（淮河）、黄河という中国三大河を縦に貫《つらぬ》いて、首都北京まで築かれている。

長江（揚子江）から杭州を結ぶ運河は、古くから開削開通されており、江南河という。中国の戦国時代頃から部分開削されて、長い歴史をへて今日に至っているという。

そこからは、淮水と黄河を結ぶ通済渠《つうせいきょ》に至る。この通河は隋王朝時代に百万人もの民衆を動員し、約五ヶ月で完成させた大突貫《とっかん》工事であったという。

また、黄河から衛河を経て天津を結ぶ永済渠《えいせいきょ》も大土木工事であった。渠とは、地を掘って水を通した溝のことで、城郭に築く堀《ほり》も同意である。運河を意味する名称のことである。

ちなみに、黄河から天津までを結ぶ運河を南運河といい、さらに天津から温楡《おんゆ》河を経て北京へ続く運河を北運河といった。

この大運河の完成は西暦六一〇年の隋王朝の時代になるが、明王朝永楽帝の時に、南京から北京への遷都《せんと》によって、大量の資材の運搬のために大運河の利用価値が高まり、運河の航行が劇的に増え、通河自体や周囲の津《つ》と呼ばれる船着き場などの整備も進んだ。

この運河全体の工事は、当時は地球の地表を穿《うが》つほどの大規模な人工的河川のインフラ工事だといえた。

等楊が加わる大内船の遣明使一行が利用した、この時代には、とくに大運河の一般的な航行が盛んで、運河自体も整備が万全であったはずである。

しかも、船の航行は、海路と異なり、天候に比較的に左右されず、安全でスムーズであったので、大型の人荷同乗の船舶が利用された。しかも、船底は平らで船艙《せんそう》が広くとれるので、大量輸送に向いている。

等楊は、この大運河を実際に航行してみて、その大地を穿つほどの築造規模に度肝《どぎも》を抜かされた。これほどの労力と資材と金銭を湯水のごとく投じて為される現明王朝や歴代の中国の王朝や朝廷における皇帝の権力の強大さに驚いた。

この大運河の航行の旅の途中に、等楊は多くの写実風の風物画を描いた。

船上からも、途中の下船した津《みなと》の空いた時間にも、食事に立ち寄った食堂でも、ときを惜しんで、頭にも光景や文物を刻み込み、絵筆に起こして、スケッチし、殴り書きして、なるべく書き留めた。持参した和紙画帳の余白や裏面までもが隙間《すきま》なく、埋め尽くされていく。

現地の風景だけでなく、空気感や雰囲気や生活感、人びとの市場や船着き場での会話や呼び子の声や馬車やその役荷、様様な服装や役人の着ける花冠や官服、遠くの山山から立ちこめる霞や霧、山畑焼きの煙、露店からの食べ物の匂い、人びとの放つ生活のきわどい香気、ちょっとした立ち話や買い物で、現地の人びとの作る仕草《しぐさ》ですら気になって、記憶に留め、写生に起こせないかと腐心《ふしん》した。

いまに残り名の知られるものだけでも、等楊の描いた旅の風景や人物などの写生画には、まとまったものでは『唐土勝景図巻』や『唐山勝景画稿』『金山寺図』『国々人物図巻』などがある。いまでは、多くは実物ではなく模写が残るのみであるが、それでも、当時の雰囲気はよく伝わる。

ところが、大内船の大内家重臣の高石重幸ら正使方一行の寧波出発は、等楊らが北京に着いた三ヶ月後の秋九月であり、北京への到着はこの年の冬十一月であった。大内正使方らの出発が遅れた理由は、博多から五島列島の奈留港出航ののちに嵐に遭い、幕府船同様に、大内船寺丸の船荷の一部が失われ、海水を被《かぶ》ってしまったことによる。正使方らは、朝廷への朝貢に大きな迷いが生じたということであろう。

朝貢には、当時、大内船の積み荷には銅や刀剣や鎧《よろい》、冑《かぶと》、絹布織物、陶器、漆器《しっき》、扇《おうぎ》、屏風《びょうぶ》、瑪瑙《めのう》、砂金、塩、硫黄《いおう》などがあった。それらの献上品は、いずれも、ほぼ大内領内での特産品である。

とくに銅は明朝では貨幣としての需要が高く、山陰出雲の鷺《さぎ》銅山や石見の仙ノ山（銀峯山）の大森鉱山に多く産し、刀剣は山陽の金山や赤山、黒谷、黒田と地名のついた磁鉄鉱石産地から流れでた砂鉄から多々良《タタラ》と呼ばれる製鉄場で加工された。

もともと大内氏は、朝鮮の百済聖明王の第三子琳聖太子の子孫を自称し、多々良《たたら》氏と名乗ったことから、朝鮮半島より最新の製鉄精錬技術を周防に伝え帰化《きか》した有力氏族の系譜を継ぐものであったろうから、製鉄の技術から刀剣や武具、農具の制作に秀でていた。

また、内海の塩田で精製された質のよい純白塩や手工芸による絹布や陶漆器、硯、屏風や扇などの工芸品の類《たぐい》は多くの職工人を育成し抱える大内氏の名産品と見なされていた。

さらに、火山国の日本で露天で採れる薩摩産などの硫黄は硝石《しょうせき》や炭と混ぜて黒色火薬となるが、唐代の中国で発明され、武器として使用されるために、中国側が欲しがったとされるが、実際にいくらで売れるかどうかは不明とされた。

もっとも、大内船の副使である桂庵玄樹に引率された先発隊に従った等楊らには、そんなことはどうでもよいことであった。


北京到着後は、等楊らは、貴賓として朝廷の宮殿の礼部という部門の管轄《かんかつ》の役人の世話になる。入京後は、当初はさまざまな歓迎の宴席が催《もよお》されて、連日多忙であった。

礼部は、唐代に設置が始まった官衙で、本来宮廷内の礼楽・祭祀・学校・貢挙《こうきょ》（人材登用試験）など重要年中行事を司る役所であり、朝貢先の使節や賓客をもてなすのも管轄の仕事であった。いわば、外来渡来の貴賓として遣明船である幕府船だけでなく、随行する大内船の副使方一行も手厚く迎えられた格好である。

当時の礼部という部門を所管する大臣にあたる尚書には、姚夔《ようき》という人物が就いていた。

自分の部下から大内船の副使一行のなかに日本での著名な画師が随従していると聞いた礼部尚書《しょうしょ》

は、どういう風の吹きまわしなのか、通事（通訳）役の誤解に基づく判断なのか、気まぐれか戯《たわむ》れに、大内船随従の画師に礼部院中堂の試院という建物の壁面を飾る絵画の制作を依頼してきた。おそらく、日本からの遣明船の幕府船や大内船の正使方らの到着が相当に遅れるとの報告を聞いて、先着した遣明船の一行の時間の過ごし方に苦慮しての依頼であった、と推測される。

また、等楊は、北京に滞在中は、それまでのゆったりと腰を構えて山河や田園や寺院、立ち寄る船着き場や都街の風景などを、じっくり写生する暇もない船旅の慌《あわ》ただしさに比べ、ようやく余裕の時間がもてたので、これまで描き溜めたスケッチ画の数々に手を入れたり、申し出て立ち入りを許された宮殿内の宮廷画院に足繁く通うことができた。

宮廷画院とは、宮廷付属の絵画制作専門機関であり、翰林図画院《かんりんとがいん》、ないしは単に図画院ともいう。翰林とは、文人や学者のサロンか集会所と、それを養成し教える学校の合わさった場所といったところ。

ここでは、実際の絵画の制作のほかに、著名作画家の歴代の絵画や絵画にまつわる文物の展示品もある。

等楊の目に入る図画作品はもちろん、建物や文物が、飾られた宝物、造作の装飾などなど、みな珍しくて、なにしろ大規模で、立ち止まってしばらく眺めていると、すべての文物の枝葉にまで等楊の脳裏に興趣が向き、総毛立つように自身の触角や神経細胞の数々が立つのがよくわかった。その展示室の部屋の内部に立ち入り、室内の展示された夥《おびただ》しい図画作品群に、さらに圧倒される。等楊の望んだ鑑賞すべきすべてのものが、ここにはあった。

等楊の図画の引き出しにはとても収まりきらない洪水《こうずい》のような画識画趣である。

等楊は、あふれ出る水を、その手で掬《すく》っても掬っても、次から次に零《こぼ》れ落ちる水を掻《か》き集めても集めても、まだ足りない。そんな思いと必死に格闘を始めている。

等楊の迎賓者の宿所から目指す皇帝の住む宮殿群である紫禁城内までは、徒歩で半時もかかったが、まったく苦にならなかった。遣明使歓迎の大小さまざまな宴席は昼夜に及んだが、等楊は昼間は辞退して、一行からは別行動で、もっぱら図画院通いを自らの勤めとした。夢にまで見て、望んだ機会を無駄には過ごしたくはなかったのである。

城外朝内は各殿の長大で壮麗な瓦屋根を支える柱と梁《はり》から迫《せ》り出した複雑な形の斗拱《ときょう》が整然と遙か先まで列なっている。等楊は幼時より入寺して寺社仏閣を飽きるほど眺めて来たが、ここまでの感動を、組花肘木の手の込んだ連綿たる装飾の整列に覚えたことはなかった。明朝の宮廷内の建物はそれほどまでに、等楊の既知の概念を大きく覆《くつがえ》すほどに造作も規模も図抜けており、その建造意図までもが異なっているようにすら感じられた。

その通い道を、等楊は距離を感じることもなく、足繁く通った。この石畳の整えられた大道は等楊の通うためにあった、ともいえよう。

その図画院はまるでその建物自体が大宮廷で、建物の周囲を歩いても、さらに半時もたどり着かないと思えた。こうした見上げるしかない、目を見張るほどの建造物の規模の広大さが、等楊を圧倒し、胸を打った。

これまでに滞在し経験してきた京の都のきらびやかに思えた御所や五山の禅寺の様相は、等楊にはまことに小さくこぢんまりとした、ほんとうにちっぽけな色褪《いろあ》せたものに思えてくる。遥《はる》か遠く、また近くにあっては見上げるほどの壮大な建造物の数々を前にしては、京の都の造作は、ほんに、物真似《ものまね》のミニチュアでしかないのだ。

それに比べ、いや比べるすべもないが、ここには厳然とした圧倒的な本物がある。等楊の心身に、間近に迫ってくるものがある。造築造作の規模が、等楊らの想像をはるかに上廻《うわまわ》っている。そして、この恵まれた施設内に在籍しておれば、図画院専属の画家は、心おきなく画業に専念できるのだろうと、羨《うらや》ましさとも、嫉妬《しっと》ともつかない感情を、等楊は覚えた。

等楊は、じかに、この建物に足を踏み入れた瞬間に、はと不思議な既視感に囚《とら》われた。

よく考えてみると、この光景は、等楊が長門の赤間ヶ関から大内船で出立する前日に見た夢の建物のなかにそっくりである。

「これだ」と、等楊は手と膝を打った。

そして、そこは、等楊にとって、まるで夢のような御伽草子《おとぎぞうし》のなかで遊ぶような空間であった。

一週間、いや一ヶ月、画院のなかに居ても足りない。

等楊の鑑賞する眼と、動かす絵筆や走らせる紙面を這《は》う手は、休むことを知らない。


李在《りざい》という宮廷お抱えの浙派の画院画家は、当時有名であったが、等楊が宮廷画院に通ったころには、すでに亡くなって三十年以上も経つという。

李在に代わる逸材は容易には現れまい、との話を画院の関係者からは多く聞いた。

彼は北宗画の系統で、奔放な画風を特徴とする浙江出身の画流家集団の浙派《せっぱ》の画家として知られるが、じつはもっと南方の福建莆田《ほでん》の出身者で、字を以政といい、浙派の祖と見なされる戴進《たいしん》と並んで、明朝代きっての山水画の名手と言われた。

その李在が山水画の手本としたのは、南宋・元朝時代の画院画家である李成、郭熙《かくき》、李唐、馬遠、夏珪《かけい》らの山水風の絵画であり、彼らの画風を折衷《せっちゅう》しつつ、絵の構図に大胆さと雄大さを加え、緻密繊細な筆致で、秀潤な画趣の画風を打ち立てたとされる。

等楊は、のちに、深くそういった明朝代の画家の実情詳細を知ることになるが、北京滞在中には、初めてまみえ見る圧巻の絵画に、ただただ取り憑《つ》かれたように夢中になった。

その礼部尚書の姚夔に依頼されたのは、礼部院の試院中堂の貴賓小間の壁面を彩《いろど》る絵であった。この依頼を伝えに来たのは、北京到着来、等楊らの案内役となった紀という中柄中背のほっそり痩《こ》けた背格好の男である。礼部の官衙の役人で、今回の遣明使の中国側の接客係であり、通事、つまり通訳も兼ねている。大内船副使である桂庵玄樹に引率された一行のなかで、たれが絵師かと伺《うかが》う紀の様子に気づいて、桂庵玄樹が等楊を役人の紀に丁寧な解説付きで紹介してくれた。

等楊も、この依頼に、躊躇《ちゅうちょ》なく応じた。

等楊としては、画趣、画想が、いまさらに、めまぐるしく目前に展開している。待望の唐土の地で得たチャンスである。大運河を渡って来て、彼の地のめくるめく光景が頭のなかをグルグルと灯籠《とうろう》のように巡っている。

また、さきの図画院での巨匠の図画の見聞による大いなる触発もある。等楊が西京の周防山口の地、天花雲谷庵で暖めてきた山水図画の構図も浮き上がってきた。

これだ、これを形に残さねば、という図画の強い欲求や欲望の塊《かたまり》も感情として、胸裏を突き上げてくる。

しかし、これらの数多の感情や趣向やアイデアを、すべて余さず自らの図画に落とし込むことは難しい。抑えに抑えて、凝縮されたエキスのみを図画として表現せねばなるまい。多くの枝葉は削ぎ落とさねばなるまい。そう、等楊はこころに誓って、その過分な依頼を引き受けようと決心した。

そして、紀に丁重に促されて、絵を依頼された空白の壁面に、等楊がしばし向き合っていると、不思議な感覚が襲ってきた。

はて、これは、先般の夢に出てきた壁そのものではないか、と等楊は不思議に思った。

渡来前夜に見た夢のことである。そうか、いま自分が墨筆を持って向かっている壁面は、これであったのか。あの夢では、この目前に迫ってくる壁面に、太い横一線の墨が引かれていた。

その横線は、等楊のすぐ横に躙《にじ》り寄り、突然に挑みかかってくるほどの迫力があった。それは、まさにこの目前の壁で起こったことであったろう。

再びの既視感に、等楊は囚われていた。

まさに、茫然自失の境地である。

そのとき、ふと、ある思いが頭に浮かんできた。

この蠢《うごめ》くが如くの横の墨の線を縦にしてみてはどうか。等楊は、この横線を両手で強引に鷲掴《わしづか》み、頭の中で、上下に引き延ばしてみた。一本の縦の線にである。

等楊は、さらに、想像を拡げた。

この太い墨線は、等楊の持つ墨筆に十分に馴染ませてから、逆筆で下から壁の上へと勢いよく伸びていく。まるで、天を突き刺すように。

「おお、この線であったか」

等楊は、絶句した。

この縦線で、等楊は、大きくせり出したような荒い山肌と断崖を表現したが、その断崖は見ようによっては、大きく褶曲《しゅうきょく》し、世界を切り裂いているようにも錯覚される。

渡明して、紹興から杭州への道程で手前で遙かに見上げた四明山の懸崖絶壁の輪郭は、この縦線でしか表現できぬ。等楊のこころを捉えて放さぬのは、その思いであった。

さらに、その断崖の奥に、もう少し細いこの縦の線を使って、山間より流れ落ちる清冽《せいれつ》な数条の小滝を描き込んでみることにした。迫真の光景が等楊の画壁面の目前に出現した。これで構図はかたまり、等楊は壁面に描こうとする山水図画の全容を明確にイメージできた。

「ようし。これでいこう。これでよし」

等楊が壁面に構図を下書きして、壁面に図画の一筆を入れ描き始めて五日後、等楊らがその日の作業を終えて引き揚げたあとのことである。

所用で、試院中堂の貴賓室を訪れた礼部尚書の姚夔《ようき》が、そう言えばと思い出したように、気まぐれに貴賓の小間の壁画を見に入って来た。

さすがに等楊の筆が息吹き、動態をはじめて、五日目のことである。図画中央の輪郭が浮かび上がってきたばかりである。しかし、その輪郭は鮮明である。

しばらく、礼部尚書はその壁面を眺めてから、それまでの側吏に見せていた笑顔は失せ、無言になった。

大いに相好《そうごう》を崩して、側近と歓談していた声が止んだ。

右手で相手の話す声を制して、急に表情は真剣な顔容に変化した。眼前の図画を見つめる目が、墨線の流れを執拗《しつよう》に追っている。

壁画面の中央には、太い墨筆で力強い縦線が下から上へ、地から生え出て天を貫くように鋭く伸びている。断崖のせり出した絶壁と鋭い山肌の迫る稜線《りょうせん》を、見事に、この一本線で表したのであろう。

礼部尚書は、しばらく自問自答している風であった。むしろ、不機嫌でさえあるか、と見えた。

沈黙がしばらく周囲を支配した。

宮廷画家らによる輸出品の山水図画は、この礼部管轄の図画院で宮廷専属の画師によって産み出されていたが、多くは単なる真筆の模写に過ぎない。

おそらく、この図画を手掛ける東方の島国に生を受けて育った蕃国夷邦の図画師は、此国の真筆の摸倣図から学んだに違いないであろう。

そこから学んだ異国渡来の画師が、このような技法を育てるとは、到底考えられぬ。この蛮国の画師は、いったいどこで本物の図画を学び、どうやって画想を育み、まさかの、その図画の神髄や神技に僅《わず》かでも触れることができたのであろうか。もし、かりに、そうでなければ、この目前に展開された図画は、かようには動態すまい。

画技は、見るところ、未だ稚拙《ちせつ》な面がうかがえるが、それも修養次第で腕を上げることはいくらでもできよう。問題は、図画の本質に迫る真眼と姿勢であろう。筆遣いにも、真正な図画師としての、十分な息づかいと勢いが感じ取れる。

失念忘失して、姚夒の眼は壁面の図画に吸い込まれている。むしろ、画面と困難をともなう格闘を始めているようにすら思われた。

礼部尚書は、そこまで考え至って、思考するのを急停止した。過剰が過ぎる、と判断したのであろう。花冠に覆《おお》われた頭を、数回小刻みに震わせて、舌打ちした。目前の図画との格闘を、一方的に諦《あきら》めたとも言えよう。まあ、所詮《しょせん》、蛮国の絵師のことである、と。

彼はふとそう思い直し、気楽な気持ちで、ただいまの思いを、傍《かたわ》らに控える部下の紀という男に漏らした。

「小紀よ。この画が完成したら、よき場所に移して、閲覧が容易なところに掲げさせよ」

そう、部下の紀に指示した。異例のことである。図画の完成も見ずに、尚書の姚虁は、たしかにこう述べた。紀の方が、これには大いに驚いた。


等楊は、図画院に通ううちに、礼部の朝貢使節の世話係の役人のひとりに、入口の東郭門の前でバッタリ出会い、少し挨拶《あいさつ》を交わすうちに、その痩《や》せこけた中柄な紀という役人がちょっと横を向いて視線を遠くにそらしたと思ったら、さっそくある男の顔を認めて手を振り上げて呼びかけた。

その呼び止められた陰気な顔をした男は、一時立ち止まり、少し身体を引いて、ちらとこちらに下目遣いで顔を向けたが、その反応はいたって鈍い。

「老長」と、世話役の役人の紀が再び破顔して呼んだ。が、その陰気くさい男は、明らかに聞こえていない風を装い、また歩きだそうとしていた。

「やあ、長師傅。長先生。好久不見了」

役人の紀に「久しぶりじゃないですか」と大声で言われて、去りかけようとしていた男は、ようやく振り返り、身振りを交えて「おお」と応じた。

その素振りは、等楊には、たいへん不自然に、且《か》つ、わざとらしく思われた。

役人と等楊は、男のまえまで歩み寄っていき、その役人から等楊は、現地語でなにやら笑顔で素性とここにいる経緯を紹介された。

そのあとも、役人の紀は顔に笑顔をたたえつつも、こそこそと小声で男の耳元で、いかにも愉快そうに補足の説明をしている。

その「長先生」と呼ばれた男は、その役人の話を聞きながら、ちらと等楊の顔を見た。

等楊には、その男の鋭い表情がはっきり読みとれた。

そのあと「あの、姚夔が、か」と、等楊には男の声が、そこだけはっきり聞こえた。

その表情は、意外なことに、驚きの表情であった。

いままで、無関心を装っていた陰気くさい男が、等楊に驚きの表情を示したのである。

その、等楊には、いかにも陰気くさい風采《ふうさい》の上がらぬように見えた小男こそ、名を長有声《ちょうゆうせい》と言った。

長有声は、現在、図画院の副院長という重職の立場にあるが、それは師匠李在の名声がそうさせているともいえよう。李在はなぜか、山水の佳作《かさく》のひとつも残したことのない長有声の有能を一人認め、生前にこの図画院の要職の一つに推薦したのであった。

ところが、長有声は李在の口利きで副院長に就任してからは、いまだにただの一枚の水墨山水画ものしていないという。

ある日、いつものように見学のために図画院を訪れた等楊を、副院長の長有声は待ち構えるようにして、奥の執務室らしい部屋から、等楊の目前に花冠をつけた盛装で現れた。

等楊の方が、今度は、意外な長有声の姿に驚いた。正装姿の長有声は、数日前のその人とは明らかに異なる印象の人であったからである。

また、なにより院内でのこの男の振る舞いは、明らかに地位の高いひとへの周囲の者の計らいが感じられて、等楊をドギマギさせた。

長有声からは、自室らしい部屋への入室を促《うなが》された。等楊が招き入れられた部屋はさらに幾つかに仕切られており、数台の木机と数人の秘書役の執務員らしき者の姿もある。

早速、等楊は着座を勧められ、立ちこめる香りの高い銘茶を、長有声より、手ずから振る舞われた。

その一連の等楊をもてなす動作は、大変に手際の良いものに感じられた。まるで、予《あらかじ》め、台本でも用意されているのか、と思われた。いままでの印象として、陰気な暗い顔の男のものとは思えない。

目立つ装飾の茶筒には「龍井精品魔茶」と銘柄名らしきものが殴《なぐ》り書きされているのが、等楊にはわかった。

等楊が、湯飲みにしては立派な茶器に手を触れたとき、その瞬間に、不思議な感動ともつかない感情が呼気とともに立ち上がり、一気に気孔を駆け抜けたように感じた。等楊は、一瞬クラリと目眩《めまい》のようなものを感じた。等楊の骨格を伝って昇龍が駆け上がって、頭上に素早く抜けた。着座する椅子から、等楊の腰が持ち上がり、ふわりと浮いたように思われた。どこかに遠ざかりたいという欲望が湧いてきたが、かろうじて耐えた。

ひと口を等楊は茶器から口に含んだが、まだ熱い湯が、たちまち臓器を巡り、ホカホカと等楊の身体を火照《ほて》らせ、えも言われぬ香気と精を立たせた。等楊の舌先は痺《しび》れて、味覚や痛覚の感覚を失ってしまったようだ。

等楊の頭脳の内より鋭敏な新たな神経が張り巡らされ、迎えた長有声に対座した。

長有声の声に、等楊の神経が鋭く盛んに反応を始めた。

気づくと、不思議なことに、たがいの対話が自然に成立しているのである。

最初は、差し障りのない、たわいのない会話であった。

が、次第に、図画のことに話題は移っていった。

ややあって、長有声は不思議なことを言いだした。

「いまの、ここの、明王朝の時代の図画界には、見るべきものも、学ぶべきものも、もはや、なにもないよ」

いっぽう、等楊には、まったく、そうは思えない。

「いま見てきた宮殿の図画院付属の部屋の壁面に架《か》けられた多数の図画には、秀麗で驚嘆すべき絵画が無数にありましたよ。それは、あなたの師匠の李在師の描かれた数点のものも含めてですよ。ほんとうに著名な画師の、初めて見る大作も数点ありましたよ」

等楊は、鑑賞した著名画家の名前すら、スラスラと、次々に列挙《れっきょ》した。

等楊は、先ほども、李在をはじめ北宋朝代から現代に至る数点の水墨画のまえで、わが魂が臓《ぞう》腑《ふ》を突き破って出で、ただ好奇の目一点に取り憑《つ》き、自身からは抜け殻となるほどの、えもいえぬ感動を覚えて、ただただその絵画のまえで静止して、小鼠か、子猫のように毛を逆立てて、小刻みに震え続けていた。

夢にまで見たこの地に来られたことは、幸運であった。

等楊は、自らに深く思いを巡らせた。


等楊は、幼年を備中宝福寺で過ごし、たまたま高貴な名のある老僧にその画才のあることを認められて、京都五山で別格の南禅寺や第一の天龍寺に次ぐ京都五山第二と称された相国寺に昇ることを許された。

その相国寺に入る前に、等楊は、しばらくのあいだ、やはり京都五山の第四と称される東福寺にいた。


室町幕府は禅宗の寺格を定め、五山を頂点に十刹《じっさつ》・諸山《しょざん》とした。五山は別名「叢林《そうりん》」とも呼ばれ、他の在野の禅寺を「林下」と呼び、区別した。

京都五山には天龍寺・相国寺・建仁寺・東福寺・万寿寺を指定し、それとは別格に南禅寺が位置づけられた。

京都五山第四の東福寺は、奈良の東大寺と興福寺の一文字ずつをとって寺名が名付けられている。開山は、聖一国師こと、円爾弁円による。聖一国師は、臨済宗を諸宗の根本としたが、禅のみにこだわらず真言・天台宗の仏門の教えも柔軟に取り入れ、説いたとされる。宋より持ち帰った茶の実を、郷里静岡にもたらした人としても有名なひとである。

もともと、等楊は、幼少時に出家して修行に入ったのは、備中の東福寺派の諸山の格式をもつ宝福寺であった。京や鎌倉の五山のように横の緩いつながりはあるものの、厳格なしきたりと系統と格付けを重んじる当時の禅宗界の慣習としては、宝福寺で修行を積んできた等楊にとって京に上るということは、すなわち東福寺に入るということであった。

宝福寺での小僧時代は、暇時があると、ほぼ同い年の数名の沙弥僧と戯《ざ》れて、遊びで絵を描いてみせては笑わせた。

規律により、時には気晴らしに、小難しいことばかりを要求する師僧や意地の悪い先輩僧の素顔や表情、仕草などを面白おかしく活写しては、仲間より人気をえていた。

が、あるとき一人の老僧に、等楊の描いたネズミの絵や似顔絵が見つかった。母の言づてで得た毛筆と蝋燭の煤を水で溶き墨代わりにして描いたものであった。当然、その老僧からは、ひどい叱責《しっせき》を受けるかと思いきや、逆に、変に感心された風で、黙って見過ごしてくれた。

等楊はとても気味が悪く、あとで直接の師僧に告げ口されるものと覚悟を決めていた。

そののちは、ただただ、そのあとの処分を怖く思い、居ても立ってもいられぬ孤独と戦々恐々のときを過ごしたのを、思い出す。

そして、あるとき、この老僧から、ついに等楊は名指しで呼び出しを受けた。

いよいよ、老僧の塔頭に恐るおそるに入り、憂鬱な説教と処罰のはじまるものと覚悟し観念もしたが、等楊の大方の予想に反して、老僧は等楊に自身の肖像を描くように所望してきた。つまり、宝福寺の伽藍にも多く掲げられている怖げな表情をした高僧の肖像画である頂相《ちんそう》を描くように、というのである。

等楊が、震えが止まらぬ足を踏み入れた塔頭《たっちゅう》と呼ばれる老僧の部屋（坊）の机上には、毛筆と和紙の白紙と墨の擦られた硯が用意されていた。

そのときの等楊は、ただ、わなわなと身体を震わせて、どこかに逃げ出せれば、逃げ出したい思いに駆られていた。

いよいよ等楊は促されるままに、覚悟を決めた。まず、筆を執り、硯に向かい、寺院に掲げられた高僧の頂相を思い出しながら描き出した。極度の緊張のためか、一、二枚は明らかに筆が手に付かず失敗作であった。しかし、それが試し描きとなり、次第に自分を取り戻すことが出来た。老僧を近くに観察し、細部や全体の僧姿を頂相へと移し込む作業は容易であった。

小一時間をかけて、二枚ほど、老僧の姿を正視と仰視と描角を変えて、その肖像のみならず、すらすらと背景も描き変えて、等楊は老僧の明るい特徴を捉えた厳かな半身の頂相を描ききった。

これをじっと見た老僧は、その出来栄えに満足した様子で、等楊に墨と硯を与えて、坊を出て行く等楊を笑顔で見送った。

等楊は、いまでも、この極度の緊張のときの様子を、まざまざと思い出す。

のちに、その老僧の強い推挙があってか、画僧候補のひと枠をえて、東福寺に上ることを許された。

まさに、宝福寺を出て、京に上ったのは、等楊が十七歳の時であった。


しかし、当時の東福寺には、等楊の望む禅画の泰斗《たいと》もすでになく、画僧の系譜にも欠けるところがある。

そもそも、少し前の東福寺には絵仏師の総本山のような勢いのある一時期があった。

京の奥座敷である東山の東福寺は、地勢だけでなく関係性においても幕府や朝廷からは比較的距離を保ち、ゆえに独立気鋭の禅仏文化の醸成《じょうせい》された期間が永く続いた。

それは、また、図画においても元宋朝代の書詩画の全盛の流れを学び移入して、それまでの頂相画や仏画の概念を一歩超えて、独自の絵仏画を手掛ける一派が活躍する基盤ともなった。具体的には、良全や栄賀、明兆といった僧籍の名の知れた絵師が、東福寺を拠点に活動していたのである。

その東福寺で、特に注目されるのが、吉山明兆《きつさんみんちょう》であった。

明兆は、仏画を描く名師として、確固たる名声を得て以来、寺院専属の仏画師として、禅寺内に初の絵画工房を設けるほどであった。また、明兆は室町幕府からも、当時厚い信頼を寄せられていた。

この明兆というひとは、室町時代の絵仏画の先駆者と見なされるが、それ以前にも黙庵霊淵や可翁宗然、鉄洲徳済という画僧が渡来して宋元朝代の図画に学び、水墨画を描いたことが知られている。しかし、等楊にとっては、実際に本格的な作品に触れ得たのは、明兆が初めてであった。

等楊も、京に上って東福寺に入ってみて、終生仏画師として、本来の禅師としての栄達を望まず仏殿の管理者である殿司、または殿主《でんす》にとどまり続けた「兆殿主」とも呼ばれた明兆の『達磨図』など代表的な仏画を見て、こころ開かれる思いであった。

しかし、等楊の入寺当時は、明兆はすでに没し、またそれを引き継ぐ画僧たちも少なく、禅余の余技程度に取り組む数人の画僧がいるだけであった。

明兆の画風を引き継ぐ弟子に霊彩や赤脚子といった画僧が居たとされるが、彼らはすでに東福寺を離れていた。明兆の画風を尊び、意欲を持って図画を目指す画僧の多くは、みな、相国寺に移っていったらしい。

その空いた席を埋めるために等楊に、京に上る機会が与えられたのであった。

その東福寺には、明兆の代表作『聖一国師像』や、ほかにも『十六羅漢図』『寒山拾得図』『大涅《ね》槃《はん》図』『四十八祖像』など、多くの「道釈画」と呼ばれる宗教的な絵画作品があり、等楊は飽くことなく迫真の絵仏画を観賞し、模写することができた。

ただ、等楊にとって短期間ではあったが、この東福寺での多感な修行僧時代は、比較的穏やかに過ごすことができた。それは、東山の喧騒からは遠い物静かな東福寺が、幕府との関係の密な次に移る相国寺と異なり、どちらかといえば独立自主の気風にあり、政治の喧《かまびす》しい舞台からは比較的に遠かったからでもあった。その東福寺では、書詩に通じた禅僧らが闊達に活動の幅を拡げようと努力していた。

等楊は、東福寺で、学識豊かな慧鳳禅師のもとで修行した。禅宗や儒学について、初めて学ぶことは多く、短期間ではあったが、精神的には満たされていた。

この禅寺の修行時代に、遣明船で行動を共にする桂庵玄樹《けいあんげんじゅ》や勝剛長柔《しょうごうちょうじゅう》、万里集九《ばんりしゅうく》、呆夫良心《ぼうふりょうしん》などの多くの若く英俊な禅僧とも知り合い、親しく交わった。

しかし、等楊の目指すのは、あくまでも禅画の修養である。そのために、わざわざ京に上ってきたのである。等楊は、さしあたり、図画の泰斗も有名絵師も欠く絵仏師としての修養に限界を感じるとともに、一方の相国寺の如拙《じょせつ》や周文の名声が大いに気になった。

なによりも、等楊の気を引いたのは、相国寺には、幕府所有の図画も含めて、多数の宋元朝代の直輸入された夏珪や馬遠などの図画の巨匠と見なされる有名絵師の絵画が保有されているという事実であり、それらの本物の絵画を直接自らの目で見てみたいという等楊自身の欲求が抑えられなかった。


当時は、相国寺は室町幕府の庇護《ひご》も厚く、足利将軍も直接諮問《しもん》する禅画の泰斗とみなされる如拙がおり、禅画界の聖地となっていた。そして、幕府の御用工房が開かれ、多くの画僧を擁《よう》していた。

そこで、等楊も東福寺の禅僧の重鎮のツテを頼って、相国寺に移ることを申し出て、しばらくして許された。

東福寺も相国寺も、開基や建立起源は異なるが、同じ臨済宗の禅寺である。

鎌倉時代に盛んであった禅宗には、大きくは臨済宗と曹洞宗の二派がある。

中国禅宗の開祖は達磨《だるま》であるが、その流れを汲む臨済宗は中国で成立した禅の一派で、禅匠臨済義玄の禅風を伝える宗派である。日本には、栄西が宋入朝後に伝えた。この臨済宗では、師から弟子へ悟りを伝える（法嗣《はっす》）ための公案（判例、禅問答）と臨禅（座禅）が重視され、上級武士階級に支持されて、詩歌（漢詩、和歌、連歌）、絵画（水墨画）、演劇（猿楽、狂言、能）、茶道（茶の湯）などの、中世を彩る文化に非常に大きな影響を与えた。

一方、曹洞宗は、やはり中国の達磨を祖とする南宗禅より唐代の禅僧洞山良价と弟子の曹山本寂（道元は曹渓慧能を支持した）によって創宗された曹洞宗の禅を、道元が入宋して伝えたものである。鎌倉時代から室町時代にかけて臨済宗とともに盛んであった。道元は初め、比叡山《ひえいざん》に上り修行し、その後、栄西にまみえて禅を修めるようになった。宗旨は、似た部分もあるが、公案（判例、禅問答）は用いず、只管打坐《しかんたざ》（ただ座るということ）を重んじている。それは、臨済宗の重視する「看話禅（公案を解いて悟りに至る）」に対して、曹洞宗派が「黙照禅（座禅によって悟りに至る）」を提唱したことによる。禅道における求道者自身の座禅修行や悟りが本旨と見なされ、師弟間の伝達を重視しない。臨済宗における書詩画への支持や傾斜はあまり見られない。

当時は「臨済将軍、曹洞士民」と揶揄《やゆ》されるように言われ、臨済宗が室町幕府や足利将軍家、上級武家、公家階層に支持され、京都や鎌倉の五山の禅僧は室町文化の担い手であった。また、曹洞宗は地方の武家や豪族、一般の民衆に支持されたといわれている。

京都相国寺は、正式には万年山相国承天禅寺との寺称をもち、臨済宗の相国寺派の大本山であり、京都五山の第二位でもある。

相国寺の開山は夢窓疎石《むそうそせき》に始まり、春屋妙葩《しゅんやみょうは》を二世住持とした。

当時の京都相国寺は禅僧六百とも八百ともいわれ、そこの寺務を取り仕切る僧録司には春林《しゅんりん》周藤《しゅうとう》が就いていた。

等楊は、相国寺に移ってからは、この師僧の春林周籐に師事することとなった。この公家出身で篤実厳格な禅の伝道者からは、禅僧としての嗜《たしな》みとしての儒学や中国文化を学んで、等楊はさらに本格的な唐宋から元・明朝へと続く中華中国の大陸芸術文化への憧《あこが》れを強く抱いた。

周藤師が禅宗の神髄を極めようと分厚い仏典に埋もれるように、毎日を自身の塔頭「慶玉軒」のなかで過ごし、瞑想《めいそう》を重ねる姿を見るにつけて、等楊にも、墨画の本物を求め極める気持ちが強く沸き上がった。

等楊は、若年から、のちに相国寺第三十六世住持、また鹿苑院《ろくおんいん》の僧録《そうろく》十二世にも就いた、いわば当時の五山僧としては最高峰の地位にまで登りつめることになるこの師僧の春林周藤より、約十五年間もの長きにわたって禅の修行や知識のみならず、日々の生活態度の事細かな部分までも、当初多くの寺付きの喝食《かっしき》の一人として厳しく教わったが、このとき身についた習慣は等楊の骨身に深く濃く染みて、いまの生活様式の当然の一部になっている。

春林周籐は厳格で格式を重んじる禅僧として、威儀《いいぎ》を正して日日を禅修行に明け暮れたひとであった。良きにつけ悪しきにつけ、それは等楊にとっても「薫習《くんしゅう》」となっていった。

寺付きの喝食とは、寺住み込みの高位にある住持の世話役のことで、禅師の周藤師は自身は公家の系統を汲み書詩学に通じていたが、画業には「禅余の嗜み程度である」としてあまり関心を示さず、当初より等楊には身辺のこと以外には、終始修禅修行の勤めを厳しく求めた。

ただ、雑事参禅のあいまに、等楊は当時の相国寺にあって画僧として名高かった如拙《じょせつ》（または、にょせつ）や、その薫陶《くんとう》を受け、のちにその遺志を継いだ弟子の天章周文に、水墨画を教わることができたのは幸運であった。

それは、偉大な師僧である周藤の気まぐれからではあったろうが、あるとき、遠くから眺めるだけであった如拙と周文に引き合わせて貰《もら》える機会を、等楊は得た。

師僧の周藤は寺の各方面から最大の敬意を持って親しまれていたし、等楊はその師僧の下に仕える図画好きの変わり者の弟子と見なされていた。等楊にとっては、相国寺に移り、待ちに待った、天にも昇る思いを抱かせる時間であった。

等楊は、それまで、実際に筆を執っては描くことの叶《かな》わない修養や座禅のときにも、目で見て、毛筆で確かめた自身の感覚だけで、思い描く図画の世界をさらに深く追い求めた。そして、図画の極致を渉《わた》り歩くが如くに、長い時を耐えに耐えて来たのであった。

周文に師事できたとはいえ、等楊は周文の工房で師の周囲に侍《はべ》る図画の多くの直弟子とは異なる立場にあった。

たとえば、周文の図画の一番弟子の小栗宗湛《おぐりそうたん》のように、師には慇懃丁寧《いんぎんていねい》で、下の弟子には横柄《おうへい》傲岸《ごうがん》な態度を見ても、反感を感じはしても、自身はその埒外《らちがい》でいられることで、平然として周文や宗湛に対していられた。

それは、ある日の、師僧の周籐の、天章周文への「文都管よ、そなたの画趣をもって、この者に応えてやってはもらえぬか」という、推挙の一言で決定づけられた。

そう、上位の師僧から言われれば、誠意懇情《こんじょう》をもって丁重《ていちょう》に順うしかないのである。所詮《しょせん》、周文は図画に秀で幕府との繋《つな》がりが密で要職を兼ねる立場であったとしても、禅林界の僧位の遙か高みにある春林周籐には、まったく頭が上がらないのであった。

しかし、周文の工房に出入りしだした後、年長の画徒から、周文が周籐師に頭が上がらない別の理由を聞くことができた。勿論《もちろん》、その話のすべてが定かな話ではなかろうが、事実が含まれているのではないかと、周文の自分に対する態度を見て、等楊は感じた。

それというのも、老画徒の知る噂話によれば、如拙亡き後、この幕府御用の工房をたれが引き継ぐのかを巡って、一悶着《ひともんちゃく》があったのだという。

周文は見たとおり、如拙も認める図画の才能だけでなく仏像や塑像の彫刻や襖絵や屏風、扇、掛け軸などの装幀にも優れ、計算にも強い多才な抜きん出た画徒であったが、病を得た如拙は工房の引き継ぎを終える前に早々に入寂《にゅうじゃく》してしまった。

当然、周文も如拙に特別に目を掛けられていた有力後継者であると目されていたが、当時は下級武家の庶出《しょしゅつ》とも言うべき私度僧に近く、正式な得度《とくど》や僧位を得て出家した僧ではなく、なにせ若く、僧籍の階位も低かったことが問題であった。

そこで、周文は後継の地位を確実に得るために、まず親しい友人の村庵霊彦の名声を頼り、相国寺側の重鎮の推薦を取り纏《まと》めてもらった。

そして、次に、次手として、恐る恐る寺の住持に次ぐ立場の周籐に幕府と将軍への諮問の際のお墨付きを依頼したのであった。

春林周籐というひとは、等楊もよく知る立場ではあるが、不偏不党《ふへんふとう》で知られ、厳格に自身の良見に従ってきただけに、この種の依頼はまず受けることはない、と見られていた。

しかし、この今回の場合の、足利将軍からの諮問に応じた際には、御用絵所の後継に周文ただ一人を推挙したのであったという。

等楊が、あとから推量するに、周文の工房の後継者としての能力面の適性は申し分ないが、その際に、幕府側より出自素性《しゅつじすじょう》や僧籍を問題視された点が、偏見や面体《めんてい》を嫌う周籐師にも屈曲《くっきょく》と映ったのであろう。周籐師は周文を、公正な立場から推挙したのであろう。

周文は、周籐師にひとつ大きな借りを作った、といえよう。

ところで、如拙といえば、丸くすべすべした瓢箪《ひょうたん》でぬるぬるとしたナマズをとらえるという禅問答を画題とした『瓢鮎図《ひょうねん》』の画家として有名で、梁楷《りょうかい》や馬遠などの南宗代の図画を手本にして、本格的に宋元朝代の水墨画を深く研究し、いままでの禅画にない独自の水墨画法を創始した、とされている。

如拙の生国は九州で、相国寺の第六世をかわきりに住持を三度も務めた絶海中津《ぜつかいちゅうしん》に信頼され、与えられた道号を大巧《たいこう》といい、中国の古書『老子』の「大巧は拙なるが如し」から命名されたという。また、絶海中津は室町幕府の将軍足利義満《よしみつ》に深く帰依され、彼が住持を務めていた応永八（一四〇一）年には、相国寺は天龍寺に代わって五山第一位に寺格の昇位を果たしていたこともあった。

そして、如拙は、その絶海中津に後援されて、寺院内東班の上位に昇り、幕府の御用絵所としては、許されて相国寺内に自らの工房を開いたのである。

また、足利義満に代わって将軍職に就いた義持《よしもち》からも信頼されて、図画の手解きを仰せつかるほどに親しまれた、との話さえ伝わっていた。

若き等楊は、その相国寺で、厳しい禅行の合間に、絵画の祖師として如拙、天章周文の両翁より絵画筆法の手ほどきを受けることができたのである。

いや、この禅画の当時の両巨匠《きょしょう》ともいえる如拙と周文、つまり師匠とその直弟子に直接手ほどきを受け、教えを請うたことは、ごく短期間であっても等楊にとってえがたい幸運であった。等楊のいまがあるのも、この両翁のお陰であるともいえた。

であるから、画僧でもあった両師は、等楊にとっては、たんなる師匠ではなく「わが祖」ともいえる画業の導き手であり、等楊に水墨による図画における新たな覚醒《かくせい》をもたらしてくれたひとであった。

しかし、じつは「祖」と仰ぐ如拙とは面識はできたものの、仰《あお》ぎ見るだけの存在で、ごく短期間に相国寺に在《あ》った最晩年の姿に触れたのみだ、といえる。

多くは、その直弟子であった周文から、如拙の筆法を伝え学んだといえよう。

しかし、等楊は終生において、如拙の描いた禅をわかりやすく牧牛に喩《たと》えて絵図で説いた『牧牛図』を大切に保管して、山口天花に移ってからも、ことあるごとに眺めていた。

等楊が短期に知遇を得た如拙からは、自ら示寂《しじゃく》を予測して遷化《せんげ》の直前に、この『牧牛図』を直接名指しで譲られたのであった。等楊は、大いに感得した。

死の床で、如拙は多くの弟子らに看取られるなか、等楊が足下に呼ばれ、賜品がある、と弟子のひとりから『牧牛図』を手渡されたのであった。

如拙が、まだ、床に伏せる前に、用事があって何度か覗《うかが》った如拙の工房で、等楊は本人から親しく声を掛けられたことがあった。

如拙というひとは、気難しいという印象の薄い、気さくな性格を具《そな》えていた。若い等楊にも、直弟子でもないのに、ただ、図画好きというだけで、好感を持って接してくれたのであった。

恐らく、如拙は、等楊の師僧である周簝師より、図画好きの変わった喝食がいることを聞かされていたのである。

また、あるとき、画房に入ってきた等楊を見つけて、如拙から手招きで招要されて「どうか」と言って見せられた『三笑図』のことが忘れられない。

のちに、等楊は、この時の『三笑図』を丹念《たんねん》に模写した。そして、この模写を、等楊はつねに手元に置いて、なんども見返しては、記憶を呼び起こしつつ、気が済むまで模写し直していた。

如拙の闊達な宋元朝代の図画に倣《なら》った筆法は独特で、等楊を魅了して止まない。

それに対して、亡き如拙の画房を引き継いだ周文の図画への取り組みは、等楊の見るところ多少変わっており、宋元朝代の図画そのものが制作の対象であるというよりは、手本となる夏珪や馬遠などの図画の様式化にあると言えよう。手本たる有名図画の松楊楓梅などの樹木枝葉や花鳥獣虫、山月風水、雲霧湖河や寺社楼閣の個々の表現など、みな、テーマや構図、画題ごとに、部品として形式化が試みられている。

周文の工房兼教室の画徒は、みな、その部品の手本の模写から始まって、その細部にわたる繊細な描写や仕上げに日日研鑽を積んでいる。図画の習得法が確立されているといってもよいであろう。こうした図画の指導法や習得術は、画徒の効果的な上達には適しているであろう。先達の小栗宗湛や岳翁蔵丘、天遊松渓らが、周文に学んで、入門したての後進の指導のために技法を整えている。等楊は素直に驚き、目を見張った。

師匠の周文は、まるで図画職人たちを束《たば》ねる総師のような立場にあり、その周文の下で腕を見込まれた宗湛らが、工房兼教室で若手を教え、一々手を取って指導している。また、幕府や朝廷からの御用図画の少なからぬ制作要請に、大いに応《こた》えているのである。そして、依頼の大作図画では、一部、絵画の分業化もなされている。

こうした図画工房の仕組みを創始したのが、周文の大きな功績であるともいえよう。絵画の細かな技法や構成法や彩色法に始まり、画材や墨絵具などの調達などに工夫が加えられ、後進に継承技術、技法として伝えられていく基礎が整えられた。

等楊は、工房に通いつつも、宗湛らの指導を受ける一般の弟子と異なり、普段絵筆を執らない周文の教えを直接に受けることができた。

したがって、常に工房に通うわけではなく、周文の在室時に、宗湛らの行う若い弟子らへの授業の横で、絵画職工による幕府や朝廷から依頼された掛軸や襖絵、屏風絵の仕上げの現場の傍らで、師匠の周文から直接、存分に教えを受けた。

これは、周藤師の庇護の下にあった等楊であったればこその処遇でもあった。かように、相国寺内での師僧であった春林周藤の立場は絶大であった。

こうした等楊の図画の師匠ともなった周文の特別待遇ともいうべき優遇を、不快と羨望の思いを持って、高弟である宗湛らは見ていたのであろう。

しかし、周文という人は、如拙の画房を引き継ぎ、幕府や朝廷の絵画顧問も兼ねており、なかなかに忙しい人である。師匠の不在時には、工房で、等楊は他の画徒に混じり、図画の模写や練習に取り組んだ。

あるとき、いつもは多忙を装《よそお》い、冷淡ともとれ、等楊に関心を示すこともない宗湛が、珍しく工房の隅で模写に打ち込む等楊の画紙上の筆跡を覗いて、原画と見比べて、突然に声を発して笑った。

「やあ、やあ」と、その場に居た画徒も驚くような奇矯《ききょう》な声を上げたきり、数人の画徒の所に戻って行って、低声を立ててまた笑った。

若い画徒らの中心で、なにやらコソコソと批評めいたことを話しているようであった。

「ただ粗、まさに疎」とか「配細厳密からは遠き筆よ」とか「あれは、絵師にあるまじき愚だ」と、同じ宗湛の声が断片的に聞こえてきた。おそらく、等楊の描写が細密かつ繊細さを欠く、と言っているのであろう。

等楊は非常に気に掛かったが、その画徒の一団に近づくことは憚《はばか》られた。

当初、等楊は周文の工房の画徒のひとりに加わることを、こころ秘かに望んでいたが、この不快な一件以来、そうならなかったことが幸運であったと気づいた。


それ以来、等楊は宗湛を避け、宗湛も等楊に再び近寄ることもなかった。

その直後、宗湛は師匠の周文に等楊のことでなにか不興《ふきょう》なことを言ったようである。若い工房の画徒に、等楊の存在が良い影響を与えない、とでも讒言《ざんげん》したのであろう。

しかし、周文は一番弟子とも言うべき宗湛の意見を退け、気にする様子はなかった。在室時には、以前と変わらず、等楊に図画の手解きを厭《いと》う風ではなく、等楊の図画に忌憚《きたん》のない批評を加え、改善の処方を的確に口にしてくれた。

等楊も、周文に師事して教室で、熱心に指導を請《こ》い、習得に励んだが、一方、自身の図画への覚醒について、方向性への違和感をなんとなく感じてもいた。

周文の描く墨画の構図はどこか馬遠や夏珪に倣った域を出ず、描き出される画題も写生を軽視して模写に偏《かたよ》りすぎると感じる。等楊の大胆な風景の素描を見て「ほう」と感心されても、周文の指導による直しの筆は、どこか馬遠や夏珪の作品の構図に似せて手直しされてしまう。図画の面白みを欠く、どこか定石を出ないものである、と感じてしまう。

しかし、周文の師匠の如拙の絵はそれとは違う、と等楊は感じている。

等楊は、如拙の描きだす水墨世界を見て、絵筆によって禅宗の極意が一枚の書画によって表現できるように、思われた。詩歌や書学には疎《うと》いが、等楊の願望する大きな絵画の世界観が、この『牧牛図』のように画紙上に同様に表現できるのではないかと期待した。

ただし、それは容易なことではないとの自覚は、益々深まるばかりではあったが。


天章周文は、号は越渓といい、北陸の出身者で、当時の相国寺で都監寺《つうかんす》を務め、工房では多くの画僧の面倒を見て、将軍家との密接な関係からさまざまな芸術的依頼を一手に引き受け、遣明船で幕府が唐土より輸入する書画の選定にもあたり、人物画から、花鳥画、風景画、彫刻、彫像までも器用にこなし、多彩で万能の芸術家肌の繊細緻密な絵画を生みだす、じつに多才で多忙な画師であった。また、図画への鑑識の目は、確かである。

しかし、その多才多能と多忙ぶりを極めて、自らの画派を形成していた周文ではあるが、その手になる作品は多いはずであるが、後年に伝周文作といわれる絵画作品は、どうしたことか意外にわずかである。単独作は少なく、多くは工房の画派作品として失われたのであろう。

都監寺とは、都管とも呼ばれ、禅寺にあっては、住持にかわって寺務の庶務畑全般の監督を行う上位の役職のことで、宗派によって異なるが、通常の禅寺には都寺《つうす》、監寺《かんす》、副寺《ふうす》、維那《いの》、典座《てんぞ》、直歳《しっすい》の六知事と呼ばれる庶務職が置かれていた。

禅寺には、通常、所属僧侶は、寺の運営面や経理など庶務全般を司る東班と、等楊の属する禅の修行に専心する西班とに役割と所属が分かれる。

都管は東班に属する役職のことである。周文は、等楊が相国寺に在籍したときには「文都管」と呼び慣らされていた。

等楊の京の禅寺修行時代の図画作品には、達磨《だるま》や羅漢《らかん》像、高僧の頂相画などの道釈人物画や梅林蓮花や五位鷺《ごいさぎ》などを描いた花鳥風月画などが多いのは周文の影響による。

道釈画《どうしゃくが》とは、道教や仏教関係の高僧などを描いた宗教的な人物画のことを指す。

等楊は、その周文に大いに薫陶を受け、その手ほどきを直接に授かり、繊細緻密な技法も取り入れたが、相国寺にあった輸入された本物の宋元朝代の水墨山水画にも見入った。もちろん、模写にも明け暮れた。

牧谿《もっけい》、玉澗《ぎょくかん》、梁楷《りょうかい》、馬遠《ばえん》、夏珪《かけい》などの宋朝代を代表する水墨画家の本物の作品を、周文のアトリエで、等楊は飽きることなく眺めることができた。勿論、模写にも打ち込んだ。

そして、見入れば見入るほどに、その水墨画の世界にのめり込んでいった。

いよいよ、十有余年にも及ぶ、長きに亘った京の相国寺を離れる決心をするにあたって等楊は、初めての姓名をえた。

その呼称、呼び名であり語り名を、拙宗《せっしゅう》とした。拙宗等揚《とうよう》。

禅僧は、普通は姓名にあたる道号と名前の法諱《ほうき》の四文字を名のる。

拙宗は、等楊が三十歳を過ぎて初めて名のりえた姓名である。

つまり、拙は如拙から、宗は同音の周文から一文字ずつをえて、そう名のることとしたのである。有名な如拙と周文の画技の流れを汲《く》む者である、ということを名で示したかたちである。

室町幕府の信任の厚い御用絵師も務める周文の当時の弟子である者は、必ず「宗」の一字を頭に冠した名を名告ったからである。周文の一番弟子ともいえる宗湛《そうたん》などの名が思い出される。

拙宗の「宗」は、また祖でもある。如拙を「祖」とする筆法を継ぐ者である。

であるから、等楊にとって自らの画師としての独り立ちに自信を与え、それを可能にしてくれたとの思いで、両翁を「師」ではなく「祖」と呼んだのである。

命名は、また「祖」とする両翁との別れでもある。

等楊は、これからは絵筆一つで身を立て、ひとりで歩まねばならぬ、と強く決心した。如拙、周文に師事した単なる弟子では終われないのだ、との思いである。

また、この名には、京と禅林界で禅画の評価の高い如拙と周文という正統の画法を継ぐ者が等楊自身である、と強くアッピールしたい思いも込められている。

さらに、拙宗の「宗」は「周」とも読めると言ったが、周は、禅の厳格な師である春林周藤からの呪縛による周籐の「宗」で、あったかもしれない。

また、姓名の下の名前である法諱《いみな》の「等揚」とは、相国寺に入って禅師である春林周藤に一人前の禅僧ないしは画僧として認められて、名づけられた。

相国寺では、開山の祖であり、平易な問答法語集の『夢中問答』や造園で有名な夢窓疎石《むそうそせき》（夢窓国師）を祖とする夢窓派の系統を表す字《あざな》を「等」と最初に表記するのが通例である。

そして、個人名を特定する一字をあとに「揚」とした。周籐の用意してくれた命名であった。

等楊の師僧であった相国寺第三十六世住持も務めた春林周籐は、円鑑梵相《えんかんぼんそう》に学び、円鑑は二代目住持の春屋妙葩《しゅんおくみょうは》の法嗣を受け、直接の夢窓疎石の法系に連なることになる。

通常、名の認められた禅師には、四字の名が与えられると、さきに述べた。等楊もいちおう禅師として、正式な名を得たのである。

そして、偉大な師僧の周籐は、等楊に相国寺での役職として「知客《しか》」という、寺を訪れる賓客をもてなす僧位にあたる正式な役割を与えてくれた。

以降、等楊は、同僚や後輩僧はもちろん、上司僧からも「揚知客」ないしは「揚知賓《しひん》」と呼ばれた。

しかし、僧位としては、けっして高い職位とは言えないが、等楊はその職位に満足を覚えた。その等楊の思いとは、別に考えてみれば、有名高僧たちと普段に接して、親しく「楊知客」「揚知賓」と呼ばれたり、記されたりする等楊は、まがりなりにも、禅宗禅林界の頂点である京五山の第二位「相国寺」の「知客」「知賓」であった、ということでもある。

この時期に、等楊の画業に関わった詩歌に造詣《ぞうけい》を持つ画僧は多い。等楊の図画の画賛に名前の見える相国寺の龍崗真圭や勝剛長柔、以参（牧松）周省、東福寺の桂庵玄樹や了庵桂悟、翱之慧鳳、汝南恵徹、季弘大紏らは、みな京五山に関係する著名な高位にまで昇った禅僧であった。

等楊は、西国の有力守護大名である大内氏に請われて三十五歳で山口に居所を移した。京の相国寺より周防山口に拠点を移すにあたって、等楊の西京山口行きを熱心に直接誘ったのは、当時南禅寺や相国寺にもいたことのある牧松周省《ぼくしょうしゅうしょう》であった。かの夢窓疎石（夢窓国師）から直接の薫陶を受けた高弟としても知られるひとである。相国寺で出会ったが、周文の絵画工房でも時々見掛ける人でもあった。

この牧松周省という人は、以参周省《いさんしゅうしょう》とも呼ばれ、第十三代大内家当主の大内教弘の子息で、周防保寿寺の僧でもあった。こののちも等楊は、不動明王図などを描くことを得意としていた周省とは、終生変わらぬ友情を育《はぐく》んだ。

そのほかにも、相国寺にもいたことがある等楊の同郷備中の大先輩であり、有名な『十牛図』という禅宗を自作の和歌でわかりやすく図解した絵画を描いた禅僧の、清巌正徹《しょうげんしょうてつ》からは、画僧として一本立ちするにあたっての強い励ましを受けた。

等楊は、図画にはそれ自体にひとを魅了する力が潜在しており、おのれの図画によって、禅宗の経典とは違うなにかを表現できる、と悟った。

また、等楊と同乗した遣明船の三号船大内船の土官《とかん》を務めた桂庵玄樹《けいあんげんじゅ》からも、西京山口行きを強く勧められている。京に上って、最初に入寺した東福寺でともに修行したこともある、旧知のひとである。

桂庵玄樹は、姓名を桂菴と記されることもあるが、のちに島津家の朱子儒学を基礎とする薩南学派を興し、薩摩桂樹院で儒学を講じたひとで、豊かな宋学の学識を持った臨済宗の禅僧である。

玄樹は、もともと長門の赤間関の出身で、九歳で出家し、上京して京都東福寺や南禅寺で修行し、詩文に秀でた五山禅林文学の禅僧として名高かった惟肖得巌《いしょうとくがん》や景徐周麟《けいじょしゅうりん》らに学ぶ。そののち、豊後国の万寿寺に住持として逗留《とうりゅう》しているときに、大内義隆に招かれて郷里でもある長門国の永福寺の住持となっていた。

終生の友でもあった玄樹とは、歳は等楊よりも七歳ほど若かったが、京の東福寺時代にともに修行した仲であり、等楊は西京山口行きを直接に誘われ、ともに同乗する遣明船での経験を得たことが、特別な友情を深くさせたといえよう。


山口天花の雲谷庵に居を構えて、ようやく周防山口での生活が落ち着きをえたころ、等楊は自身の画業での将来と本場中国の地で本格的に山水画の筆法を修めたいとの希望もあって、新たに改名を考えていた。

そして、ようやくのこと三十八歳で、中国の元朝時代の名僧で、日本に渡来した礎石梵琦《そせきぼんき》の闊達な名筆で、済知客《さいしか》という者に与えた墨蹟の「雪舟」の二大字の写字を得た。

そして、この墨蹟を借用して、その数年後に自らの絵画に龍崗真圭《りょうこうしんけい》から「雪舟二字」の説文を書いてもらい、自らの道号として表明した。等楊、齢四十六歳の時であった。

この年の九月には、等楊を周防山口に招聘した大内氏の当主教弘公が没した。等楊は、こうした時期的背景も、改名のタイミングと見做していた。

道号はたいてい高位の禅師より授かるのが一般的であったが、等楊のように勝手に自ら名のる者もいたが、等楊はこの自らの道号を禅林界の僧録司も務めたことのある高僧に字説を請うことで、慎重に権威付けを行ったといってよい。

龍崗真圭という人は、京の相国寺の僧録司や、のちに瑞龍山南禅寺の住持も務め、鹿苑院の第十八世にも就いた臨済宗夢窓派の重席を務めた禅僧で、本場中国の書詩画にも通じ、自身も書を良くして、等楊の山水画のよき理解者でもある。また、等楊の赴着した山口や大内氏に縁の深い人でもあった。

等楊は、相国寺時代から知遇があり、等楊の以前に描いた山水図に賛を賜った縁もあり、たまたま山口を訪れた龍崗真圭に、雪舟改名の字説を伏して請うたのであった。「二字説」の奥書には「鹿苑龍崗老納書」とある。

等楊は、拙宗と同じ音読みの「雪舟」という道号のあることを、親しい先輩の僧から聞いていた。過去には、等楊も居たことのある京の東福寺の住持を務めた人に「雪舟」の道号を持つ高僧がいたことも知っている。

すでに等楊は山口天花にすっかり居着いていたが、数年前に、近くの香積寺（のちの瑠璃光寺）の知人に顔の広い気安い禅僧がおり、礎石梵琦の書いたという「雪舟」の墨蹟を捜しだしてはもらえまいかと頼んでみたのが効奏して、真筆の墨蹟ではないが、実物の写しをようやく入手することができた。

山口の香積寺は、もともとは大内氏の重臣陶《すえ》氏の菩提寺《ぼだいじ》で仁保高野にあった安養寺を前身とし、大内第九代弘世が応安四（一三七一）年に九州肥後の永徳寺の住持であった石屏子介《しっぺいすかい》（仏宗慎悟禅師）を招聘して開山・建立した曹洞宗の禅寺である。山号は保寧山、本尊は薬師如来である。

この石屏子介は、たびたび渡元して、礎石梵琦のもとに都合十五年間滞在し、延文元（一三五六）年に帰国したが、その際に梵琦から送別の偈頌《げしょう》（その功徳を讃える詩）を贈られたほどの篤い師事者であった。その香積寺には、礎石梵琦の墨蹟を辿ることの出来る人縁が存在していた、ということであろう。

最初に、写書とはいえ礎石梵琦の秀麗闊達な筆による「雪舟」の墨蹟を目にしたときに、等楊は我が目を疑うほどに、困惑した。そして、次に雷に打たれたような衝撃を脳天に覚えた。この礎石梵琦の名蹟を忠実に写したとされる「雪舟」の二字の記された短軸を拡げて見るたびに、文字が等楊の胸を締め付け、脳裏に迫ってくるようであった。

渡来の元朝の名僧の礎石梵琦が、済《さい》と名乗る知客《しか》の職位にある者に与えた、この「雪舟」の二字は、いままで自身で名のってきた「拙宗《せっしゅう》」とも、相国寺で得た知客の役職とも、完全に符合する。等楊自らが「雪舟」であるべきで、この道号を名のる資格は紛れもなく自身にある、と強く確信したのであった。

まさに、青天の霹靂《へきれき》であった。

しかし、この数年間は慎重に「雪舟」の道号を名のることを控えてきた。その理由は、さまざまあろうが、旧名をいきなり変更してしまうことに戸惑いがあり、また新名を名のるのに確たる裏付けや師僧のような人のお墨付きが必要だ、と考えていたのであろう。

また、なにより、画業において、目覚ましい進化といったものも必要であった。京の禅林にあった「拙宗等揚」を名のって筆蹟にして描いてきた旧作の図画に超越画越する、なにか新たな進歩の足跡を刻む必要性も切実に感じていたのである。

ゆえに、等楊は、自身の画廊小部屋に閉じこもる日日が多くなり、墨石を硯に丹念に擦り、真白な和画紙に向かいつつ、筆を執り、座禅修行のような格闘を続けていた。

が、その沈積し、ようやく開陳した思いを、山口に来た旧知の龍崗真圭は理解して、すぐに等楊の自筆の山水画を求めて自ら筆を執り説文をしたためて、後援をしてくれた。いわば、等楊の肩を叩いて、背後から強く押してくれたのである。

もともとは、この「雪舟」という字《あざな》は南宋時代の中国の詩人・学者である楊万里が「誠斎」を号とし、自家の書斎に「釣雪舟」と掲号していたことに由来する。

「雪舟」の墨蹟は、済知客というひとに元僧礎石梵琦が与えたものといったが、知客《しか》（あるいは古に「知賓」と書くこともある）は臨済宗における僧位のひとつで「六頭首」と呼ばれる階位の第四番目の階位のことである。ちなみに「六頭首」とは、最下位の知殿から、知浴、知客、知蔵、書記、首座と上がっていく。つまり、礎石梵琦が、親しかった知人の「済」とい名の、等楊と同じ賓客の接客を担当する「知客」の役職の者に、請われて与えた道号であった。

ちなみに、等楊は相国寺時代に春林周藤のもとで、寺の西班の役職であった「知客」の職を与えられて「揚知客」と呼ばれた。

等楊が「雪舟」に改名するまでは「拙宗」を姓名たる道号としていたと言ったが、また、これを機に、下の法諱も「等揚」から、中国の詩人楊万里の一字をとって、同音の「等楊」とした。「楊」は、水辺に育つ川柳のことである。絢爛たる詩文の花開いた唐代の詩歌に「楊」は必ずと言っていいほど多く詠まれ、欠かせぬ中国文化の象徴でもある。等楊は、自身が、その象徴たりたかった。

通常、法諱は指導的な高僧より授かるものである。また、一度得た諱《いみな》は改変はしないものである。「等揚」の諱も、長年世話になり、薫陶を受けてきた禅の偉大な師僧である春林周藤より授かった。

つまり、等揚から等楊への命名改変は憚《はばか》られるが、あえて等楊はそれを実行した。揚は、楊の旧字でもあり、同字でもあるといえるのが、等楊をどこか心強くした。物心公私ともに従事してきた周藤師の呪縛《じゅばく》から解き放たれたいとの思いもぬぐいがたいが、なにより、京を離れ西京の周防山口の地に移って、新たな画業の進化のみならず書詩の分野でも、大きな飛躍を望んだ結果でもある。

等楊は、南宋時代に誠実で実直な性格から皇帝に何度も正論を直言したために、中央から遠ざけられて地方での貧官の暮らしを余儀《よぎ》なくされつつも、腐ることなく、地方に馴染み、その地域の俗語を駆使して山河の自然と身近な庶子の暮らしを愛し、詩歌に託した自由闊達な楊万里の生き方を好ましく感じていた。なにより楊万里の人品に潔《いさぎ》さがある。

その楊万里は唐代の詩歌にも造詣《ぞうけい》が深く、柳宗元の『江雪』という詩の「千山鳥飛絶　萬徑人蹤滅　孤舟簑笠翁　獨釣寒江雪」という最後の一節から、歌人が政争に敗れ左遷《させん》される心境を詩に託す思いを共有するために自らの辺地にあった家の書斎に「雪舟」の号を冠したのである。柳宗元のこの詩は「孤舟釣雪の句」として知られる。

また、別に「雪舟」二字は、五代後晋の李瀚《りかん》の著した『蒙求《もうぎゅう》』巻上にある説話からの王子猷《ゆう》（王徽之）が、友人の戴逵《たいき》（安道）を訪ねる詩（「子猷尋戴」）の一節「夜大雪」と「便乗一小舟」から採られたとする説もある。

山陰に隠棲していた王徽之が夜に目覚め、家の外に降る大雪を見ながら飲酒しているうちに興趣を覚え、思い抑えがたく、剡《せん》県という遠地にある友人の戴安道のもとを小舟に乗って一晩かけて訪ねたが、家門の外までやって来たのに、門を潜《くぐ》ることなく、訪ねようとした本人には会わずに帰った、という逸話である。

「雪月の興にのりて来たれり。興尽きて帰る。何ぞ必ずしも、戴安道に会はんや」と述べて、帰宅してしまった。

王子猷は、書聖として知られる王羲之《おうぎし》の子である。等楊は、もちろん、この逸話も知っていた。

等楊は、自らの画業の「祖」を如拙と周文の両翁としたが、では、自身にとって、ほんとうの「師」といえるのは、たれであったろうか。

如拙も、周文も、画技に優れ、等楊を図画の道に導き、本物の絵画への目を大いに啓《ひら》かせてくれた。だから、等楊は両翁を自らの画業の「祖」としたのであった。

とくに、周文は、等楊に対して、師僧である周籐師の直接の推挙があったとはいえ、なぜか他の画学僧と変わらず、差別なく懇意に接してくれたのである。そして、門弟とは違う立場の等楊に対して、図画の指導の仕方も丁寧であった。

むしろ、等楊は、周文が自分に対して特別な敬意のようなものを払ってくれていたように感じた。当時の周文のもとには、有能な多くの弟子が付いていたのである。

しかし、周文の画法には様式化によるまとまりが殊更に重視され、整然とした画技にもとづく指導がなされているが、一方には、繊細緻密な絵画表現に偏りすぎており、舶来模倣の画技の限界も感じざるをえない。

等楊の、もとより指向する図画は、たとえば、その周文の描く山水画の表現の範疇《はんちゅう》からは大きくはみ出すものであった。

そもそも、朝貢貿易による輸入絵画には当代有名画師の真筆はわずかであり、たとえあっても大作は少なく、小品やスケッチ程度のものが多かった。ほとんどは、唐土の御用宮廷絵師による模写絵であったといえよう。模写絵も、歴代の中華王朝では、朝貢する周辺国への薫り高い中華文化の輸出品であり、重要な交易における収入源の一つでもあった。そして、当時の宮廷付属の図画院の有名無名の絵師がその任にあたっていた。

その中国では、南北朝（六朝）時代に「書」が、唐代に「詩」が、宋の時代に「画」が全盛を迎え、完成されたといえよう。「書詩画三絶」ともいわれ、書道、詩作、図画に通じていることが、最高の挙人《きょじん》・文人の理想とされた。

等楊は、ふと、京や幕府内でもてはやされる宋元朝代の画家の技法は、明代のいまでは存続よりも廃れつつあるのではないのか、と勘ぐってみた。

それは、やはり、等楊の思い定め追い求める正統な山水画の世界には、ようやく思いがかない訪問をはたしたこの明朝代中華中原の地での、本物の師事すべきこころの師が存在するのだ、と思いたいのであった。

わが祖と仰ぐ如拙も周文も、本場中国の宋元朝以来の絵画に魅せられて、それを最善の範とした。

等楊は、遠くから仰ぎ見るような京都五山画壇の有名画師のまだるっこさを脱し、この本場の絵画に、画法に、直に切り込みたいとの思いが強い。画技集団と化しつつある工房付きの画家には、学ぶところは多いが、自身の目指す図画の方向性とは隔たりが大きい、と感じる。

そして、一旦そのことに思い至ったならば、もはや後戻りが利かないのである。等楊は、多くの過去に接してきた画僧のような、それほど器用な思考の持ち主ではない。凡庸さと面上手を身に付けるほど、自身の図画に対して寛容ではなくなってきている。

そのことが、今更のように思い知らされたのが、少し前に見て、図画院の展示室に掲げられた有名画家の手になる図画作品の数々であった。

まさに、胸ふるわせ、魂を吸い取られるような本物の北宗画の数々や、李唐、馬遠、夏珪、高克恭、黄公望、そして李在や戴進などの有名画家の大幅の実画であった。

やはり、目前にした真筆の実装実画の、勢いや迫力、漂う空気観と包み込まれる雰囲気、こころに醸成され訴えかけてくるもの、自然に伝わるものが違う。

等楊は、そこに、こころからの自身の目指す図画上の「師匠」をおきたいと思った。だから、長有声の言葉に敵する反感すら覚えたのであった。


「はは。おまえの言いたいことは、わしにもよくわかるよ」

等楊はむっとしている。

「そうでしょうよ。それなのに、どうして」

ようやく、等楊は発した。


等楊の言葉を遮《さえぎ》って、長有声はここの図画界の現状を、かいつまんで述べはじめた。

「ははは。まあな。有望な才能のないいま、ここにあるのは、名誉も名声も実力も関係ない。ただ、競争相手の足を引っ張ることと、有望な能力の所有者を陥れ蹴《け》落とすこと、目上の役人に取り入ることだけなんだよ。おまえさんには、まだわからんだろうがな。しかし、ふん、まったく、つまらんことだ」

師匠の李在の活躍した先頃の図画院は、南宋画院の馬遠や夏珪の江南地方の深山奇岩と豊かな水量を湛えた渓流などの自然を画題とする山水画の流れを汲む「浙派」と呼ばれる画派の図画師による山水絵画が中心であった。

漢族がようやく異族の元王朝より政柄を奪回して明王朝を打ち立て、しばらくして遷都により南京から北京に図画院が遷《うつ》り設立されて、おもに浙江省出身の画家の戴進《たいしん》ら、やはり浙派の画師を中心に図画院の専属職業画家、つまり「行家《ぎょうか》」として呼び集められて、おもに華北地方の自然山川を画題とした山水画を描くようになっていったという。これを、いわゆる北宗画《ほくしゅうが》といい、以前の江南の山水風景を画題に採った南宗画《なんしゅうが》とは区別される。

ちなみに、北宗画、南宗画という呼び方は、禅宗の分派である北宗禅が漸悟《ぜんご》（だんだんに修行を積んで悟りに至る）を主張したのに対して、南宗禅が頓悟《とんご》（一時で悟りを開く）を悟りの目標に掲げた悟道の理解への違いが、宮廷職業画家による山水表現の北宗画に対して、文人画家による山水絵画の南宗画という位置付けに近いということで名付けられた。たんに、北画、南画と呼ばれることもある。

長有声の師匠の李在も、その浙派の画家の流れで語られることが多いが、李在の出身地は福建莆田であったことで、その立場は少し違いがあったようだが、天性の画才と構図の巧みさは当時抜きんでており、力強い描線と幾多の独自の水墨画法を編みだし、やがて図画院を代表する指導的な立場をうるに至った。

この明朝代の図画界も、そこまではよろしかったらしい。

長有声も、幼年時にすでに頭角を現して、非凡な作描画のうまさをかわれて、北京の図画院の画師養成教室に通うことが許され、登門するたびに目にする李在の作画作品に憧れて、師匠を目指し研鑽を積んだのだという。

どういうわけか、気むずかしがり屋の師匠である李在も、その長有声少年の将来の才能を認め、唯一の自身の直弟子として彼を直接指導し、また手元においてかわいがった。

ところが、互いに切磋琢磨で画師同士が名声を競いあった図画院の隆盛も、李在亡き後、有望な図画師や斬新な作品の出現がないまま三十年が過ぎ、図画院専属の画院派画師の評価は低まる一方となり、他方で、地方の蘇州（呉）出身の文人画家らの活動が起こり、その絵画の評価が徐々に高まるとともに、その「呉派」と呼ばれる画家たちの台頭を許してしまう。

呉派の文人画家らは、余技として山水表現に取り組み、自身や図画に表現される内面性や精神性を重視し、技法に強くこだわる院体画派の職業画家に批判的であった。

それは、やがて画院専属の画師が経済的には恵まれているにもかかわらず、創作に身が入らず、積極的に絵筆を握る意欲に欠けたことにも原因があろう。

または、画業の保証と安泰や生活の安定を求めて、図画院内に安住し、院内のあれやこれやに意見し、ただうつつを抜かすことで、画院内での定席の確保のために地位を求め、画業による名声や技術の完成度を競ったり、図画創作におけるより高い精神性を求めなくなってしまったということもあった。

ただ、所属の多くの画師が、地位の確保と時間稼ぎのために、請われて輸出用の真筆の模写でお茶を濁すのみ、といった体たらくである。

いわゆる官製職業画家の、安定を第一とするが故の自堕落ということであったろう。

長有声の、さらに気に入らないことは、自身もその輩《やから》の一人であろう、と見なされだしたことである。彼自身も滅多に絵筆を執らないひとりであったからである。

「奴らは、創作と引き替えに、いまの地位に安住して、口先だけで作品をものしたような気になっており、偉そうに他人の作品の選評ばかりに夢中になっておる。なにもうみだす気などないのだ。まったく、うんざりだ、というほかに言葉もない」


その三日後に、図画院の画廊に顔を出した等楊を見つけて、長有声が駆け寄ってきた。

「わしを、おまえの船に乗せてはもらえまいか。まあ、無理といわれても、いまさらにどうしようもないがな。わしは、もう、決めてしまったからな」と、長有声は言った。

等楊は、その発言を聞いて、奇妙で解せないという印象を持った。

このとき、等楊の脳裏から腹中から足先にまで電極が立ち電気が走ったように感じた。長有声との距離が、いやに身近に感じられて、思わず後退《あとずさ》った。身体が勝手に交信を始めたように、長有声との人間の境を自覚しない危うい感覚であった。

「そうか」

あの長有声の執務室で飲まされた茶になにか入れられたなと、ふと等楊は思った。

その長有声が、一瞬にこりと笑ったように感じた。

「いにしえの賢者も『道不行、乗桴浮于海』（道の行われずんば、桴に乗りて海に浮かばん）といった。わしも、舟に乗って大海にのりだすときなのだ。おまえさんは、まだ粗削りなところがあるが、絵筆に向かう筋が十分に良いと見た。わしが李在師傅に教わったように、こんどは、わしがおまえさんに教えることもたくさんあろう。師傅の、わしに直接に語った言葉は、まだ、わしの脳裏や身体のなかに脈々と生きておる。師傅の、直接わたくしの手を取って手解きしてくれた、その掌の温もりはいまでもこの手のなかにある」

長有声は、等楊に、山水の名手である李在とはまた違った意味での、別の新たな才能を認めたのに違いない。そのことだけは、理解できる。

等楊は、長有声のこの言葉を聞いて、別のことを考えていた。

それは、相国寺で良い意味でも悪い意味でも、長く親しく師事した春林周藤とのことである。

この厳格で碩学な老僧は、禅仏道と儒学にも精通しており、かの生活行動原理は、すべてこれにもとづくものであったといえよう。

等楊は、いまにしてようやくそのことが理解できる。

ところが、当時相国寺では僧録司として地位の高かった周藤師は、すべてにおいて、他の地位の高い禅師とも異なって、自身は望まずとも、他に推されて地位をえていったような人である。のちには、周籐師は相国寺第三十六世住持にまで上り、さらに鹿苑僧録十二世という五山僧を統括する幹部組織の議長職である禅林界の最高位に就いたが、もちろん自身が望んでえた地位ではない。

むしろ、自坊である塔頭の「慶玉軒」に隠《こも》り、毎日の勤行外には仏典や経書に埋もれるような生活に徹し、喧《かまびす》しい幕府の政治や京の僧林界からも、もちろん俗世からも隔《はな》離れた、中国の唐宋朝時代の逸世文人的な面も、併せ持つひとであった。

人にも厳しく、忌憚《きたん》のない批判を繰り出す。当たり障りのない発言はなく、直言を好む。ひとにも精進を求めるが、まずなによりも、自身にもめっぽう厳しい。誤ったことや間違ったことは、間違ったと公言し、臆《おく》したり恥ずることなく、すぐにあらため、自ら襟《えり》を正す。

当時の、享楽的な五山の文化や詩書を嗜《たしな》む禅林界を退廃的と見て、禅僧の描く書や絵画にも厳しい目を向けていた、というのが周籐師の立場であったろう。

また、周籐師は弟子にも厳しく接し、当初喝食のひとりであった等楊にも、自身の背中を見せて無言の自助自修を迫った。また、その息苦しさに音を上げそうにもなった。

等楊も、図画への思いは募るものの、周籐師のもとでは、日日の周籐師の身の回りの世話と禅修養が基本であるので、ただ耐える日日でもある。自身の図画への募る思いをこころに秘めて、排出する先がない。むなしく頭裏に図画宇宙を現出させて、虚空《こくう》に筆を走らせるだけである。


ただ、一度だけ、周藤師が等楊に頼んだ代筆の依頼の書簡に、鶏の鳴く絵の添えられていた紙面を見て「ほう、絵が得意であったか」と、周籐師が驚き漏《も》らした。

普段、等楊の描く図画に関心を向けることのなかった周籐師の意外な一言であった。

等楊は、このころ、喝食としては古株で、ようやく信頼も得て、周籐師に用事や代筆を頼まれることも多かった。

周藤師から等楊に渡された代筆の紙面には、宛名の次に「木鶏子夜《もっけいしや》に鳴《な》く」という、題字が書かれてあった。

等楊は、その題字をなんども読み返してみた。

胸騒ぐものがあった。

等楊は、その題字の代筆の後に、抑えがたい悪戯《いたずら》心が沸き起こった。沸々と沸き上がった、募る図画への思いが、等楊に筆を走らせた。

鋭い目を持った、朱い鶏幘《けいさく》（トサカのこと）を冠した、鋭嘴の長い、木彫りというよりは、生きた鶏を描いて、添えた。

まるで、闘鶏の丸舞台上で、対戦相手としての師僧である周篠師に、激昂激憤し鋭い嘴《くちばし》を突き立てて、挑《いど》む思いで描いた。

それを一見して、瞬雲潤《しゅんしょう》んだと見えた周篠師は、等楊に静かに問うた。

「この言葉の意味が、わかるのか」

等楊は、周藤師から代筆を依頼された後、たった半刻前に、先輩僧からその題字の言葉の意味を聞いたばかりである。

「はい。おおよそは」

「ならば、木鶏の強さは、なんだかわかるか」

「なにものにも同じない強さですか」

「うむ。それもある。しかし、本当の強さは、たれもが寝静まった真夜中にも、ひとに知られずとも黙々と努力し、ただ気を吐《は》いて、無心に精進を重ねることなのだ。子《ね》の刻に、木鶏の気高く鳴く如く強くあらねばならぬ。鳴く姿を他に覚《さと》られてはならぬ。強さ、とは。他を圧倒する、本当の強さとは、そのことだ」

等楊は、叩頭して、頭を垂れて、ただその言葉を聞いた。

「この書信は、先方には出せぬな。わたしが、もらっておこう」

その周藤師が、意外にも等楊の画才に一目を置き、如拙や周文に引き合わせ、寺内では「知客《しか》」という相国寺の来訪者や賓客を接待する正式な役職にまで引き上げてくれたのであった。

等楊は知客の職に就いてから、外廻りのことに触れる機会を得ると同時に、さまざまな立場の人物やさまざまな多くの外部の情報に触れ、自らの知見を広めることができたし、また対人的な希有な能力が自身に備わっていることに気づかされた。それは、等楊のひとあたりの暖かさ、物腰の柔らかさも手伝っているのであろう。

周籐師という師僧は、等楊の明るい性格から、適役であろうと、ひとをよく観察《み》て、知客の職位を用意してくれたのであろう。

のちに大内氏に招かれた折や、こちらの唐土に渡って来てからもそつなくやり過ごしていられるのは、その経験があるからでもある。周藤師にはやはり、等楊の良き埋もれた性格や才能を見抜き、如拙や周文に引き合わせてくれて師事できたことと、知客の席を与えてくれたことに、あらためて感謝しなければなるまい。

周藤師の庇護のもとから、遠ざかって久しいが、近くにあっては窮屈で、多くは反感しか感じることのできなかった感情と距離感が、その固い頭を冷やさせ、ひとのこころを冷静にさせ、生きた教訓をも引き出させることとなる。

そうして、ようやくにして、長い年月をかけて思い知ることのできた恩師の有り難さであったろうか。

その博学博識でもあった周藤師からも、いま長有声の発した言葉を、確かに聞いたことがあった。

「道行われずんば、桴《いかだ》に乗りて海に浮かばん」

周籐師が、そう言って天を仰いだ後、次に続けて言った。

「われに従いし者は、それ由《ゆう》なりしか。子路《しろ》、これを聞きて喜びたり。子の曰く。由や、勇を好むことわれに過ぎたり。材を取りたる所なからん」

たしかに、周籐師が、その言葉を口にしたことを、等楊は覚えている。

師僧の周籐師は、鎌倉幕府内の政争や朝廷のいざこざに、禅寺内が翻弄されることを嫌っていた。そのたびに、禅寺内にも大きな波紋が及ぶ。

相国寺は元来、国を補佐し治める「相国《しょうこく》」という中国の歴代王朝の宰相職を指す言葉から由来を得て、室町幕府の三代将軍足利義満によって創建された寺であった。寺の位置も京都御所の東側、御所の北門に隣接していたため、当然、政治への関与を逃れ得ない立場にあった。政争や政治の混乱は、本来の正しき政道に外れることである。

こうした幕府内の有様を見るに付け、周籐師は「桴に乗りて海に浮かばん」と歎いて、この言葉をよく口にされていた。当時、等楊もよく聞いた。

この『論語』からの引用では、その後に孔子の弟子の由（子路）のことが語られている。孔子は、その由に、政治の無道から遠く遁れるために、私の乗り込む桴に付いてくる気のあるのは「おまえ」だけであろうな、と言われたことを歓ぶ。師が冗談のように軽く言ったことを真に受けて、まるで子どものように無邪気に弟子は喜んだ。師にとって自分だけが特別な存在なのだと、優越感すら覚えたのであろう。

そこで、孔子は弟子の由に向かって「お前は、勇を好むことは、わたし以上なことは知っておるが、さて、桴を組むのに使う材料をどうするかだ。そんなことまでは、お前の頭に入っておろうかな」と言って窘《たしな》めた。勇ましいことはよく分かるが、次の段階の現実のことまで考えているのかどうかを、問われたのである。

「あの孔子も仰っておろう。幕府や治世の無道を歎くことはできようが、その後のこともある。それぞれに勇ましいことを言う者はおるが、それが容易には行かぬのよなあ」

周籐師は、たしかに、そう仰った。

等楊の心境も、禅僧界の窮屈さや幕府内外のごたごた、世相の乱れには辟易《へきえき》してしまっているのだ。だから、等楊は雑念から逃れ、本当の師を求め、画筆の業に専念し、自らの究める未完成の新境地を開きたいと、すがるようにして桴《いかだ》、つまり大内船に乗り込んで海に浮かびでて、かの画業の本場である唐土を目指してきたのであった。

長有声は、続けた。

「船旅は、わしの長年の夢であった。しかも、大海を隔てた遠い辺地、畢竟《ひっきょう》、異境の地に漕ぎだし、一境遇を得て、新たな境地を催すなど、夢のまた夢であった。それにくらべ、ここの暮らしのなんと浮薄でせせこましいことよ。外見でしか、また富や財力や地位や名誉、門地でしか、人を判断しようとしない。どいつも、こいつも、みなそうじゃな。一縷《いちる》の望みは、それらと無縁な、おまえさんだけだ」

等楊は、長有声の話す言葉の意味が理解できないでいる。

どうして、明王朝からすれば自分のような、所謂《いわゆる》、異蛮属国の勘合符船に添乗してきただけの従僧の者に、そんな重要な頼事をおこなおうとするのか。そこにどんな魂胆があるのか、等楊にはわからない。

長有声の、ここ宮廷図画院での地位は、たしかに、自身も言うように、決して座り心地のよくないものではあるのかもしれない。しかし、一概には得がたいものである。少しの我慢《がまん》をしておればどうか、とも思う。その地位は安泰であり、安易に捨て去るなど、等楊にはとても考えて及びもつかない。

が、しかし、長有声のいま言った言葉の裏にある思いも、等楊と同じ思いであったのか、と思い直してみた。

それにしても、長有声は、等楊に付き従って、唐土を離れ、遣明船で大和国に随行しようというのであろうか。そんなことが果たして、可能であろうか。どうすれば、許されるのであろうか。

等楊に、新たな懸念が生じた。

「李師傅は、このわしに、あとを託された。師傅の画業は未完であり、なお、わしのなかで生きておるのじゃ。だが、残念だが、この画院の現状にはなにも、その画業を引き継ぎ、完成させる地盤も才能も見あたらない」

「そんなことが、あるのですか」

「そうだ。まあ、次の庚申《こうしん》の日が近い。まあ、待っておれ」

等楊はますます訳がわからない。もやっとする気持ちで、長有声と別れた。

その長有声の姿が、数日後のある日、忽然《こつぜん》と消えた。

現在も、宮廷図画院の副院長という要職の立場にある長有声ではあるが、その図画院にもその姿はなく、また、その周囲で彼の姿を見かけたという者もいなかった。

日頃から懇意にしていた隣家のひとも、ついぞ彼を見かけず、在住の住処にも、どうやら長有声の出入りの姿は見えないらしい。やむを得ず、心配して食物を持って近在の親しい婆婆が戸口に立って声を掛けてみたが、返事もなく、なかに動く人影も見当たらず、在宅の様子もないという。

怪《あや》しんで、その二日後に、老婆が、再び長有声の家をあらためて訪ねてみると、寝台には息絶えたような彼の乾いた骸《むくろ》が横たわっており、老婆は驚き、手を振り上げて「アイヤ」の、曲がった身体をさらに縮みあがらせるような金切り声を響かせて、急ぎ近所の世話役の長老の組長を呼びに走った。

すでに血の気も失せ、凍ったように冷たく見える、深い黒い影の差す長有声の抜け殻のような屍骸を、駆けつけた男が恐るおそるに揺すってみると、長有声の背中が見るみる大きく盛り上がり、麻布の掛かった夜具のなかから大きな青黒い肥えた蛆虫《うじむし》のような生き物が、ゴソゴソと這い出してきた。

鈍い銀青色の羽根を固く閉じた背中と、両の手に鋭い四本ずつの爪《つめ》を持ち、黒光りのする牙《きば》を具えた大きな口がモグモグしている。その不機嫌そうな濁った丸い目が、ゆっくりと上方に向けられて、組長の男に一瞥《いちべつ》をくれてから、寝台の下の虚空に消えていった。

長老の組長の男も老婆も、大いに驚き、薄気味悪く怖くなって、すぐに長有声の部屋を離れた。


一方、等楊が、ある朝目覚めると、腹のなかから、沸々と湧いてくるような木霊《こだま》のような声を聞いた。等楊は、むろん、寝具を投げて、寝床から飛び起きた。

木霊は、等楊の頭のなかでも、突然に疼《うず》きだした偏頭痛《へんずつう》の如く、障《さわ》るように刺すようにジンジンと響いた。酷《ひど》い耳鳴りである。そして、これが、なん日か続いた。

しかし、日がたつにつれて、木霊にしか聞こえなかった声が、次第に、どこかで聞いたことのある聞き覚えのある声に変化し、多少聞き取りやすくなった。その声の主は、たれあろう、老長、つまり長有声に違いない、とわかった。

さらに、数日後、違う二種の電波の波長が、ツマミを弄《いじ》っているうちに、偶然に合うように、老長の声が、ハッキリと聞き取れるようになった。

その長有声の声に、等楊は思いきって、無言のこころの声をかけてみた。

最初は、恐るおそる、小さく、念じるようにこころの声を発したが、反応がない。通じないのであろう。

つぎに、大きくこころに念じてみた。これには、さすがに反応が返ってきた。

「ようやく、気づいたな」と、長有声の返事である。

高い乾いた声であった。

「いったい全体、どういうことなのですか」と、等楊もこころの声で応じた。

「おまえの身体のなかに住む青姑《せいこ》と契約を交わしたのさ。あいつは、腹虫さ」

「えっ」

「おれの体と交換してもらったのさ」

「え、えっ」

等楊は、実際の声も上げて、聞き返した。訳がわからない。

「なんだ。わざわざ、説明が必要かな」

「うっ。どういうことだ」

「庚申《こうしん》の日に、おまえの身体から抜け出て、姿を現した青姑の奴を呼び止めて、その場で契約を交わしたのさ。奴の居場所を譲ってもらう代わりに、おれの体をやったのさ」

「はあ、なに」

「だから、おまえの腹のなかに住む青姑という腹虫に、庚申の日に、おまえさんの身体から這《は》い出して、抜け出てきたのに合わせて、偶然を装って呼び止めたのさ。そして、奴に好条件を提示してやって、奴が二つ返事で取引に応じてくれたのさ」

「ええっ、どういうことだ」

「ふん、まだ、わからぬのか。案外に、鈍《にぶ》いヤツだな。元来、青姑の性は、三尸《さんし》といって華飾を好み、大食漢で、おまけに淫欲ときている。奴は、いかにも根が賤《いや》しく、滅法がめつい野郎で、おまえの想像や思想をたらふく食って、おまえの腹のなかにもともと長く居座っていやがったのさ。おまえの身体や臓器に取り憑《つ》いて、食うものがなくなると、癇癪《かんしゃく》を起こし、八つ当たりして、おまえも手こずらされたようだな。しかし、うものをよこせと、酷《ひど》く鋭い牙で噛みつく。相当に、おまえも手こずらされたようだな。しかし、おれはそんな悪さはしない。これからは、おまえの身体に悪さをして、突然に体調を崩させて寝込ませるような、そんな卑怯《ひきょう》な真似はしないよ」

「その、よくわからないが、そいつ、つまり、その青姑とかいう腹虫とやらと、勝手に、どんな取引をしたというのだ」

「へへ、奴は、ほんとに、がめつい野郎で、しかも勘が働くし、なにより貪欲な生き物だ。わかるのさ」

「なにが」

「つまり、おれのこれまでの蓄えてきた妄想にも近い図画世界や溜まりにたまった豊かな思考の構築物の残滓《ざんし》の臭いを、嗅《か》ぎ取って、おれの誘いにまんまと乗りやがったのさ。そして契約を交わして、たがいに居場所の交換をしたのさ。いまごろは、奴は、新たな住処《すみか》をえて、生涯に食い尽くし切れないほどのおれの妄想や思想という食い物に、天に昇ることも忘れて、ただただ目の色を変えて、食らいついていやがるはずさ」

「はぁ。なぜ、おれに、なんの相談もなく、そんな勝手な真似をした」

「だから、以前に言っておいたはずじゃないか。おまえの船に同乗させてもらうとな」

「だが、そのときは、たしか、了承などしていなかったぞ」

「だから、おれは決めた、と言ったはずだ」

「そんな、なんで、勝手に」

「おれは、自分で決めたと言ったことは、かならず実行する男だ」

「そんなの、知ったことじゃないが、こっちが、大いに迷惑するじゃないか」

「ほんとにか」

「えっ」

「おまえは、大きな野望を持って、この大明の地に乗り込んできたのじゃなかったのか」

「うっ、ああ。まあ、そうだが」

「本物の図画の道に進みたいと、わざわざ辺境の蛮地より、大海を渡り、危険も顧みず、わが大明国にやって来たのではなかったのか」

「ううっ」

「ちょっと、こちらの地をあちこち歩き回り、ずかずかと見て回るだけで、浮かれた気分に浸ってはいるのだろうが、それで、ほんとうに北宋朝代来の図画の神髄を極められるとでも、安易に思っているのか。いまのおまえは、言っては悪いが、まるで物見遊山の客といっしょのことではないのか」

「ああ、うっ。それは、言われてみれば、そうだが」

「おれは、この地で、李在師という此の時代、最高の図画の神に愛された天才に見いだされ、長年親しく直接の薫陶《くんとう》を受けてきた男だ。これ以上の好条件を備えた男に見込まれて、おまえは本当に嬉しいとは思わないのか。迷惑していると言うんなら、おまえの飼っていた腹中の虫との契約を止めて、もとに戻してもかまわぬが、よいのか」

等楊の頭脳は酷く混乱した。長有声に言葉で責め立てられては、大いなる不快と反発を感じてはいる。なにしろ、一方的に、長有声の思い通りになるものか、との思いがある。

だが、しかし、いま、長有声の述べた強い言葉は、等楊の胸を打ち、その自身の拠って立つ存在をも揺さぶる真実の言葉でもあった。等楊は、逡巡《しゅんじゅん》するしかなかった。

「どういうことだ。まて、いったい、なにを言いたいのだ。おれの頭は、まだ、この状況が、よく飲み込めていないのだ」

「案外に、にぶいやつだ。おれは、おまえに同船してやって、おれの養ってきた経験と知識と画技と思想を、おまえに代償を一切求めずに無償で授けてやるつもりで、おまえの腹中の虫と契約して、わざわざ、頼まれもしないのに、ただ好意でもって奴を追い出してやって、しかも代わりに乗り込んできてやったんじゃないか。おれは、この図画界での自身の不遇の鬱憤《うっぷん》を晴らすために、この数十年をかけて、隠士に弟子入りして尸解《しかい》の術を体得した。これが、副院長となって、成し遂げた唯一の成果なのだ。いま、ようやく、究術を試すべきときだ、と悟ったのだ」

等楊は、まだ、長有声の言った意味がよくわからなかった。

「しかい」『尸解《しかい》の術」とは、なんだ。

おそらく、この国に古くから伝わる仙術か秘術の一つなのであろう。それだけは理解できた。そうすると、長有声は、その使い手であるのか。

等楊は、あらためて、核心を長有声に聞いてみた。

「しかし、なぜ、なぜに、そこまで、おれに肩入れする気になったのだ」

「はは、そのことか。役人の小紀に聞いたのだ。あの尚書野郎の姚虁《ようき》が、おまえの礼部殿の貴賓の間の壁画に描いた図画を褒めたとな。礼部尚書の姚は、自身の出世のことにしか目のない、本当にいやな野郎だが、やつの図画や詩書に対する目は確かなのだ。やつの父親は明朝代きっての、たれもが認めた本物の挙人、文化人として知られた男で、その血を引いた姚は、書詩画をはじめとする技芸文化の真贋《しんがん》を見る目だけは、本物なのさ」

「おまえは、おれの図画を見たのか」

「ああ、見たさ。小紀から話を聞いて、早速に、見に行ったさ。正直、驚いたよ。おまえの描き起こした線は、ひとのこころを揺さぶる。大胆にも思える奥行きと深みのある構図を、よく壁面に定着させている。あの図画は、姚虁が褒めるだけある。近頃、見たことのなかった佳作だ。たれでも描ききれるものじゃあない。なまじ、技術が追いついていないだけに、よけいに訴えてくるものがある。おれの、持てるものすべてと、おまえの持てる技量を合わせれば、稀代《きだい》に類のない図画ができあがる。少なくとも、閉塞《へいそく》するいまの、ここの図画界を突き抜ける真性の図画を完成できよう。そう確信したのさ」

「そうか」

「ああ、そうだ。嘘、偽りではない」

ややや、たがいの沈黙の時間が流れた。

「もう少し、聞いてもいいか」

「なんだ」

「長先生の、図画に対する、いま浮かんでくる思いを、わたしに語ってはくれまいか」

「ああ、いいよ。おまえに諭《さと》しておきたいことがある。そもそも、図画の腕前や出来栄えと絵画自体の価値とは違うのだ。おまえにも、なんとはなく、わかるだろうな。また、図画は、その人の技術程度や画題によってその値打ちが決まるというものでもない。自然の単なる素描や写実、繊細な描写、模倣などには及ばない昇華された高みを目指すものだ。なによりも、その図画自体も、描き手たる図画師もだが、山水図画の対象たる天開自然に、深く愛されなくてはならない。その言う、意味がわかるか」

「うん」

「丹青には、つまり完成された図画のなかに、その見る人の意識を高ぶらせ、図画の桃里にその人を自由に遊ばせる意義があるか、その人の次つぎに巡る理想郷を思い描かせ、目前に閲覧させることができるかが、ほんとうの真骨頂《しんこっちょう》なのだ。描き手は、自ら十分に自制して、絵筆で図画に表現された山水世界に、計算され尽くした構図に、命脈を注ぎ込む。図画中の、その人の隠住できる場所やときの流れからは、おのずと貴賤や正邪、好悪、明暗、真偽が見てとれる。小手先の真似事では到底、その境地には及ばない」

「そうだ。きっと、そうだ」

長有声は、強調して「丹青」と言った。丹青とは、字義どおりでは「赤と青」の色のことであり、突き詰めて言えば、色彩、つまりは「図画」自体を意味する。

等楊は、老長の力強い言葉に、ただ圧倒されて、ただただ同調の意を示さずにはおれなかった。

「ふふ。いいぞ。おれのみるところ、おまえは、海の向こうの蛮地でも、宋画の山水画や水墨画の完成された図画のなかに、技巧や繊細さや用墨、こころに写る色彩表現や景色のほかに、用筆による息づく線のもつ力強さや空間の重要な構成の仕方にまで目を向けて、意識を漲《みなぎ》らせて、真摯に一途《いちず》に見つめてきたようにみえる。ただ、無心に天開自然を再現するためにな。おまえの図画には、自身の偽らざる表出に努めている姿が、目前に見て取れるのだ。しかし、それだけでは、まだ、なにもなしえてはいない。おまえの図画には、見るもの、それを楽しもうとするものを、一足飛びに春秋冬夏の山水境にはいざなってくれるが、そこで立ち止まらせ、戸惑わせてしまう。その先に、誘《さそ》う術が必要に思える。山水世界に遊ぶものを、その先に連れて行き、さらに安心させることだ」

「ああっ」

長有声によれば、山水画は、昔日の唐代玄宗期の宮廷画家である華北の呉道子の「用筆（有筆無墨）」と江南の項容の「用墨（有墨無筆）」の技法が、唐末の荊浩《けいこう》によって統合され、山水表現として高められて図画の様式として宋朝代に確立されたものだ、という。

呉道子は、のちに呉道玄ともいい、河南の陽翟《ようてき》の人である。その画法は山水画に変革をもたらし「画聖」と称えられたが、水墨で輪郭を線描だけで素描で描写する白描画という技法の名手として知られる。白描画は、たんに白画とも呼ばれる。

また、呉道玄は、天性の画師で、描画の際にはかならず飲酒したと伝えられていて、奇癖や奇行、奇譚のエピソードが数多《あまた》あるが、画のジャンルを問わず、人物画も山水（風景）画も花鳥風月、神仙宗教画なども自在に描き、オールマイティの天才画家といわれた。

素描にも勢いがあり、神技の如くにごく短時間に、スラスラと図画を仕上げて、平然としていたと言われている。

代表的な図画に、強弱抑揚の効いた細線速筆による『八十七神仙図巻』や『天王送子図』などがある。仏教にも傾倒し三百の寺社に大壁画を模し、また地獄絵も得意とした。「山水の変（山水画の画法の変革）は呉道玄に始まり、李思訓、李昭道父子に成る」と評され、院体画の系譜と重なる「北宗画の祖」とされる李思訓とともに、かの国の帝画壇では道玄を「神品上」と、李思訓を「神品下」と称えられている、という。

長有声は、このふたりを比較して、呉道子の神技のような図画の腕前を褒めた。「唐の玄宗帝が依頼した図画を、李思訓が一ヶ月をかけて完成させたのに、かの呉道子は、その依頼を一日でなし得た、といわれている」と言った。

描線のことを「筆」といい、水墨による濃淡明暗を表す「にじみ」や「ぼかし」など、線に頼らない面的要素を強調したものを「墨」という。

さらに、これら「筆」と「墨」を含めて、筆法の「六要」といい、筆と墨のほかに気、韻、思、景をいう、とある。

そのことを、かいつまんで、長有声は述べた。

等楊も、図画院で呉道子の迫真の『神仙図』に描かれた夥しい数の女官たちを見て、繊細な「用筆」の筆使いに唸《うな》った。まるで、この世の人の筆法とは思えなかった。凄《すさ》まじい勢いの細い線による筆使いを感じた。

まさに、呉道子は、その「筆」の達人というに相応《ふさわ》しい。

また、その一方の、別の「用墨」の技法の創始者であるとされる項容《こうよう》は、唐代の江南天台の画師で生没不詳、隠棲した地名から項容山人と呼ばれたが、図画の詳細はわからないことが多いが、水墨の「にじみ」や「ぼかし」を大胆に強調して独特な樹石を表現した水墨山水作品を描き、のちの画家と画法に大いなる影響を及ぼした、とされる。

項容の作品として知られるものは少ないが、葉や背景を水墨の滲《にじ》みや暈《ぼ》かしで表現し、蓮花や蝉・カマキリなどの昆虫を題材に取った作品が僅かに彼の作として残されている。

さらに、荊浩《けいこう》は唐末五代の儒者で画師としても知られている。字を浩然といい「華北山水画の祖」とされ、太行山中の洪谷に隠れ住んで洪谷子と号し『筆法記』という自画法の解説書を記し残している。

荊浩は、自らの山水画の画法に、前者二人の画法を学び統一したとされる。

先の自著書に「呉道子の有筆無墨（用筆）と項容の有墨無筆（用墨）の二人の画法の長所を採用した」と述べている。代表作に『匡廬図《きょうろず》』『雪景山水図』がある。山容の輪郭線を重ねるように繰り返し、墨筆を重ねて立体感を強調し、細部の描写にもこだわった山水画は高く後代に評価された。

等楊も、図画院で、荊浩の代表作を鑑賞して、山水表現の奥深さを身を持って知った。

こうした奥義を究めた技法は、のちの宋代初に現れた江南出身の董源《とうげん》によって皴法《しゅんぽう》として、山水画の定番の山水描写の技巧にまで高められて、一般的な山水技法として確立されることとなる。

また、唐時代までの図画では彩色画が中心であり、風景画の山水画も群青や緑青などの顔料や金泥を用いた青緑山水が主流であった。盛唐期の画師である李思訓やその子の李昭道などによって描かれ、完成を見たと言われる。

この彩色画に代わって、一見、素朴、簡易、省略、単純な水墨のみによる山水画が盛んになるのは宋朝時代以降である。

荊浩は同志たる関同とともに、あえて彩色を排して、自然現象と心象の深みを極めようとする水墨山水画を描いた初期の画家である、とされる。

図画は、単なる自然の山川湖水景勝の忠実な写実であることから解き放たれ、水墨のみの表現によって、自ら制限を加えることによって、逆に自由を得た、と見なされるであろう。まさに大羽翼を空に向け開き、飛び立つ鷲鳥のように。


「どうだ」

「ええ。わかりますよ。水墨による山水表現に行き着いたのですね。画院に掲げられた幾多の、名の上がった名士の代表作を順に鑑賞すると、いま長師の仰ったことがよくわかりますね。わたしの頭のなかでもようやく点が線へと繋がったように思われます。長師よ。ところで、あなた自身のことはどうなんですか」

「おれか、おれ自身は、この図画界の醜悪さに染まることを嫌って、毛筆を折った人間だ。正直いえば、おまえさんの天真ともいえる純真さが羨《うらや》ましいよ。おれにも、図画界に足を踏み入れる一歩手前には、おまえさんのように、そういう闊達な時期もあったもんさ。しかし、この図画界に身を置いて、すっかり腐ってしまったよ。李在師の助力がなければ、おれは、ここには、とっくに、いない。それほど、この図画院内は鬼神や魑魅魍魎《ちみもうりょう》の住む世界でもある。おれは、気づけば、すっかり、その毒牙にやられていた」

「長師は、どうして、せっかく希代の天才絵師と言われた李在師に認められて、図画院に重席を得たのに、その絵筆は固く封印されたのですか」

「おまえには、不思議に思えるか」

「はい」

「そうか」

「なぜ、でしょう」

「それは、単純なことだ。おまえにはまだわかるまいが、この図画院のなかで、才能を有すると自負を持ち、多少の自信があって、絵筆を振るい、おのれの画業を貫こうとして、図画制作に努めれば努めただけ、悪意を持った他人から利用されるだけなのだ。ここでは、図抜けた才能以外は、所詮どう足掻こうが、凡庸《ぼんよう》以外の、何者でもありはしないのさ。ここには、おおまかに二種類の人間がいる。ここに籍を置くことで、日日の生活を維持しようと必死で足掻《あが》いている画業を専業とする院画師たろうとする者たちと、ここを足がかりに昇官を望んでいる小役人風情の者たちだ。かれらは、おのれの目的のためには手段は選ばない。友人や肉親でさえ、平気で裏切り、利用し、陥《おとし》れ、なにも無かったかのように平然としていることができる」

長有声は、一旦、言葉を置き、声音を潜めて、息を継いだ。

「李在師のように突出した才人であれば、たれも、その存在をひねくりようがない。その李在師は特別なのさ。いくら師の足を引っ張ろうとしても、また陥れようとしても、びくともしない。こしゃくな小細工が効かないのさ。それが李在師のような存在なのさ。なにしろ、明朝の皇帝自身が自らの崇高《すうこう》な文化的な権威の拠り所としたのが、図画界にあっては名人としての李在師のような神技的な存在であったのだ。だから、この国の皇帝は、高貴な文化の庇護《ひご》者として、すべてを凌駕《りょうが》し、足下を脅かされずに、この広大な地に屹立《きつりつ》していられる」

「あなたの師匠の李在という方は、それほどの不世出の天賦《てんぷ》の逸材であられたのか」

「そうだ。すべてが他の者とは違ったよ。それは、たぐいまれな、宝玉や玉璧にも譬《たと》えられる立派なもんだったさ。この国の過去に現れた図画の類い稀なる巨匠に列なる人品であった。だから、たれもが、保身のために、李在師を祭り上げるしかなかったのさ。その李在師が、このおれを副院長に推挙したんだから、たれも文句は言えないさ。おれのような多少の才人では、所詮は力不足さ。つまり、一括りにすれば、凡庸な人間の仲間でしかないのさ。ちょっとしたことや発言でも、どのようにでもやり込められてしまう。要は、ここでいまの地位を保ったまま生き延びるためには、本当の正体を現さず、なあなあでやっていくことなのだ。かえって、なにもしないことの方がいいのさ。様子をうかがうために、ちょっとだけ言行を興し、周囲の反応をみて、こうすべきかああすべきかを考え、正しく判断する。間違ったなと思えば、直ちに修正して、意見を引っ込める。日日ひととの関係で神経をすり減らし、気を抜くことは一時もできない。せいぜい、家に戻って前堂に入り自室に落ち着いて、周囲の人気《ひとけ》のないことを確かめてから、ようやくホッと、ひとりの時間を満喫し、愉しい思考に耽ることができる。過去に、図画界で、いいようにもて囃《はや》されて、持ち上げられた末に、急に梯子《はしご》を外され、意地悪な罠《わな》に落とされて、消えていった人材は数知れずいる。おれはそいつらを、目の前で、なん人も、間近に見てきたんだよ。本当に、親しき隣人や、よき友人ですら失ったよ」

「ここでは、みな、図画の研鑽《けんさん》に努めるのではなく、周囲を気にして、出世と自身の地位や生活を守るためだけに、図画に関わっているというのですか」

「そうだ。みな必死さ。たがいに、競うだけではなく、相互に監視をしながら、親切を装い、ひとを陥《おとし》れようとする。ひとの弱みを握っては、ほくそ笑み、あわよくば、我《われ》が先にと、ひとを出し抜き、或《あ》るいは、人の足を引っ張ろうとする。無為な時を、あたかも有意なように過ごしているのだ」

「なんと、それは」

等楊は絶句した。

「あなたの李在師のことを、もう少し話してはいただけまいか」

「知りたいのか」

「はい」

「では、実際の山水図を描きながら、李在師の図画の思想や、その技法を教えよう」

「ここで、山水画を描けということですか」

「そうだ。四季の山水図画はどうだ」

「春から夏秋冬にかけての季節ごとの四幅の四季山水図をですか」

「ふふ、面白くなってきたな。こんな愉快な気分は、純白の画布を前に筆を執って、わが李在師と忌憚《きたん》なく語らった若き日日に味わって以来、久方《ひさかた》ぶりだな」

「長先生、わたしは、まったく勘違いしていたようだ。失礼の数々を謝りたい」

「なに、いいさ。それより、長先生はよしてくれ。図画院のくだらない連中と同じ名で呼ばれたくはないからな。いいよ、もっと気安く、老いぼれの『老長』でな」

「はい、老長」


等楊は、北京滞在中に礼部殿試院中堂の壁画に「山水図」を描いたが、そののち四幅の水墨画春夏秋冬の『四季山水図』を描いている。

等楊らは、北京の大興隆寺にしばらく投宿して、そこで『四季山水図』を描いた。北京を去るにあたって、大興隆寺の住持であった純拙魯庵和尚より送別の偈言《けつげん》までも賜っている。その冒頭部分に等楊を語って「去歳（成化三年）より四明を旅遊し、天童山第一座に昇った」とある。

「天性に図画を仏、菩薩《ぼさつ》、羅漢《らかん》などの頂相像においてよく描き、筆を執ってはたちまちにして成る。絶えて利を図ることは無し。大凡《おおよそ》、これを請索するものに遍《あまね》く応じて拒むべくも無し。故に人は皆これを徳とす」と、その偈言にある。

その人の功徳を讃える偈言として等楊が賜った漢詩は、本来は高位にある師僧から、法印を究めた弟子らに与えられるものであり、親しく交わった証であり、等楊の選別代わりに描いた和尚の頂相（肖像画）や寺に寄贈された『四季山水図』の返礼でもあった。

この偈言から読み取れることは、等楊が北京滞在中にも、頂相などの道釈画を、自らある目的を持って、また請われて依頼に応えて、数多くの作品を描き、ひとに惜しげもなく与えている、ということであろう。

この純拙魯庵というひとは、北京にあった大興隆寺の住持であるとともに、礼部善世院の大僧録司の立場にあった人である。いわば、中華全土の仏教寺院を統括し、かつ仏門を代表して朝貢儀礼を執行・管轄する大変な高位にあった人でもある。

また、さまざまな文人、官人、仏師との親交もあり、当時の高名な書画家の詹僖《せんき》（詹仲和）らとの交流も知られている。

この当時、明朝代で著名な詹僖（詹仲和）と等楊との交流については、特筆すべき、海を越えた後日譚がある。

等楊が、美濃駿河方面を旅して描いたとされる『富士三保清見寺図』という図画がある。後年の等楊の作とされるこの図画には、不思議なことに詹仲和の賛が記されている。

この画賛は、もちろん、等楊が北京にあったときにではなく、その帰国後に唐土にもたらされた図画に記されたものであろうと推測できる。その落款には「杭州鉄冠道人　詹仲和」と記されている。「鉄冠道人」は詹僖（詹仲和）の号であり、彼は杭州銭塘の生まれであることから、四明人と自らを紹介した。

詹僖（詹仲和）と等楊が北京滞在中に出会って交流する切っ掛けをつくってくれたのは、礼部尚書の姚虁《ようき》である、とされる。

尚書の姚虁が、等楊の礼部殿試院の中堂に描かせた図画を気に入り、当時書画に造詣の深かった著名な詹僖、こと詹仲和に、その画賛を記すよう依頼したことから、交流が始まったのであった。

おそらく、推測ではあるが、礼部尚書の姚虁は、等楊が依頼されて描いた礼部試院の中堂の壁画が四明山の山谷の風景であったことから、わざわざ四明人であった詹僖（詹仲和）の名が浮かび、彼に画賛を書かせるのが適当だと判断したのであろう。

等楊は、詹仲和と会って語らい、その書画に対する博識と見識の高さ、その人物としての善良さを敬仰して、帰国後も忘れられず、その後の大内船で渡明した秋月や等澤に託して、是国随一の景勝の地を図画に纏《まと》めて描いた『富士三保清見寺図』を、贈り物として託したのである。

霊峰富士と三保松原、清見寺の景勝三地を趣向を凝らして、ひとつの観光名所として図画に丹念に仕上げた等楊の意図が窺《うかが》えよう。

また、のちに伝雪舟筆『渡唐天神像』は、いまに残るものは等楊の真筆の弟子らによる写しと思われるが、天神様（天満大自在天神と、のちに称された菅原道真のこと）が南宋時代の唐土に渡って無準禅師という名僧より禅衣を賜ったという説話がもとになっている。もちろん架空の話ではあるが、等楊がその説話を意図的に図画の画題におこしたのには、こうした詹僖（詹仲和）など唐土の文人や人士との現実の交流が背景にあったからではなかろうか、と思われる。

また、北京を去って、寧波では、地元の名士で文人の徐漣《じょれん》や金湜《きんしょく》、倪光《げいこう》、李端などの人士と交流したことが知られている。

とくに徐璉希賢という人物からは過分の歓待を受け、等楊の記念に贈った山水墨図の小品の返礼として、友誼に厚い送別の漢詩を贈られたことが知られている。彼は四明徐璉と名告り、寧波では名の知れた文人として通っていた。また、倪光と李端も詩作をよくした人たちであり、寧波で交流後は送別の漢詩など贈られたであろう。

さらに、招かれた金湜《きんしょく》の邸宅では、書画の収集家としても知られる彼の所蔵画の『虎溪三笑図』や『商山四皓図』などの図画の数々を鑑賞して、感銘を受けた。

さきに、天童寺の住持で、等楊が「天童寺禅班第一座」の名誉を授けてくれたのは無傳嗣禅師であったが、禅師と金湜とはとても親交の深い仲であり、おそらく禅師より紹介されて交流が始まったものと思われる。

金湜は挙人として清廉なひとで、のちに朽木居士と号し、詩書に造詣が深く、自身で画も描いた。また、金湜は天童禅寺の常客でもあり、その縁で、のちに、彼の邸宅に招かれた渡明した禅僧が、その家の部屋に掲げられていた等楊の筆になる『三笑図』を見たという記録もある。等楊が訪問した際に描いて贈ったか、のちに渡明した弟子から贈呈品として渡されたか、であろうと思われる。

等楊の遣明使節以降の、唐土現地の親しく交わった人士との交流は、長く途絶えず続いたとみるべきであろう。

当時の寧波の城府街では、海外の渡来船の受け入れ港として外国客が多く、寧波は、ことに日本からの渡来客には友好的で、豊かな文士が多く、交易などで巨財を成した金満家の多く住む街としても有名であった。そうした文士や名士、地元の処士と、等楊は親しくなって、自邸に招待されたりして歓待を受けた。

等楊らは、そんな人士の一人である徐璉や、寧波府城の南門近くにあった金湜の豪邸にも招かれた。とくに等楊が目を見張ったのが豪邸内に整備され手入れの行き届いた個性的な庭園であった。当時は、当地の各邸内には、かならず立派な庭園が別に造園されており、その邸宅の独特な趣向を誇っていた。

ここでも、等楊の気安い性格と図画の才覚が、多くの初対面で出会ったひととの交流を容易にし、かつ気心の通じる人とは、すぐに深い関係に至らしめたのだといえよう。等楊の帰国後も、弟子の秋月や等澤の次期以降の遣明船での渡航もあり、北京で会った詹僖（詹仲和）同様に、その後の交流も途絶えることなく続いたのである。

かつて、師僧であった春林周籐の相国寺で与えてくれた「知客」の役職が、考えようによっては、ここでも等楊にとって適任であったことの証明ともなった。等楊は、言葉も通じない異国の地で、臆することなく、十分に闊達であった。

帰国後、豊後の等楊の戦乱の逃避先に、旧知の禅僧で渡明の同行者であった呆夫良心が訪ね、この時に記した『天開図画楼記』には、渡明中に等楊の礼部殿試院に描いた図画が現地でも評判となったこと、さらに高名な李在などの画風を倣い真似たような「山水画」を描いたことが記されている。

この図画は李在風の、画風の大変影響の濃い繊細な技巧と前景の風景を大きく展開し華やかさを強調する技法を駆使した「山水画」の作品であったらしい。北京の大興隆寺に残された『四季山水画』四幅のことを言ったのであろう。

老長こと、長有声は、等楊に、実際の『四季山水図』を描かせながら、李在の図画の技法とその思想を教えた。また、李在師の技法のみならず、遠い北宋や南宋代の図画の成立に遡って、巡覧や通覧を試みた。

しかし、習作とはいっても、等楊流も捨ててはいない。全体の構図に、大胆さを加え、また余白を大きく取り、濃淡にこだわり、岩場や山肌の荒々しさなどの描写は、なおこの図画にも生きている。

この『四季山水図』四幅は、各幅に「日本禅人等楊」の落款《らっかん》と白文方印の「等楊」の落款印が押されており、また「光沢王府珍玩之章」「荊南文献世章」なる鑑蔵印があることから、北京の大興隆寺に残されたのち、中国人の「珍玩」なる荊州遼府の人の手に渡り、さらにそれが長く、のちに渡航僧の手によって日本に渡来《わた》った、と考えられる。

この時の遣明使については、さまざまな人間模様があった。

等楊とほぼ行動をともにしていた桂庵玄樹だが、この時は、等楊らと帰還の途には就かず、さらに約五年に渡って、この唐土の地に居残った。生真面目な性格の玄樹は、当時盛んとなっていた宋学の大家朱熹の『四書集註』の学説の虜《とりこ》になってしまっていた。

「雪舟どのよ、悪いが、おれはもうしばらくここに残るよ。今回の大内どのへのお役目も大概は果たし終えた。いまとなっては、自由だ。機会もある。もっと、朱熹の宋学儒説を究めるべきだと気づいたのだ。このたびの雪舟どのの立派な成果に比べては悪いが、わたしはこの永年の憧れであった唐土を踏んで、まだ少しも極めようとした目標には届いていない。恥ずかしく、悔しい思いでいっぱいなのだ。だが、なにをなすべきかわかったいまとなっては、みなとともに、ここを離れて帰着の途に就けようか。なあ、雪舟どのよ」

「玄樹どののこころざしは、よくわかるよ。ならば、そうなされよ」

「うむ。むろん、である」

「そうか、別れであるな」

「暫《しば》しの、別れであろう。また、数年後に、海の向こうでお会いいたそう」

「はい。かならずな。お元気でな」

桂庵玄樹が、五年後に、中国の地を離れたときも、応仁文明の乱はまだ収束していなかったため、玄樹は難を避けて、山口や京には戻らず、等楊も馴染みのある山陰の石見国に上陸し、益田氏の庇護《ひご》の厚い禅寺に一旦腰を落ち着けることにした。

そして、そこに、偶々《たまたま》山口の雲谷庵を離れて逗留《とうりゅう》していた雪舟の弟子の秋月に誘われて、数年後には肥後を経て、九州の果て遠来の地薩摩に赴いた。

かねてより、玄樹は等楊と懇意で、京五山から離れて後、故郷の長門国永福寺の住持をしていたが、雲谷庵をたびたび訪れるたび、等楊のもとで画業を学んでいた秋月とも親しくなっていたことは等楊も知っていた。修行を極める禅僧というより、哲理と博識を求める学者僧というのが相応《ふさわ》しい桂庵玄樹を、秋月は密かに郷里の薩摩島津氏の学堂にどうかと、盛んに招こうとしていたらしい。

秋月は、もとは薩摩島津氏の家臣高城《たき》（または、たかじょう）家に仕える武士であった。禅僧として出家はしていたが、高城家との関係は続けていたのかもしれないと、等楊は勘ぐってはみたが、それも詮無《せんな》いことではある。のちに、等楊の没前に、等楊に断り雲谷庵を辞して、京や出雲を旅し、等楊の没後には、秋月は放浪ののち、郷里の薩摩に戻って地元の禅寺に入っている。

玄樹も、応仁文明の戦乱を避け、洛都や山口での混乱が終息するまでとの、迷った末での、軽い気持ちでの薩摩行きであったのかもしれない。

誠に不本意という意味では、今回の遣明使の幕府正使として重責を担って参加した天与清啓師が、そうであった。

まず、博多港出港後、幕府船は暴風雨と時化《しけ》とで難破し、博多に引き返して新たに遣明船を仕立てることになった。もちろん、積み荷も新たに調達する必要が生じたため、半年以上も大内船から遅れて入明することとなってしまった。

北京到着後は、憲宗皇帝（成化帝）に直に拝謁を賜り、室町幕府の将軍足利義政の親書を手渡すことができたが、入明中は随員の一人が、積み荷の売買の拗《こじ》れによって、現地で殺傷沙汰を起こしたため憲宗皇帝に免罪を請願したり、献上品の貢物である刀剣類の買取価格をめぐって明朝側の役人と争いとなり皇帝に仲裁を願うこととなったり、その正使としての役目は、終始困難を極めた。

さらに、渡航直前に始まった応仁文明の乱の影響も大きかった。まず、幕府寄りの細川氏と、それに対抗する山名氏についた大内船側とのあいだに激しい遣明使同士での対立が勃発した。また、帰着に際しても、幕府船は博多港に入港できず、安全のため大回りして細川氏の勢力下にあった四国の土佐の港に着岸するしかなかった。

したがって、清啓師は、乱中のため上洛も果たせず、幕府や将軍への帰着報告もできないまま、失意のうちに、戦乱中の京を避けて、郷里の信濃法全寺に隠り、以後は公の場でその姿を見ることはなかった。

図画において、氏名を高らしめて帰着することができた等楊に比べて、対照的に、あれほどの詩文に秀でて、並ぶ者のない逸材と言われた天与清啓師の帰着は、かならずしもこころ穏やかというわけにはいかなかったのである。

等楊も、その好ましい人柄と才能を惜しみ、遣明船派遣前より親しく交流を深めてきただけに、残念この上ない思いであった。

等楊の唐土の旅の終わりに描いた『湖亭春望図』には、その画賛に、その天与清啓作の見事な漢詩が添えられている。等楊は、のちに美濃から関東に足を伸ばした際に、密かに信濃の法全寺に隠《こも》る清啓師を訪ねたのである。

清啓師の画賛の漢詩は、等楊の尽心尽意の訪問に対する返礼でもあった。ともに唐土での、こもごもの思いを温め合うことのできた一時一所での得難い旧交の証拠でもあった。

文明元（一四六九）年、明朝暦で成化四年の二月、等楊一行は北京を発って寧波に舞い戻り、五月ごろ日本に向けて寧波港を出発して、八月には日本に帰着した。

北京よりの帰還の途に就いてからは、等楊は行きの緊張感が解け、一種安堵の気持ちからか、精力的に唐土の風景や人物、文物などの点描、素描、スクリブル（殴り書き）の類いのものを片っ端から紙片に毛筆で刻んでいった。一歩離れた旅行者、あるいは異邦人の目で、なんでもが面白く、興味をそそられた。

老長、こと長有声が「天開」と称して「自然のリズムにしたがい、自然から学べ」と教えてくれたとおりに、出会う風景に素直に向き合い、珍しい文物にのぞき込み、行き会う内外の人物の服装や所作に注目して、しゃべることばの音やリズムに聞き耳を立て、鳥獣魚虫や風月花木にまで目を注ぎ、絵筆の赴くままに実践をこころ掛けた。そして、この得がたい唐土での滞在機会の気分や雰囲気までもが表現として定着できないかと、握る墨筆に力を込めた。

いわば、ここの、この自然の風景は等楊にとっての最大の図画の師でもあり、等楊の画趣を奮い立たせるもとでもある。

図画の「師」を密かに求めての唐土への旅でもあったが、等楊の旅の終わりに行き着いた結論は、師たるは天開たる江山自然が強く希求すれば教えてくれるものであり、自ら感得しうるものである。つまりは「師は我にあり、他にあらず」というものであった。

また、老長はたびたび「恬筆倫紙に、思いを馳せる」という。つまり、昔、秦国の将軍であった蒙恬《もうてん》が兎の毛から筆を初めて制作《つく》ったとされ、後漢の官人（宦官《かんがん》）であった蔡倫《さいりん》が紙を発明したとされる。いまでは、じつは、蒙恬も蔡倫も、発明者としては疑問符が付けられているが、両者とも毛筆と製紙の実用化のための改良者であったことには間違いないであろう。

この偉大な二大発明が、現在の等楊の図画創作を可能にしているのだから、この二人への感謝を忘れずに、制作に励め、ということであろう。


結局、等楊ら遣明使一行は、唐土に約二年と三ヶ月あまり滞在して、うち寧波に丸々一年と約三ヶ月半、北京に約九ヶ月間の長きにわたって滞在したことになる。

この間、等楊は、寧波では天童禅寺など寺社仏閣や四明山、湖水を訪ね歩き、北京では宮廷内や翰林図画院で「馬夏」を初めとする有名無名の水墨画家の古典画、山水画などの鑑賞と模写に十分過ぎるほどの時間を費やし、礼部殿試院中堂や大興隆寺で図画制作に打ち込む時間もあった。

そして、旅の往復路の移動中ですら、運河や船中、陸路、途次の景勝地での風景や内外渡来の人物、珍しい文物などの写実やスケッチに勤しむことが出来た。等楊にとって、遣明使随行の旅はまことに得がたい経験となったことは再度の言を俟《ま》たないであろう。この機会に描き溜めた画帳や紙片は余白や裏面までもビッシリと埋め尽くされた。勿論、等楊の瞼《まぶた》の内にも焼き付けられていった。

この唐土への旅が、たんなる物見遊山に終わらず、十二分に有意に終えられたのは、まさに北京での老長、こと長有声との出会いがあったからであろう。さらに、等楊の図画の才覚と対人能力が、異国の地でも十分に発揮された結果でもあった。

じつは、帰着の途は、寧波からの海路までは、比較的順調であったが、大内船が九州に近づいた頃に異変が発生した。船自体の異変ではなく、上陸地での異変である。

等楊ら遣明船が出帆した年に起こった応仁文明の乱が、京より始まり、ついには九州の地方にも及んでいたのである。帰着を目指す博多港の周辺でも、九州では大内氏に劣勢であった豊後の大友氏や筑前から対馬に逃れていた少弐《しょうに》氏が、西軍の大内氏の与《くみ》する山名氏方に対抗して、東軍の細川氏方に付いていたので、穏やかならざる情勢下にあった。

そして、さらに、領地を巡る諍《いさか》いや継嗣問題など、長年の積年にわたる地頭領主間のトラブルや小競り合いが、各地での有力豪族間の合戦にまで発展していた。

ここで、帰還の遣明船は、大内船と幕府船・細川船に分かれて上陸地を模索することになった。結果的には、等楊らの乗る大内船は玄界灘を経て博多港に入港できたが、幕府船と細川船は博多は避け、いったん赤間関に入港を試みたが、大内氏と山名氏の西軍勢力下の瀬戸内海の航路を利用することができず、難を避けて、海流の荒い海峡を渡り遠回りして、当時の細川氏の勢力下にあった四国土佐沖に上陸することになる。ときは、大乱盛んな応仁三（一四六九）年・文明元年のことである。

一方、大内船は、いったん博多港に入り、それから山口長門の海路の玄関口である赤間関（下関）を目指した。

しかし、ここでも、問題が発生していた。

応仁文明の乱は、京を舞台に始まったが、大内氏宗主の政弘公が西軍の山名氏に助力するために京都に大軍を率いて出陣して留守の間に、叔父である大殿と呼ばれた道頓入道こと、大内教幸が大内家の跡目《あとめ》を主張して内輪揉《うちわも》めを企《たくら》んでいるという、もっぱらの噂《うわさ》が、すぐに等楊の耳にも伝わってきた。

等楊は、御屋形殿である宗主の政弘公にも一方ならず目を掛けられ、しかも大殿こと道頓入道とも親しく交わってきただけに、にわかには信じがたくも、複雑不穏な暗雲を感じざるをえなかった。


赤間関に帰港後、等楊は、その足で、脇目も振らずに周防を目指して、山口天花の雲谷晦庵にようやく帰着した。

等楊は、雲谷庵の変わらぬ静かな佇《たたず》まいと、山裾《やますそ》に霞む幽玄な山の輪郭、周囲の天花の濃い緑、深い山裾の窪みから立ち現れる一の坂川の河原の一筋の洲、対山に望める瑠璃光寺（香積寺）の優雅な五重塔や伽藍《がらん》の黒瓦が反射する国清寺の境内を遠くに眺めることができたときの全身の動揺は、自然にわき起こった。と、同時に激しい安堵感に満たされたが、また、肌膚に鳥肌の立つようなこころの身震えを経験した。

この山口天花の地が、等楊にとってのほんとうの青山であろう、と安堵したのか、そう思われた。

しかし、やはり、この時期は、等楊が遣明使に随従して海を渡った同じ年に起こった応仁文明の乱の最中で、主君の大内政弘公は京に多兵とともに出陣中で、等楊もとても落ち着いて帰着滞在を喜べなかった。この、本来、静かな地であるはずの西京にも、騒乱の波はひたひたと迫り、押し寄せてくるように感じざるをえなかった。

それでも、遠くより出迎えに立って、魯庵を守ってくれていた佳衣や秋月ら多くの弟子に見えて、等楊は思わず顔がほころんだ。魯庵の囲いの外には懐かしい顔が輝き、俄《にわか》に色めき立ち、手を打って自然に拍手が起こり、俄然《がぜん》騒がしくなった。大粒の涙で目を拭《ぬぐ》う者もいる。

たがいに、旅の無事と、再会を素直に喜び合った。佳衣は、顔を腫《は》らし、目を赤らめて泣いている。秋月らの頬にも落涙の跡が見えた。その様子を見て、等楊の気持ちは再び高揚した。海を渡った自身も、この地に残った者たちも、ともに困難なときと状況を乗り越えてきたのは確かだ、と理解できた。

等楊は、出迎えてくれた秋月や等澤、等悦らの多くの弟子たちや佳衣と、一人ひとりと手を取り合い、肩を組み、魯庵の敷居をともに跨《また》いで、なごやかに、みなで中に入っていった。すべてが、跨いだ敷居が、門柱が、引き戸が、馴染んだ建具の一つひとつ、目に入る調度品が、みな懐かしく思える。渡明のために旅立つ前と変わったところや物はなく、帰還を待って時は止まっていたように、等楊には見えた。

入明に同行した別の者が、山口の寺社に帰郷を急ぐということで、赤間関より先行して帰参し、のち雲谷庵に伝言の使いを差し向けてくれていた。

無事の帰着を知ったからであろう。等楊への配慮がいくつもあった。

等楊のいつものくつろぐ寝処には、今朝竹山から切り出してきたのであろう、みずみずしいほどの青竹の花差しが置かれ、黄色と青紫の花弁をつけた月草と白い小さな花房をつけた山草の小枝が投げ入れられている。手水《ちょうず》には、並並の奥山の湧水沼から汲んできた澄んだ清水が張られ、のぞき込んだ久方ぶりの主人の顔を満々と映しだしている。

よく整理が行き届いている。佳衣の仕業に違いない。図画の小部屋も、いつも通りの配置で変わりはないが、綺麗に清掃や片付けがされていて、塵や埃ひとつ見えなかった。また、普段使用する絵筆や硯が、定位置に並べられて、すぐに使用に供されるように準備もされている。それを見た等楊を、感動させ、心地よく満足させた。

山口天花の雲谷庵に闇が迫り、夜になった。

しかし、等楊のこころは、旅の草鞋《わらじ》は脱いだとはいえ、いぜん燻《くすぶ》る残火のために落ち着かない。未だ燃え残った長旅の終焉《しゅうえん》を告げる、さきほどまでのみなの鬨《とき》の声は途絶え、その余韻だけが長々と尾を引き残ったままである。そして、ただ積み積もった疲労感や一種の達成感、懐かしい者との再会の感動の鼓動が、まだ等楊のこころを大海の波濤《はとう》のうねりのように揺さぶっている。

魯庵に残り、この雲谷晦庵を守ってきた者たちの興奮も、まだ消えてはいないのであろう。別室のあちこちから、とっくに寝静まる時刻であるにもかかわらず、足音や物の触れ合う音が、一言二言の間を置いたひそひそ話の声のように、かすかに聞こえてくる。

しかし、それは等楊の動悸《どうき》の収まらないこころの思い過ごしなのであろうか。寝所の床に身は横たえるが、耳はたち、目はさえ、こころは鼓動を止めない。

等楊は、自分に少しいらだった。

寝処に身体を横たえながらも、目を閉じ就寝したものか、起きたまま感慨に耽るのか、判断に迷った。そうやって、悶々《もんもん》と時を浪費している。

不意に、等楊の耳が立った。

そのとき、静かな足音が近づき、衣のこすれる音が、等楊の部屋に近づいてきたようであった。

「先師、先師」という小声であった。

佳衣の細い声である。

紛《まぎ》れもなく、それは佳衣の声であり、等楊はその声を無性に懐かしく、うっとりとして聞いた。

「佳衣か」

「はい」と、蚊音のような、繊細な声が答えた。

「どうした。入れ」

「はい」と、つぎには、意外にしっかりした声がした。

佳衣の小顔が戸口に立ち、佳衣は部屋に入ってくると、灯明の揺れる薄明かりのなか、寝そべる等楊を、高いところから見つめている。

窓から射す月明かりで、佳衣が泣いているのであろうことがわかった。きっと、目元は紅く腫《は》れあがっているに違いない。見ていると、一筋の涙粒が一気にしたたり落ちたように見えた。

「先師。佳衣は。ほんとうに、ふたたびお会いできるのかと、不安でした」

「佳衣よ」

「かつての父母の面影も薄いうちに、揃《そろ》って亡くし、そのうえに、先師にまで、見《まみ》えることがかなわぬかと、気が動転して、狂おしく、ふさぎ込む日夜も度々ありました。苦しゅうございました」

佳衣の感情が、ほとばしり、溢《あふ》れた。ただ、敷居を跨いで立ったまま、拭《ぬぐ》うのも諦めて、大粒の涙が止まらぬようである。

「ああ」

「こうして、やっと、お会いできて、佳衣のこころは、飛び上がらんばかりに、居ても立ってもおられませぬ。お察し、くださいませ」

「うん」

佳衣は、ゆっくりと、等楊のもとに舞い降りてきたように思えた。

「佳衣や。わたしもだよ」

「先師、この佳衣を抱きしめてくださいませんか」

「おう」

「しばらく、先師のもとにおってもかまいませぬか」

「ああ」

佳衣の身体の芯《しん》が、等楊の胸元に移動してくるのが分かった。佳衣の身体は、思いの外に軽やかに思えた。むしろ、やせ細っているように思う。等楊は、急に胸にこみ上げてくる、佳衣の哀れを感じざるをえなかった。

佳衣の細い腕が、等楊の首もとを締め付けた。等楊も、佳衣の腰回りにやった手を、強く引き寄せて、佳衣にし返した。

徐々に、佳衣の息遣いが荒くなってくるのが分かった。等楊は、思考をあきらめた。

佳衣の女の指や手先は、等楊には以前からか細く見えていたが、触れてみると意外にふくよかな感触を感じる。

「心配させたね」

返事はない。佳衣は泣いているのであろうが、感情の高まりに必死で耐えているのであるのかもしれない。触れる肌膚《きふ》の温度は、冷たかったり、暖かく感じたり、等楊をどぎまぎと、戸惑わせた。

等楊の身体は、いとも軽々と佳衣に導かれて床具のなかに吸い寄せられた。

たがいの身体が触れると、こんどは佳衣の手が等楊を懐に導き入れた。

等楊はどうしてよいのかわからぬままに、ただ佳衣の意志について行くだけであった。

その時間は長くもあり、また短くも感じた。

やわらかな佳衣のそのままの絹布に触れたとき、等楊のこころがなにか熱いもので満たされた。が、すぐに、あせりが全身を被い、凍《い》てつくような痺《しび》れが等楊を襲い、胸の高まりはいよいよ堤を超えんばかりに、次々に満ちてくるばかりであった。

佳衣の細い手のみが、強く等楊の必要な所作を促す。

等楊は、もぞもぞ身動きするばかりである。

佳衣は、ははっと小さく声を発した。

それから、佳衣は途絶したように身じろぎもしなくなったようである。

等楊は、かと目を輝かせて、佳衣から香しい季節の花々が放つ香気の立ちこめる花園のなかを、つま先立ちするように散策する境地にあった。

ふと気づいて、かたわらにある、ひときわ香しい深紅のあでやかな色と姿形の花に見とれていた。いや、しがみつかんばかりに、等楊はおのれの目を釘付けにした。

そこに、不意に、等楊は、なにかにうしろから背を押し出されるように、急に空虚のなかに放り出された。

そう、思ったら、後背の脇から大鷲の翼のようなものが悠然と虚空を掻くのが、ちらと見えたようであった。この大鷲の双翼は、いつの間にか、いま等楊のからだの一部となっているように思われる。

その翼のひと掻きで、等楊の身体は地上から一気に高く遠く飛び立った。恐ろしい速度で、上空に勢いよく舞い上がった。

等楊は目を見張った。目眩《めまい》も襲ってきた。

しかし、徐々に感覚が馴れてくると、一連の動作は、大空を舞い上がる大鳥の目を持ち、どの位置からも地上を俯瞰《ふかん》できるような、希有《けう》な経験に変わった。

等楊の目は、田畑の連なる平原からしだいに、農家の簡素な家屋を飛び越え、防風のための植え込みの立木を上から見下ろし、後背をなす小岩の突き出した禿山《はげやま》の稜線と山肌の荒い連山の山頂へ向かい、高い切り立った山崖をなめるように駆け上り、頂上付近にたどり着いたところで、崖下を見下ろせる位置にまで大きく風に乗り幾度も旋回してきた。

谷間には川が流れており、その軌道をたどると、ぽっかりと明るい水平線らしきものが向こうに見えた。

川筋から、はるか遠くに、水は吸い込まれ混ざり、豊かな青い水量をたたえた内海に溶け込んでいる。波の穏やかに煌《きら》めく風景が広がっている。民家がポツポツと見え、堤防の整然と積まれた岩垣のさきに係留された停泊する小舟も浮かんでいる。

等楊は、そちらに興趣がそそられて、ついつい海辺を見渡せる位置までやってきた。

眩《まぶ》しい太陽は中天より多少傾き、多くの光線が波濤《はとう》の刻々生まれ現れる鱗《うろこ》に小刻みに反射して、等楊の目を次つぎに射て、避《よ》けても避けても、次、また次と押し寄せる。ああ眩しい、と感じるほどである。等楊は、思わず目を背けた。

さらに気流を捉えて上昇して、遠くを望むと、明るい靄《もや》に霞む地平線におびただしい数の大小数多《あまた》のさまざまな形の青い小島が点在し、蒼碧《そうへき》にして晴朗なる海面に浮かびあがっている。

よく見ると、その自然の配置がまことに絶妙で、美しく感じられた。まるで、箱庭に意図的に並べられた小岩と砂と苔の作りだす景観の整った風物のようであった。

そうして、内海の穏やかで時の止まったような豊穣な光景に感心して、うっとりと見とれていると、下界が急に近くなり、つい羽ばたくのを忘れそうになるほどである。

等楊は趣向を変えて、颯風《はやて》を捉えて、大きく旋回して、もと来た方へと向き直った。

徐々に浮遊する動きが慣れて自在になったので、まず、急に上昇してみた。

そうとおもえば、姿勢を下方に向けて、急降下して大きな千畳もの田畝《たんぼ》の上を浮かびながら、一山を超え、その先の断崖を小気流に乗ってすれすれに降《くだ》った。深い森林も一気に飛び越え、まばらな林にでて、河川を仰ぎ見て、田園やその端っこにあるちっぽけな防風林に守られた農家を見下ろす位置にふたたび戻ってきた。

しばらく浮遊するうちに、太陽に照らされて光る台地が遠くに見えて、等楊の目に、奇跡の広がる光景がまぶしく映った。

自在に興味の趣くままに、等楊は僅《わず》かな気流の流れを捉えて、再度、高く飛翔した。

青く、また白く輝く、起伏のあるなだらかな台地までは、ほどなく着いた。

そこはまるで、うねる青草の芝生のうえに、整然と人の手で盤の上に配置された碁石の芸術のようである。まさに、地中深くより生え出た無数の春筍のように、突き出た大小の白石が青草の大地に無数に点在している。その地中より顔を出した白い石筍の列なる丘陵である。

内海に浮かぶ小島の数々といい、大地にいち面に広がる鮮やかな青草と大小の白く眩《まぶ》しい輝石の作りだす自然は、なんと緻密で、かつ計算し尽くされていることか。等楊はあらためてそう思う。渡明して、皇帝の住む宮廷の整然と整えられた広い庭園のさまが、いまさらに思い出されたが、その人工の光景にも劣らない。いや、もっと壮観な人手に拠らない自然の作り出すさまであろう。これも、老長の言った「天開」の自然といってもよいであろう。

ひとの持つ絵筆が、いかほどの盈満《えいまん》たる力をもってして、あらん限りの技法を尽くしてみても、この光景をたった一枚の白い和紙の上に定着し再現できようものか。等楊の感嘆は絶望に近い。しかし、等楊は重要なことを思い直した。

等楊の得ようとして得がたかった仙郷の四季を描いた山水図を、いま大鳥が空から俯瞰する構図を想像した。大鷲は、まさに自由自在に、近くに遠くに、左右からも、もちろん上下からも、斜角や逆さにも物を捕らえ、俯瞰することができた。これだ、これが、われの描きたかった自然な図画の構図だ。

思わず、等楊は叫んだ。

また、等楊は、一度京時代に実際に見学したことのある天に架ける橋立を夢想した。これを再現してみたい、と等楊はふと思った。

幾らも時は経っていないはずであろうに、悠久の時間が感じられた。

現実の声が響いた。

「もう、佳衣をひとりにしないで。ほっとかないで。先師」

「うん」

「先師。佳衣は、もう、ひとりは、いや。頂いたお守り札に、なん百回も、なん千回も、なん万回もお祈りしました。佳衣も、どこにでも、いっしょに連れてってと」

「うん。うん。そうだね。」

「先師。ああ、先師、お約束です」

佳衣の声が途切れた。佳衣の感情とともに、身体の温もりも、遠ざかっていった。

佳衣は、軽く飛び立ち、部屋の戸口に近づき、微かな気配だけを残して、音もなく去って行った。

等楊の肌膚には、深く刻まれた刻印のような解けぬ記憶が残された。

あたりが明るくなってから、等楊は目覚めた。普段にないことである。

なにやら、耳元で老長がつぶやいている。

「小舟よ。昨夜に女よりなにを得たのか。妙に浮きたっておるではないか」

等楊はその声を遠くに聞いて、ぼんやりしている。

「老長か。なにを聞きたい」

「ほう。小舟よ。では、余計なことは聞くまいよ」

ややあって、やはり等楊の方から、気まずい沈黙を解いた。

「老長どの、不思議なことが我が身に起こったのですよ。じつは、いままでにない、画想をえたような気がします。だから、浮き立っているように見えるのでしょう」

「なんと。それは、またほんとうであるか」

「いつぞやに、老長どのと議論したことのある壇上より仰ぎ見るような構図が、いや壇下より壇上を越え自在に、遠くに、近きに、まるで大鳥のように飛び回って見た光景を描くこともできまするぞ。いま、はっきりとわかるのですよ」

「ほう。どのようにして」

「そこが不思議なところで。老長どのにも、ちょっと説明がしづらいのですがね」

等楊の沸き立ち抑え難い興奮が、老長にも伝わってくる。

佳衣が自室から起き出して、がさごそといつもの朝の定まった瑣事が始まり、等楊は恐るおそる佳衣の姿を遠巻きに眺めていた。等楊の渡明前の普段の光景が戻ってきた。

自分から声をかけなければならぬと決めていたが、なかなかに切り出せない。

佳衣は普段どおりに、かいがいしく動き、件《くだん》のように朝の等楊の世話を焼いた。

ややあって、佳衣のほうが口を切った。

「先師、不思議なことに、昨夜は、夢で父上の声をききました。はっきりと聞こえたのです。そして、父上の申すには、そちらを指さしているようで、そなたと広きこの庭にて遊ばん、と。母上も横におられて、笑い声を上げられました。それは互いに嬉しそうで、佳衣は思わず、つられて笑ってしまいました。こんなことがあるんですね」

「佳衣よ。昨夜の、つまらぬことは忘れた。佳衣も忘れよ」

「あ、先師。先師は、後悔されていますのか」

「ああ」

「なにもないですよ。佳衣は後悔もありませんし、しいて忘れるようなことでもありません。佳衣は、先師のお戻りを、不安に思いながら、どれほど、まちこがれていましたか」

佳衣は続けた。

「もうお会いできぬものとこころに諦めたこともございました。こうして、また、先師とお会いできた。先師にこれからもご迷惑はおかけしません。佳衣は、ほんとうに別の夢を見ていました」

「そなたの父上や母上のことか」

「ええ。先師に出会って、この間は、夢でも、ふたたび父上や母上にまみえることがかなったのです」

「ああ。佳衣、いや結衣どの」

佳衣は、等楊の顔をまじまじと見た。そして、少しきつい顔つきであった。

「佳衣、とお呼びになってください。まえの名は捨てたのです。わたくしには、むごい過去は、遠い夢のなかでしかないのです。その夢ですら、父上や母上との楽しかった日日の思い出だけでよいのです。ただ亡き父母の思い出は、先師にいただいた位牌代わりの守り袋に封じ込めて大事にしまってあります。ここでの毎日は、ほんとうに佳衣にとって幸せな日日なのです。それもこれも、みな、先師のお導きのおかげなのです」

「佳衣どの、いや佳衣。わかった。うん、もう、よいな。しかし、わしは長経につうじたり、雅文をよくしたりする者でもない。ただ、幼きときより禅の導きによって、画趣にとらわれて、ここまで来てしまっただけの男なのだ。佳衣には、絵画の手ほどきはできるが、逆に文趣には欠ける。覚《おぼえ》もよい佳衣にも教わることも多くある」

ふと、等楊は、佳衣のいった庭園を再現してみようと思い立った。

昨夜の夢のようなパノラマが、等楊の脳裏をまだ占領し、広がったままである。

その庭園で、佳衣を思うがまま遊ばせてやりたいと、こころからそう思った。

現実の騒乱の予感を払い、ゆったりくつろげる明朝宮廷内の付属する遊園のような壮大な湖沼や落滝まで具えた整然たる人工の庭園や、さらに西湖という湖自体が自然の庭園のような杭州、寧波で見た名士たちの邸宅内に設えられた見事で個性的な庭園とまではいかないが、寺院内の限られた前庭の小環境にでも、空間と構成と造形を巧みに配置して、十分くつろげ、楽しみ遊べる庭園の造園は可能であろうと、等楊は思い至った。

そういえば、禅寺内に雌滝や築山の須弥山《しゅみせん》などを巧みに配した枯山水の庭園の創始者である夢窓疎石（夢窓国師）は、禅庭師としても名声を得ている。

早速、ほどなくして、親交の深い周防保寿寺の牧松周省のもとを、等楊は訪ねた。

保寿寺の周省は、晩年の夢窓疎石（夢窓国師）から直接の薫陶を受けた高弟でもあり、夢窓疎石（夢窓国師）の設計した京都の苔寺《こけでら》西芳寺や天龍寺のほか、瑞泉寺などの庭園のこともよく知っているはずである。

突然、訪ねてきた等楊を、周省は、驚きをもって、迎えた。そして、温和な寛顔を等楊に向けた。そして、言葉もなく、たがいに再会を素直に動作で喜び合った。

「これは、これは。雪舟どの。唐土から、ご無事に、ご帰着であられたか」と、周省は満面の笑みで等楊を歓迎してくれた。

等楊も、帰還の挨拶を交わして、渡明時の話題で、ひとしきり盛り上がった。

しかし、周省との話は、大内の御屋形殿である政弘公も参陣する応仁文明の乱の話題に、次第に移っていった。

応仁文明の乱は、等楊が入明した応仁元（一四六七）年に始まり、これより約十年にも及ぶ文明九（一四七七）年まで続く。この内乱は、室町幕府八代将軍足利義政の継嗣の争いを端緒に複雑な複数の要因によって発生し、細川勝元と山名宗全ら有力守護大名が二大勢力に分かれて争ったものであるが、両陣営の主戦場となった京は壊滅的な被害を受け、九州など一部の地方を除く全国に波及した。この西の京である山口にも、落ち延びてきた公家や皇族方もあり、慌《あわ》ただしい雰囲気があった。また、地方でも有力豪族が中央の統制から独立し、挙兵しようとの機運が高まり、山口近隣の諸国でも乱気が漲《みなぎ》っていた。

大内氏の御屋形殿政弘公の兵は山名宗全の西軍に入陣して京都にあり、その留守の間に、京落ちの公家のそそのかしにでも乗ったのか、宗主大内政弘の叔父で後見である大殿こと道頓入道（教幸）が、大内家の跡目相続を巡って、自身の正統を主張して叛旗を謀ろうとしていると、周省は言った。

しかも、大殿は、東軍の細川方に与することを画策している、というから、ますますことは穏やかではない。

どうやら、等楊のいやな予感が現実のものとなりつつあるようである。

周省のもとを訪ねて、夢窓師の造園した庭園のことを尋ねようと思っていた等楊であったが、結局それどころではなくなってしまった。

別れ際に、周省が、この地も安隠安息の地ではなくなりそうなので、比較的静かな九州の豊後あたりに退くことを勧めてくれた。豊後には、かつてより大内氏の所領があり、大内氏の縁者を心やすく迎えてくれる素地があった。もともと筑前・豊前と豊後の一部は大内氏の所領であった。周省は、知遇のある豊後の守護大名である大友親繁《おおともちかしげ》宛ての書状をしたためて、等楊に託してくれた。

先ごろ豊前を手中にし、豊後と筑後の守護を兼ねる大友氏ではあるが、この度の応仁文明の乱では細川方の東軍に属し、大内宗家とは対立関係にあり、大内の大殿大内教幸の援助と西軍討伐を命じられている。

しかし、大友親繁が、大内宗家にも近い周省とも親しいのは、出家僧である周省の俗世の政治と距離を置く立場と、大内氏との従来からの九州の所領を巡る微妙な関係が影響している。周省は、過去にも、たびたび大友氏のもとを訪ねて、双方の調停にも努めてきたのであった。なによりも、大友親繁の家督を継ぐ子の政親の正婦に迎えられたのは宗主大内政弘の娘であった。

周省が、等楊に、大友氏への書状を託してまで豊後行きを勧めた理由は、叔父の大殿こと道頓入道（教幸）との親密な関係と、そののちの行われるであろう詮議《せんぎ》の影響が、等楊の身辺に及ぶことを排除しようという、深い配慮があったのかもしれない。


まもなく、等楊は旅支度を調え、秋月や等澤、等春、等琳、周孫、永怡、等安、等薩らと佳衣を伴い、山口天花を後にして、筑豊から豊後大分に赴く。

しかし、等楊らは、まっすぐに豊後に向かったのではない。途次、赤間関より船で九州筑前の芦屋《あしや》に着岸《つ》き、野坂、博多承天寺、桶井川、前原の納富家から、とって返し博多、篠栗《しのぐり》の石井坊、太宰府、荒平、英彦山《ひこさん》（彦山）と移動した。英彦山には、少し長く逗留して、その地の寺社の求めに応じて亀石坊《かめいしぼう》の作庭を試みている。等楊の「雪舟庭園」の本格的な造園は、ここから始まった。

等楊が、英彦山に滞在するあいだ、渡明時に明朝の宮廷内の人工的な広大な庭園や寧波で見た個性的な邸宅内の庭園を模写していた画帳を開いて、作庭の構想を練った。

しかし、寺社内の前庭や庭園となると、限られた狭い空間内での造作にならざるをえない。予算やかけられる人手や造作材料や素材にも制限があろう。具体的には、配される樹木や岩ですら、一から近在や遠地より求める必要がある。初めて取り組む作庭には、多くの条件や課題を解決せねばならない。作庭には、図画にはない困難も多い。

まず、等楊は、自身の庭園のテーマを明確に描くことにした。

作庭を思い立ったのは、佳衣の「庭にて、集い遊ぶ」という、隔世を越えた出会いやこころ安らぐ場と空間を、身近な場所に実現したい、ということである。

また、渡明にて目にした宮廷内や私邸に設《しつら》えられた庭園は、等楊のこころを和ませ、荘厳で豪華だが、ひとを寛《くつろ》がせ招くには欠かせぬものであると感じた。

等楊を快く厚くもてなしてくれた唐土の役人に、庭園の意義を質《ただ》してみると、彼は、庭とは、前堂に至るまでの、宮廷における祭祀や儀式の場という意味から発生しているのだと、教えてくれた。それが、周代には政事を行う場に変わった。

古《いにしえ》には、人神近接の時代、王や神官が神意を尋ねる場であり、いまの時代では、王が額ずく諸臣と謁見を重ね、諸儀式や行事をともにする場であったであろう。

本来、庭園が宮廷や廟前での儀式の式場や空間であったとするならば、そこには貴賤も貧富も門地の敷居も、生者や死者の境ですらも関係なく、ただ出入りのために都合良く設えられた、人びとが気持ちよく挨拶を交わし近況を語り集う場であるはずであろう。

ことに、寧波で、親しくなった貴人の私邸に招かれて、まず案内されて目にした個性的な庭園は、等楊のこころに深く残った。

家人に導かれて邸門より入り、招かれ、出会って間もないひと同士が、前堂より庭園の四季の変化やその庭の樹花を鑑賞し、訪れる野鳥や蝶を眺め、遠近に愛《め》でながら、語らい、喫茶や食事をともにし、逗留する時間を楽しむ。等楊は、貴人の私邸で、えもいわれぬ心地よさを感じた。庭園には、こうした招かれたひとのこころを和ませる力がある。訪れたひとととの交流を容易にさせるひとときの時間と魔力を秘めている。

等楊が、豊後に向かう直前に、再び保寿寺の周省を、しばらくの暇《いとま》を述べに訪ねた。周省は、作庭でも名を知られた国師夢窓の高弟でもあった。

よく知られるように、夢窓疎石には西芳寺、天龍寺、瑞泉寺、永保寺、恵林寺などの設計と作庭がある。これらの枯山水様式の禅宗式庭園は夢窓師から始まったとされている。

「夢窓師は、どのように庭作りを着想なさったのでしょうか」と、あらためて周省に問うてみた。

「はあ、どうか。わたくしは、作庭のことは携わっては居りませんので、推測です。師は、禅道の修養の一環として、厳しく取り組まれたと聞いております。大自然の姿を小さな庭に集約して、箱庭のような簡易な風景に仕立てる。それは、修養とともに、禅の思想の現実への表現でもある、と考えられておったようです」

「修道の一環ですか。禅思想の再現ですな」

「はい、自作の庭を前に、座禅を組まれることも多かったですね」

「それは、自身と無心に向き合うという観点から、瞑想に邪魔にならぬ程度に、飾りの少ない簡素な造作を生んだのですね」

「おそらく、そうでしょうね」

夢窓国師は『夢中問答』で、山水（庭園）を愛するのは「泉石草木の四気にかわる気色を工夫とする」と述べている。つまり、庭園に配した本来自然中のものである「泉石草木」を自身のこころのうちに取り込み、その自身の心像（気色）を庭園の中に適切に配置する、ということなのであろう。作庭のなかに自然を再現してみせる。また、修行によって「泉石草木の四気」を悟る、いわば自然を理解するということか、と等楊は考えた。

かつて、京の相国寺にあったとき、等楊は嵐山にある夢窓国師の縁の深い天龍寺を訪れたことがある。嵐山の周囲の自然と季節の移り変わりである四季を借景として取り込んだ天龍寺の壮大な庭園は、いかにもスケールが大きく、夢窓国師の設計した庭園の代表作であるとされる。造作された極楽浄土を表す寺社内に設えられた庭園と、後背の嵐山の四季の自然が、いわば一体化されている。等楊は、そのときの、息を飲むような見事な庭園風景を思い浮かべて、感動を再びする思いであった。

いまにして思えば、老長の口癖である「天開、則ち江山」にも通じるであろう。

「夢窓師に連なる者としては、一度、直にお目にかかりたかった偉大なお方です」

「ははは。国師は気さくな面も、おありでしたよ。きっと、知遇でありましたら、雪舟どのの図画にも関心を向けられたでしょうな」

「そのようでありましょうかな」

「雪舟どののご謙遜は、刻意に過ぎますな。ただいまの、雪舟どのの画業の名声は京でも評判ですよ。この地にお呼びできたことが、わたくしにとっても、なによりの慶事となりましたな。外れも多い、わが直思浅慮も、外ればかりとはいえませなんだな。渡明以来の、見せて頂いた雪舟どのの画業の数々はめざましいものがありますな。わが殿も、喜んで居られます」

「それは、また。たいそうなお褒めの過言を」

等楊は、クスと笑って、白い歯を見せた。

「それは、わたしの真意ですよ」

周省が、真顔で応じた。

「じつは、雪舟どのを、この周防山口に招請するにあたって、まず、わたしは、天章周文のところに相談に行ったのです。周文は、そのとき、自分の画房の直弟子を引き抜かぬがよろしい、と言ったのです。西京に連れて行っても、この者達では大成はしませんよ、と言ったのです」

「ほう、周文どのがですか。しかし、この話は、初めてお聞きしますが」

「はい。たしかに、周文は、そう言いました。また、こうも言いました。それよりも、周省どのが、密かに目を付けておられる者がおりましょう。周省どのは、図画にも通じておられる。ご自身の目を信じられよ、と周文に言われました。周省どのが目を付けておいでの者は、この画房にも頻繁に出入りしておりましょうに、とな。周文の言った、その者こそが雪舟どのであった。ははは」

「そんなことがあったのですか」

「ええ、そうです。その時、周文は、これからの図画界の画脈は大凡《おおよそ》二派に分かれるであろうと、はっきり言いました。すでに、唐土では、北宗画派と南宗画派とが二派に分かれて山水画を競っておるという。また、この国でも、最近は『臨済将軍、曹洞士民』という言葉が俗世より聞かれるが、知っておられるか、と言いまして。ちょうど、禅宗が幕府に近く支持される臨済宗派と、別に多く士民に支持される曹洞宗派に分かれておるように、いずれ図画界も盛んになるのは、幕府御用のような上位の好む装飾図画を旨《むね》とする専門の画派と、また、別に庶子や文化人、遊興者の求める求道の図画に分かれるであろう、と周文はたしかに言いました。彼の者は、図画に求道を求めておるようですな、と。周文は、そう言いました。そして、周省どのが、いま、お探しの図画師は、彼の者ではありませぬか、と言いました」

「将来の図画界が二派に分派するということですか。幕府御用のような繊細な装飾に重く傾いた図画と、それとは別の求道の図画ですか。周文どのが、そのようなことを仰《おっしゃ》いましたのか」

「周文は、先の見通せる、鋭い男ですからな。それで、上手く世を渡ってきた男です」

「はあ。して、わたくしが求道の図画師だと仰ったのですか」

「はい。まあ、そのとおりではございませぬかな」

等楊と周省は、たがいに顔を見合わせて、柔らかく笑った。

「ところで、雪舟どのは、造園にもご関心を向けられておいでか」

「はい」

「ならば、ぜひ、豊後に行かれる前に、英彦山に立ち寄り、慈景師をお訪ねなさりませ。以前に、庭園のご相談を受けたことがございましたから」

等楊は、保寿寺をあとにして、二日後に、佳衣や弟子らとともに、山口天花の雲谷庵を離れて、九州に旅立った。

この旅路の間は、等楊の絵筆は仕舞われたままである。

「小舟よ。図画師たるものが、墨筆や図紙を欠いては、羽を持たぬ鳥も同然だな」と、老長に皮肉を言われて、等楊は言い返した。

「いえ、そうでもないですよ。別の方法で、画趣を大いに育てることは可能ですよ」

等楊は、老長に造園のことを話した。

「庭園か。それも、貴人の遊びではない、出会いの場と空間である、というか」

「はい。さまざまなひとが出会い、まず集い語らう、こころ安らかである場所が、庭園であるべきです」

等楊の手持ちの図画用紙である、適当な和紙も尽きてしまっている。この度の、九州への旅は、図画のための良き和紙を求めての旅でもある。そのため、森深き山間にも足を踏み入れることになる。

等楊らは、さらに英彦山から筑後瀬高の建仁寺、清水寺まで足を伸ばしている。途中、日田の求来里《くくり》の正法寺、久留米、高柳、三根の光浄寺にも立ち寄っている。

じつは、等楊が旅の準備を調え、実際に九州に足を向けたのは、文明五（一四七三）年初めの頃である。山口天花を去るにあたって、別離の印《しる》しに、特別に懇意《こんい》にし、世話になっていた医師の安世永全に肖像画を描いて手渡している。

この年の翌年文明六（一四七四）年明けに、等楊の山口天花の雲谷庵に逗留《とうりゅう》して図画の手ほどきを受けていた弟子の雲峰等悦が大内氏の御用を兼ねて、等楊のもとを離れ京に向かうにあたって、等楊はあらかじめ『倣高克恭　山水図巻』を描き、伝法承授の証《あかし》として等悦に与えている。

等悦は、等楊が京の相国寺に在ったときに周文の工房で知り合い、その後に等楊に弟子入りして、西京行きに従った弟子であった。もとより、京都の地勢や人脈に通じている。等楊の意を汲《く》む活動も容易である。

以後、西京山口と京の五山禅林との等楊作の図画に対する、高僧との画賛や題詩の遣り取りの橋渡しの役割を担ったのは、おもに等悦であったと思われる。

この図画の末尾には、自身の渡明当時に高彦敬（高克恭）風の画風が明朝代で流行していたので、それに倣《なら》って描き与えた、との旨《むね》の文章を等楊は認《したた》めている。

この図画作品は、一般的に『山水小巻』とも称され、有名な約十六メートルの『山水長巻』に相対して言われることもある。「小巻」と言われるだけに、約四メートルと「長巻」の四分の一の小振りな山水絵巻物である。

じつは、この『小巻』には、そのもの夏珪様《よう》の「四季山水図巻」という約十一・五×二十一・五メートルの『小巻』に相応《ふさわ》しい作品もある。『長巻』の約半分以下のサイズのコンパクト版である。ゆえに「倣高克恭」の『小巻』は、ミニチュア版である。

また『山水長巻』やコンパクト版が、南宋朝の院画家の「夏珪」様の山水画であるのに対して、こちらのミニチュア版『小巻』は「倣高克恭」と山水図の題名にある。

「様」が、夏珪様式というほどの、当時の禅画画壇でお決まりの約束事・定石《じょうせき》やパターンを踏んだ山水画であるのに対して、この「倣」とは、摸倣図《もほうず》のことである。

正確には、高克恭の図画の流儀や風流を模した等楊による創作画である。とくに約束事や様式にこだわりはない。いわば、高克恭が、同画題で墨筆を持ち画紙や画架に臨めば、こう描くであろうことを想定して描かれたものである。また、たんなる、本物の図画の模写絵でもない。

このミニチュア版『小巻』の、とくに後半部分が、「倣高克恭」としては、焦眉《しょうび》の出来映《ば》えである。まず、中央に湖水に流れ込む河水があり、小アーチの架橋が置かれている。左手に湖面に浮かぶ帆掛け船が描かれており、右手には橋を渡り切ろうとする人影が見える。前景は写実風に丁寧に細かく描かれ、中段より奥向きの遠景、クッキリと浮かぶ楼閣の屋根までのあいだが、柔らかい暈《ぼ》かし風の水彩のようになっている。そこはまるで、沸き立つ湖水からの靄《もや》に霞《かす》む風景で、しっとりした遠近感と清冽《せいれつ》な空気感が醸《かも》し出されている。いかにも技巧と風趣に富んだ計算された水墨による山水風景となっている。

たしかに、高克恭の図画はこうした趣《おもむき》の作品に特色がよく表されている。そこを、このミニチュア版『小巻』は雰囲気的に上手《うま》くとらえた創作画となっている。実際の作品を観て、丹念に模写を試みたひとでなければ、確かに、こうは描けないであろう。そう思わせる。そこが、等楊の言いたいところであろうが、また、この作品は全体的に柔らかいタッチのさらりと仕上がった作風にまとめられており、等楊の力強い線や筆遣いが、全般にやや影を潜《ひそ》めている。こうした表現もできるのか、と意外な感も抱かせる。

等楊は、多分に、周文を中心とする京の細密優雅な画風を好む画壇を意識して、意図的に、受け入れられやすいように、そういう風に描いたのであろう。

高克恭は、字は高彦敬《こうがんけい》とも名のり、元朝代の官人画家で、房山道人と称号した。北宋の米芾《べいふつ》と米友仁の父子に画を学んだといわれている。漢族ではなく回族（ウイグル族）の出身であったという。ゆえに、西域風といわれるのか、ぼかし技法を得意としたが、当時の明朝では大変にもて囃《はや》されていた、いわば流行山水画家のひとりでもあった。しかし、その画家の名声は、京の学僧のあいだで有名でも、実物に目に触れた人は少ないであろう。どんな図画であるのか見てみたい、と思わせるほどのネームバリューがある。

等楊は、大内氏の使命を帯びて京に上る弟子の等悦にこの図画を持たせたのには、実際の唐土に渡り図画の実物を見てきた等楊なりの意図が、明確にあった。

等楊は、牧松周省の勧めで九州行きを決めていたが、当主大内政弘公の叔父《おじ》である大殿教幸の起こした反乱の収束を待って出発することにした。結局、大殿教幸は、最期は豊前の馬岳城《うまたけ》で大内氏の代官役の陶弘護《すえひろもり》に文明三（一四七一）年末に成敗されてしまう。

等楊の、九州筑豊の各地への寺社行脚と造園の旅は、おおっぴらにはとても言えぬが、いわば大内の大殿教幸の追悼と鎮魂の意味も感じられる旅であった。霊験《れいけん》あらたかで名高い英彦山での滞在では、等楊は、亡き大殿の安らかなる冥福《めいふく》をも祈願せずにはおれなかったであろう。

周省の勧めで会った英彦山の慈景師は、京五山でも修行した禅宗徒であり、夢窓国師を敬愛し、禅宗様式の庭園を自寺の付属施設として造りたいと長年考えていた。しかし、自身にその着想と想像を欠いている。等楊の来訪を受けて、造園の設計と監修のことを等楊は依頼された。慈景師は、大内氏と繋《つな》がりがあり、その厚い信頼と庇護《ひご》も受ける立場にあったと考えられる。

英彦山の亀石坊や泉蔵坊、四王寺の三カ所と近在の魚楽園《ぎょらく》に、慈景師の依頼や仲介で、等楊は作庭して歩いたが、いずれの庭園にも池に浮かぶような中島があり、亀の形をした石が配されている。

雪舟庭園の初期は、小池に浮かぶ亀石がテーマであったのかもしれない。元来、大内氏の氏神である氷上山興隆寺の妙見社《みょうけんしゃ》の妙見神とは北辰《ほくしん》、つまり北極星を神格化した神で、北方神である玄武《げんぶ》とダブる。玄武は大亀の象形なのである。

等楊には、北九州の地で最期を終えた大殿道頓教幸を追悼し、鎮魂する意味も、この地での作庭には含まれていた、と見るべきであろう。とくに、英彦山は霊験あらたかな場所でもある。ここより始めて、筑豊の各地の寺社に、かくも精力的に作庭して足跡を残した等楊の意図を推測できよう。

筑後の山間内陸の瀬高《せたか》には建仁寺、清水寺に逗留して、この地の有名産地の上質和紙を求め、駆け足で作庭も行っている。古来より瀬高は和紙の著名な産地で、この地で図画に使用する良質の和紙を大量に求めるまでの等楊の創作意欲を満たすための、渇いた喉《のど》を水で潤《うるお》すような活動が作庭であった、とも考えられよう。

そして、英彦山に再びとって返し、最後は、そこから豊後国の府内（大分）に入り、大友氏の居城に周省の書状を持って挨拶《あいさつ》をしてから、そののち豊後大分のやや北東部の蔣山万寿寺《しょうざんまんすじ》という禅寺に長く逗留をすることにした。この禅寺は、かつて親友の桂庵玄樹が住持を務めていたことでも知られる東福寺派の臨済宗の禅寺である。

等楊らが、豊後国の府内（大分）に入ったのは文明六（一四七四）年の冬の終わり頃とされる。この年は、大乱で東陣と西陣に分かれて争った細川氏と山名氏が講和した年である。

等楊らは、迷いを捨てて、ようやく目指した安息の地に辿り着いたといえよう。

等楊ら一行は、晴れて、大友氏の庇護と親友の知縁を頼ることができたことになる。

この万寿寺という臨済宗東福寺派の禅寺は、以前に桂庵玄樹から聞いていたとおり、別府湾を望める迫《せ》り出しの高山の中腹の高台にあり、入寺には骨が折れるが、里からは離れ、世間の喧噪《けんそう》からは遠ざかる思いがした。山口天花の雲谷庵からは、逃げるように仮支度で豊後の地にまでやって来たのである。しっかりと腰を落ち着けるには、良い場所に思われた。

また、まもなくして、昵懇《じっこん》となった住持よりこの禅寺の未使用の一隅を借り受けて、ここに住寓兼画楼を構えた。そして、この仮寓の図画室を「天開図画楼」と命名して、入口に等楊が自ら筆を執り楼名を大きく記して門札として掲げた。

等楊も、我ながら自画自賛で満足な出来であったが、弟子らみなは手を打って囃《はや》し、佳衣は高らかな笑顔で喜びの声を上げた。ようやく、安留の地をえたのである。

「天開図画」とは、天の無垢《むく》の創造、つまり天地開闢《かいびゃく》のときの大自然の光景が描き出す本物の図画、という意味である。


「老長、この命名は、いかがであろうか」

「ふむ。小舟は、最近は、われの言質《げんしち》に順うことに、いよいよ慣れたか」

「はは。『天開の図画、即ち江山』とは、老長の常日頃からの口癖でもありますからな」

「おう、小舟よ。本物の自然に向き合って、その自然に愛されるように抱かれて、心置きなく遊べる者のみが、この境地に達することができよう。この地での安息は、図画には適しておるな。宋朝代の創書家で詩人の黄山谷の有名な詩に『天開、即ち江山』とあるとおりだな。わたしの言は、真に自然を敬愛し溺愛《できあい》した詩人の、その受け売りである。しかし、黄山谷自身も、古《いにしえ》の詩文に深く通じて『点鉄成金』(鉄に手を加えて、金に変えること）と言い『換骨奪胎《かんこつだったい》』(凡人が修行を積み、仙人の身体に変わること）を主張したのだ。古人の残した詩句を利用して、自分流に解釈し直して独自の詩文に仕立て直すことを得意としておった。我が主義もその前例に倣ったものだ。小舟が、さらに、我が『天開図画』を使ったところで、どうということもなかろう。まあ、願ったり叶《かな》ったりというところか。見るところ、この庵の風趣風雅に過不足はないな」

老長のあげた「宋朝代の書家で詩人の黄山谷」とは、黄庭堅《こうていけん》という北宋朝代の偉大な書家であり詩人でもある。

蘇軾《そしょく》（蘇東坡）を師として、文人の理想である「詩書画三絶」の体現者でもあった。寝食にも、ひとときも硯と筆を身体から離すことなく、生涯を通したひとである。その書体は、つねに変幻変化しており、自筆の定着に飽き足らず、巧みさや上手《うま》さをわざと排して、成長と変革を目指した。

山谷道人とも号称するとおり、地方への貶官左遷《へんかんさせん》ののちは、江山川谷の自然を愛《め》でる詩書画に耽溺《たんでき》する日々を送った。ことに、書の世界では、児戯にも紛《まが》える常識を覆す行草書体を創新して、のちに大家と讃えられる功績が光る。

等楊は、北京の翰林図画院の入口付近に掲げられていた「一以巧名累　飜思江山懐」という、黄山谷の大書の実筆を思い出した。

その書の「一」は、右肩上がりに横に波打って、河を下る船側の水面が揺らめいている様を巧みに表現しているようであった。世俗の「功名」などといった、ひとの評判や評価の煩《わずら》わしさから遁《のが》れて、翻《ひるがえ》って、河江に小船で漕ぎ出し、周囲の高い深山を見上げるような大自然の山谿に懐《いだ》かれることを良しとする、そういう思いが書を通して伝わってくる。そんな思いが、稚拙《ちせつ》ともとれる確固たる字画の連なりに綴られているのであろう。まるで示された見本を真似た児戯にも等しいと見えて、じつは、容易には、たれでも表現できる創字ではなかろう。

そんな黄山谷の字体を思い浮かべながら、筆を執って、等楊は楼名を記した。

「気に入ってくださったか」

「ああ、小舟よ。楼名に恥じぬよう、肝《きも》に銘じようぞ」

「御意《ぎょい》のままに沿い、努めまする」

等楊らは、この仮寓の前庭の造園に日夜精を出し、午前と午後にはいつもどおり、画楼での図画に集中する時間と、弟子らとの画法の教習の時間を十分に取った。

ふたたび、山口天花で長年過ごしてきた平穏で静謐《せいひつ》な時が、この地で、戻ってきたようである。

こののちに、遣明船に同乗し行動を常にともにして、ことに懇意であった禅僧の呆夫良心《ぼうふりょうしん》（ほうふ、ばいふ、とも読む）が、程なくして、万寿寺にある等楊を訪ねてきた際には、再会を喜びあって、等楊の描いてあった山水画の一幅に烙賛《らくさん》ののち、別に『天開図画楼記』という画楼の名の由来を記す八百字ほどの文章を書いてくれた。

その時の友人である呆夫良心の書によれば、等楊の寄寓した画楼は、この地の自然の風景をも上手く背景に借景として取り入れた山間山腹の、日当たりがよく、広々とした気持ちのよい前庭つきの画楼であったという。それが「天開画楼」である。

等楊らみなが、日夜に、鋤《すき》や鍬《くわ》を振るい、山から掘り出した大岩を配し、地に池を穿《うが》ち、樹木や芝を整えた。さらに、瑞々しい緑苔を各所に施した。前庭は、もちろん等楊好みの「雪舟庭」である。

その画廊に、等楊は、床一面、壁の四面に、描きかけや完成した作品の大幅中小幅さまざまな画紙を広げて、あちこちに絵筆と墨硯を置き、筆を舐《な》めては、一心に絵筆をふるっていたのである。疲れると、窓欄に身を預けて一服一休みして、衣服の胸襟《きょうきん》を開いて風に当たり、深呼吸して、集中力を整えて、また絵筆を執って、画紙に向かった。

その等楊の画業を、人物画を中国唐朝代の呉道玄、宋朝代の梁楷《りょうかい》を手本とし、山水樹石の画を馬遠から夏珪に学び、水墨淋漓《りんり》の画は玉澗《ぎょくかん》の流れを踏襲し、雪山を掃き出したような人目を驚かすような景観を描いては西域画の高彦敬《こうゆんけい》の亜流と見なされる、と呆夫良心はその『天開図画楼記』に、等楊の画風を簡略紹介している。

呆夫は、渡明時には、ほぼ等楊と行動をともにしたひとであることが知られている。その説には、多少の誇張はあろうが、偽《いつわ》りはないであろう。かの唐土で、等楊は、呆夫の挙げた絵師の実物の図画と向き合い、なんども記憶に止めるために模写に時間を費やしたであろうことが推測される。

呆夫の画説に取り上げられた、いずれの図画師も、尊崇すべき中国水墨絵画の巨匠であり、それは同時に、京の仏画界で名を知らぬ者のない正統な中国画家を手本として、等楊の図画業が展開されている、と述べているのである。

呆夫良心は、等楊の画才を称して「青は藍《あい》より出でて、而して、藍より青しとは、このひとの謂《いい》か」と、感嘆を込めて記している。この京の東福寺でも知遇であった呆夫良心の評伝が書かれたのは、文明八（一四七六）年三月とある。

等楊は、豊後で五十七歳を迎えていた。

この地に落ち着いて、しばらくして、近在に見事な大滝があることを、等楊は万寿寺の住持より聞いた。

等楊は、弟子らと佳衣とともに、別府湾に注ぐ大野川をさかのぼって、見学に出かけることにした。画具と簡飯を携えての数日をかけた小旅行となった。

ここで等楊が描いたのが『鎮田滝図』で、左に大きな水量を湛えた雄滝が、右からは細いがしっかりした線で勢いよく吹き出す雌滝が、たがいに滝壺に落ち込む様を巧みな構図と勢いで図画に仕上げた。中央に突き出た岩崖からは、躍動する滝を際立たせるように、根付いて生え出た幾葉もの松枝の繁姿が伸びている。

「小舟よ。なかなかに、風趣のある光景であるな」

「老長にも、そう思われますか」

「ああ。こちらに渡って、ようやくにして見ることのできる天開の風景のひとつだな」

「図画の方は、多少の誇張が過ぎますが、雄雌二滝の勇壮さは描けたかと」

「おお、雄滝と雌滝だな。対比の妙だな。動が主で、静が従だが、上手く調和されているようで、いいよ」

「そう、おもわれますか」

等楊の弟子たちも、佳衣も、思いおもいに滝図に取り組んでいる。

しばらくして、墨筆を休めた等楊は、みなの図画を、それとはなく遠巻きにして、見て回った。みなは、それぞれに滝を写実的に描くことに夢中になっているが、それで、図画上に、この滝を上手く描いたことにも、滝を効果的に再現して見せたことにもならない。

しかし、少し、みなと異なった図画への取り組みを見せる者が散見される。

若い永怡《えいたい》の図が伸びやかでよい。遠い山山の連なりは、米点《べいてん》などを配して、実際の風景にはないが、景観を広く高く取ることで奥行きをだし、図画中央の雄滝と流れ落ちる水流の勢いを立体的に際立たせようとしている。

「永怡よ。広角に構図をとったのが、この絵の独創だね」

「お師匠、ご意見ありがたくお受けいたしました」と、永怡はぎこちなく笑って畏《かしこ》まった。なお、筆を執って、自画に挑んでいる。

等春の墨筆には、技巧に工夫が見える。山の岩肌には、険しさを出すために皴法《しゅんぽう》を多用して、なかには斧劈皴《ふへきしゅん》や披麻皴《ひましゅん》を意識させる描き方が見える。山上を覆う松樹やごつい岩肌に付く苔《こけ》などには、点苔《てんたい》が施されている。

「うん。等春は上手いね。しかし、技巧に走りすぎぬようにな。もっと、こころの直眼で両滝に対するように。構図と、その効果をもう少し工夫できよう」

「はい。直眼と工夫ですね」

「そうだ」

「こころで観た滝ですね」

等春は、自身の図画を見直しながら、頭をひねっている。

等楊は、それぞれの弟子に対して、最初から京の周文の画室で習ったように、細部に拘《こだわ》り、定石や様式を押しつけて、写生を排して、見本どおりの素描が寸分違わず出来るだけの指導法がよいとは思っていない。図画の基本は、当然身につくまで模写なり写生なりで訓練すべきであるが、図画の腕前は実際に課題を与えて描きだされた図画に応じて、上達を促し、適宜の指導を行う。細かな技法や構図の指摘も行うが、それぞれの個性は大切にしたいと考えている。なにより、自身の図画に向き合う真摯《しんし》な姿勢が重要である。図画の部品の仕上げが完璧であれば、その部分の寄せ集めである図画全体が完成される、とは思わない。

京に出立《た》った等悦や山口天花の留守宅を守る周徳、豊後に同行した等澤の三名は等楊の目から見て、図画への取り組み方や姿勢、技術においては、弟子中で一段の高みに登っていると思われる。

この三名は、もともと周文の工房で知り合った者たちであった。等楊と同じ東福寺から一足先に相国寺の周文の工房に入るために移ってきた画徒であった。そして、等楊の大内氏による西京山口への招聘《しょうへい》を知って、等楊に従い付いて来た者らである。

周徳は周防山口の出身者で、帰郷希望であったが、等悦と等澤は周文の工房に馴染《なじ》めなかったか、飽き足らず、等楊を慕《した》って付いて来たのである。

彼らは、ほぼ、図画の基本は自らの手中に収めて、一定の様式に沿ったジャンルの絵画を描いても安定した作品に仕上げてきて、あえて等楊が手を取って教えることも少ない。独立して、御用絵師として立っていける実力を備えている。等楊の古参の弟子である。周徳を山口天花に残してきたのは、大内家からの途絶えることのない御用画の要請に応《こた》えるためでもある。

一方、秋月は、壮年から等楊のもとに図画修行に入り、かつ前三者と異なり、等楊が参山後に入門した弟子である。基本に忠実と言うよりは、どこか堅さや癖が抜けない。模写と写生を中心にして、欠点と思われる点を個性的な表現と出来ないかと、等楊は観ながら指導してきた。このごろは、課題をそつなくこなせるようになったし、図画に対して真摯であるだけに、形がついてきたと思われる。

また、等春は、やや遅れて京より等楊のもとに弟子入りしてきたが、周文の工房に一時席を置いていただけに、筆の基本はしっかりとしており、独特の感性を備えている。等楊は、あまり、型に嵌《は》まらないように仕向けてきた。まだまだ若いし、等楊にとって楽しみな弟子でもある。

さらに、等琳、周孫、永怡、等安、等薩らの若手は、等楊のみならず先輩からも手解《てほど》きを受けて、めきめきと画技を向上させつつあるように思える。

等楊の図画の指導法は、それぞれの弟子の描く図画そのものと個性に応じて、適切になされてきた。こうでなければならぬとか、斯《か》くあるべき、という言い方が等楊の口から漏れ出すことはない。課題に向き合い、描かれた絵画表現に、その人の見るべきものを見つけて気づかせて、伸《しん》余《よ》を存分に伸ばしてやりたいというのが、等楊の図画の師匠としての立場である。

水墨の図画技法で、米点とは、筆線で山谷、岩石や樹木などの輪郭をなぞるかわりに、毛筆の腹で横長の平たい米粒のような墨点を重ねて山峰や巨岩などの面的な輪郭を浮かび上がらせる技法で、北宋朝末から南宋朝初に活躍した書画家の米芾《べいふつ》と米友仁の父子が創始者である。この親子は襄陽《じょうよう》の人で、北宋朝と南宋朝で官人として仕えた文人でもある。

「小舟よ。米点で有名な米氏は、唐代に滅んだ西域の族国人の末裔《まつえい》である。父の米芾は博識・鑑識に長けた挙人ではない文人であった。宋代の徽宗のときの書画学博士となった人で、大変な勉強家である。また、特異な奇癖の持ち主で、天下の変人と称されたが、当時、書画の腕前では図抜けていた。水墨画では、山容の輪郭を用いるのではなく、点を小刻みに重ねて、ぽっかりと柔らかく浮かび上がる山峰や岩肌、樹の枝幹が表現される。この米法と呼ばれる技法の創始者である」

「まことに、世に偉業や創新をはたした図画人は、みな、奇人変人が多いですな」

「ははは。致し方あるまい。ひとの考えつかないこと、なし得ぬことを、いとも容易にやってしまう人たちである。彼らは、けっして常識人ではあるまい」

「米芾は、修養時代、書道に通ずるために、書聖と称えられた王羲之《おうぎし》や顔真卿《がんしんけい》などの名跡や古典をつねに臨模し、それは本物と見紛うほどの腕前で、多くの法帖《ほうじょう》を残した、と聞いたことがあります。わたしは、この米芾に倣って、若き時より、有名図画師の名作と呼ばれる図画の摸倣を数多く行うことで、図画の腕は磨かれると信じて、それを実践してやって来たのです」

「おまえは、米芾に倣ったのか。なるほどな」

父の米芾は、書詩で名の知れた蘇軾や黄庭堅（黄山谷）とも親しく、図画は董源《とうげん》から学んだ。董源は江南地方の湿潤な勝景を山水画で最初に手掛けた南宗画の創始者として知られる。米芾が、江南地方の小官吏として赴任していたときに、たがいに知り合い、米芾が董源に心酔し師事したとされる。

また、米芾は「宋代の四大家」の一人に数えられる書の大家でもあり、その図画の描法は書の技法の応用である、と言われている。墨の特徴である濃淡や、滲《し》みや暈《ぼ》かしなどに積極的な図画上の意味を見出した。親子を大米、小米と称する。その編み出された図画技法は、米法山水《べいほうさんすい》と呼ばれ、米点で背景の山や樹木を輪郭線を使わずに、細かな横の点描を連ねて表現し、雲煙の棚引く、深い霞に包まれた江南のぼやけたような山景を墨の濃淡を利用して巧みに描いている。米芾の描いた樹木は「無根樹」と称せられる。

また、皴法《しゅんぽう》とは、字義どおり「しわ」のことで、墨画では山岩の岩肌や表面のごつごつした肌合いや感触、苔むした岩質、山岳や岸壁のふわりと盛り上がるような量感や質感などを立体的に表す技法のことである。

この技法には、多様な種類がある。斧劈皴《ふへきしゅん》とは名のとおり斧《おの》で断ち割ったような硬質感を表す皴法であり、毛筆を押し付けながら、斜め下に引くようにする描法である。一方、披麻皴は別名を麻皮皴《まひしゅん》ともいい、麻糸をほぐすような皴法のことである。五代・北宋朝を代表するの南宗画の祖とされる画家の董源などが得意とし、江南山水画に多用されている技法で、高山の外輪郭を幾層も多数の線を重ねて描いて、いかにも柔らかい脈動感ある山渓山腹に仕上げている。董源は、しっとりした湿潤な山容を表現した江南山水画を創始したひとである。この技法を、弟子の巨然《きょねん》が継いだ。

皴法には、ほかにも雨点皴《うてんしゅん》という横殴りの雨が土塀に当たって、塀面色を次々に黒く変えていくような感じを、逆筆（下から上へ）を短く重ねて表現する技法がある。北宋山水画の代表作である范寛《はんかん》の『谿《けい》山行旅図』に見られる。

また、折帯皴《せったいしゅん》は、元朝末の四大家の一人倪瓚《げいさん》の山水画に特徴的に見られるもので、順筆で水平に筆を引いた後、下方に直角に払う技法である。ほかにも解索皴や牛毛皴などの皴法が知られている。

これらの皴法のほかに、乾いた固い毛筆の側筆で画面に擦《す》りつけるようにして描く技法を擦筆《さっぴつ》という。これら皴法と擦筆を合わせて、一般的に水墨画では「皴擦法《しゅんさつ》」と呼ぶこともある。

等楊は、有名図画師の代表作を模写することで、これらの技法に馴染み、自身の山水画に取り入れることで、その効用を試してみた。作画にしっくりと画法が馴染むには、十分な図画の経験と時間が必要である。

また、自身の図画の作風に合う技法を取捨選別することも、大切なことに思える。

しかし、つまりは、等楊には、筆線の強弱を巧みに効果的に使う図画に特徴がある。さらに、その効果を補うために空間構成にこだわりを持つ図画傾向がある。繊細な筆使いで細部の描写にこだわり、瀟洒《しょうしゃ》と優美な仕上がりを目指すものではない。「皴擦」の技法は、等楊が効果的に図画に取り入れることで、独特の図画の大胆さの中にも確固たる技術的な裏付けを与えている。

「小舟の弟子の、かの者は、皴擦に凝《こ》っておるようじゃな」

「はい。技巧面での上達は早いようです」

「技巧は技巧だが、いにしえより、それぞれの図画師が、思いおもいに悩み編み出し、苦心の末にようやく身につけた技法である。図画師達は自身の思い描き理想とする図画表現を可能とするために、日夜努力と試行錯誤を重ねて、それぞれの皴擦の法を編み出したのだ。小舟には、とくと教えてきたであろう。なまじ、生半可な技の多用は、古人も言うように、穂は出しても、花をつけないし、実にもならぬ。気をつけさせよ」

たしかに、最近の等春は技巧に腐心しすぎているかもしれない、と等楊は思った。

だから、等楊は、等春に図画に向き合う姿勢や精神性を、ことさら強調してしまう。おなじく、京の相国寺で周文の工房で学んだこともある等澤や周徳、等悦には、襖絵《ふすまえ》や屏風絵《びょうぶえ》、頂相像などはそつなく熟《こな》して、自身のうちに図画の固い幹のようなものが育っているので、等楊はこの頃は、彼らの図画に対しては多くのことを要求はしなくなっている。

しかし、まだ若く、みずみずしい感性と他にない眼力を持つ等春には、もっと、技法に拘《こだわ》らない、形に囚《とら》われない、突き抜けてもよいような奇抜ささえも求めてしまう。

「ええ、そうですね。老長のおっしゃられるとおりですな」

等楊は、実物の有名な図画を見て、その時の印象を強くするので、過去にはのめり込み、等楊も細部にまで目を凝らしてみて、個個の筆法の持つ効果を意識することはあるが、これらの技法を確立された画法として、老長に教わり、手ほどきを受け、自然に筆が動くというように身につけるまでは、無頓着《むとんちゃく》であった。

こうした技法は、真正の有名図画師の作品を見たり、飽くことなく模写するだけでは、図画の特徴として眺めることは出来ても、当然身にはつかない。結果、技巧や形ばかりに目がいって、浮わついたような押しつけがましい表現となってしまう。技法は、図画内の風景に馴染んで、当たり前のように収まっていない。その表現が、図画に加えられても、特段には独特の味付けを主張しないのである。

知っているのと知らないのとでは、やはり大違いであるし、意識して画法として取り入れるか否かは、図画師としての価値を大いに高らしめたり、低めたりもする。

佳衣の描く滝図も、やや滝壺に上から迫るような目線で描かれて、等楊は面白く眺めた。光が滝上の真上から差し込むような描写は、二滝をより浮き際立たせている。滝の光の当たる部分と影の部分が、独特の滝壺の深淵を現している。

「ほう。小舟よ。女《むすめ》の絵には、滝壺を旋回して眺めているような、奔放自在《ほんぽうじざい》な、不思議な浮遊感のある視界が見えるな」

「老長にも、そう思われますか」

「ああ。面白い」

「いつか、天花を離れる前に、老長に興奮して語った大空を優雅に舞う大鳥の眼で見た遠近の視角とは、この眼力によります」

「たしか、北宋の時代の郭熙《かくき》の始めた画法に三遠法というのがあって、高遠、平遠、深遠の三法のことを言う。つまり、高遠とは、麓《ふもと》から山の頂を見上げるように描くことで、仰視《ぎょうし》の眼である。そして、二つ目の平遠とは、山頂より向こうの山頂を望むような平視の眼であるな。さらに、深遠とは、これが独特だが、山の手前から山の後背を窺う透視の眼である。この三法に、もう一法を加えるならば、それは、この自在な鳥の眼で近くに、また遠くに風物を捉えるような俯瞰《ふかん》的な眼であろうな。この四つの法を巧みに山水図画に入れ込めれば、たれも描いたことのない新しい構図に仕上がるであろう。いまのところ、想像でしか言えぬが」

「はあ。おっしゃるとおりですな。山水画においても、視点は重要でしょう。たんなる写生では、構図は平板にしかなり得ませんが、視点をさまざまに変えて風景を描写し直してみることが、まだ、たれも見たことのない奥深い山水世界を生み出せるのでしょう。試してみる価値は、大いにありますな」

宋朝代における水墨による山水図画の完成には、老長の言うように無視しがたい、それまでの幾多の先人の技法の工夫と発見と歴史の積み重ねがある。

水墨画は、筆と墨と紙の三種の特質を最大限に活かし、山水風景を画題として、書の伝統を受け継ぎ、書画混交・調和のうえに成立してきた過去がある。

そのうえに、さらに、引き継ぎ積み重ねていくような次代の新たな図画の創造と展開が待ち構えている。

であるから、等楊は、よく老長を相手にしながら、有名図画師の摸倣画を図画技法の習得も兼ねて描く。

そして、等楊は、親しい禅僧より、宋元朝代の有名画家の作品について、その名や噂《うわさ》は聞くが、どのような図画作品であるのか、と説明を求められることもある。さらに、明朝代での流行の傾向について質《ただ》されることもある。

また、交流のある貴人からの、夏珪《かけい》風にとか、馬遠を模して一幅を、との依頼もある。実際に唐土に渡り、宋元朝代の図画の真筆や真影を直接に目にし、触れてきた者として、等楊は、そうした期待に応えずには、黙ってはおれないのも事実ではある。等楊が、それらの絵画を経験で実際に知る者であることを誇りたいということもあるが、また、それは等楊の自身の知るところをあまねく知らせたい、広めたい、というサービス精神ともいうべき性分によるものでもあろう。

しかし、等楊の応《こた》えて描く有名宋元画の再現絵画や摸倣図画は、単なる構図や画題や技法を図画のそのままに引き写したものには、ならない。等楊流の解釈で摸倣画は成立するのである。弟子の等悦に与えた『倣高克恭　山水図巻』や、ほか『倣夏珪　夏景山水図』『倣夏珪　冬景山水図』『倣玉澗　山水図』『倣李唐　牧牛図』『倣梁楷　黄初平図』などなど多数の、そのような観点から描かれた等楊の摸倣図画が残されている。その図画師の絵の雰囲気や特徴、技癖は残し、最大限に尊重しつつも、等楊流の筆法や理解・解釈も添えられている。

いまに残ったものは実に僅かではあるが、倣牧谿、倣李唐、倣夏圭、倣梁楷、倣高彦敬、倣馬遠、倣玉澗、倣李在など、等楊はなん度も、なん枚も描いて、手本とすべき古典の画法の習得に努めてきた。また、唐土翰林図画院や絵画収集家の邸宅などで実際に鑑賞して模写してきた名品絵画を、帰国後に、なん作品も、独自の解釈を加えながら図画に仕上げてみた。さらに、唐土での江南や寧波などで見た名勝旧跡や寺社、都城、記憶に残る風景や人物などの模写してきたものを、いまに記憶を起こしつつ工夫を加えて作品に昇華させてきたものも多い。

鎮田滝への小旅行から万寿寺内の仮庵に戻ってきても、等楊と老長との二人の図画についての対話は、間を置いては、延々と続いている。

ときどき、遠い山道を登ってやって来る書画を所望する客人はあったが、等楊の平穏な生活を邪魔するほどではなかったので、さらに図画の制作に集中し没頭した。

「小舟よ。夏珪の図画の面白さは、辺角の景観と言って、南宋院画でよく見られる、画面の下方の隅の一角に美しい濃淡の墨色で丁寧に線描された繊細明媚《めいび》な江南の風景を置き、対角線上の他の面をわざと余白のまま残す手法にあるな。上下左右の画隅を墨と空白の対置によって効果的に意識させる上手さがある。構図と墨の置き方によって、遠近さえも浮き出しておるようだ。また、その所所に置かれた空白に、清々《すがすが》しい独特の景色と静謐《せいひつ》な空気感を漂わせておる。まさに、構成の巧みさが光る。また、夏珪は禿筆《とくひつ》（使い古しの穂先の禿《ち》びた筆）の名手でもある。多くを、李唐を手本としておるのだな」

「馬夏の両者の筆と墨の使い分けの妙ですな」

夏珪は、南宋朝中期に現れ、馬遠とともに南宋朝寧宗期の都杭州の画院を代表する院体画家である。

夏珪は、字を禹玉《うぎょく》といい、杭州銭塘《せんとう》の人である。北宋朝代から南宋朝初にかけて画壇で活躍し、北宗画を継承して「山水画」様式の完成者であるとされる李唐の画風に心酔し、その図画作品を範としたが、のちに宮廷画院の「待詔《たいしょう》」にまで昇り、皇帝寧宗より高い評価を受けて金帯を授けられている。

ことに、構図における風景と余白の対角線の位置に置く対置法とともに、その墨法は巧みで、山水画に描かれた彼の松柏の樹木は「蒼老」と称され、経年における苔生を帯びた岩石のような「侘《わ》び」「寂《さ》び」までをも伴っている、と言われるほどの卓抜した繊細で湿潤な表現力である。代表作である『風雨山水画』によく表現されており、元明朝代の画家に多大な影響を与え、それは中国に止まらず、室町時代の代表的な水墨画には、かならずその作風の影響がある、とも言われた。

もちろん、等楊の山水画の図画傾向も、この夏珪から多大な影響を受けている。とくに、等楊の山水画の構図の取り方は、夏珪の風景と余白の対角線の対置法に従順である。

いや、従順というよりは、突き抜けた極端なデフォルメ（変則）であるといえよう。

一方、馬遠は、河中の人で、字は遙父、号は欽山という。清献先生と称せられた。北宋朝末の画師であった馬賁《ばほん》の末裔であり、祖父の馬興祖、父の馬世栄、伯父の馬公顕、兄の馬逵、子の馬麟も図画に優れた、五世代に亘る図画師の名門馬氏一門の中心的人物と目される。夏珪とほぼ同じく南宋朝光宗・寧宗朝の画院の待詔となった。

おもに、道釈人物画や山水画、花鳥画などを得意とした。その作風は、夏珪と同様に李唐の図画を範として、繊細丁寧な描写と躍動感のある描写を旨とする。

等楊は、画院で見た馬遠のいくつかの図画の、跳《おど》り波立つ川面の表現や雲海の流れ、山裾《やますそ》面に漂う霧霞の表現に圧倒された。永日なる幽玄とはこのことだと、悟った。また、言い知れぬ憧れと羨望を持った。

「馬夏」と言えば、馬遠の「筆」に対しての、夏珪の「墨」といわれた。

また、両者の図画における山水の景観把握は「残山賸水《ざんざんようすい》」あるいは「残山剰水（高山の破片と大河の一握りの水）」と言われる。また、構図法の面からは「辺角の景」とも呼ばれる。

おもに、山容や湖水などの自然の綿密精細な形象を図画面の左右のどちらかの下隅におき、対角の上部大部分を大胆に余白とした。これは、前代の北宗画の図画面一杯に迫真の山水風景が展開される大局的な自然の構成とは大きく異なる傾向である。馬夏の両師は、図画における構図法のもつ意義を後代の絵師に気付かせた、とも言えよう。

その意味で、逆に、馬夏両者の山水表現は、大自然の「一辺一角」をしか捉えていない、との批判的な見方もある。

このため「馬の一角」や「夏の一辺」の言葉が、よい意味でも、また悪い意味でも、かれらの図画に対して言われる。

かつて相国寺の周文の工房では、周文らは「馬夏」の図画を至高と見なして、その図画技法の様式化を日夜に試みていた。その山川草樹木や花蝶獣虫、岩崖苔生、水月造作に至るまでもが細かく切り出されて、図画の定番画材とされた。そして、画材となった部品の再構築が周文工房の製作に携わる御用図画の襖絵や屏風絵、掛け軸、扇子《せんす》などの図柄となって、多くの職人的な弟子の共作によって再生産されている。

等楊は、はじめ、周文の図画の工程師としての才能に驚嘆を持ったが、のちに、徐々に自身の目指す図画の方向性との違いによって、興味を失っていった。

しかし、等楊には、周文の工房で学んだ「馬夏」の図画技法は、身体に深く彫り込まれた刺青《いれずみ》のように筆を持つ手に染みついていて、拭《ぬぐ》うことは出来ないでいる。

ふと、等楊は、当時を思いだして、可笑《おか》しくなって自然に笑んだ。

「馬遠の筆とは、とにかく描いた細い、あるいは太い筆線にしっかり力があり、線描に冴えがあり、墨筆の妙手である。山水と人物像の絵によいものが多く、しっかりした一本の線を重ね、くっきりした印象を出している。皴法にも重層感と潤い、随所諸所にメリハリが利いていて、その山肌は肌膚の細やかさを再現するが如くである。ぽっかり開いた谷底の虚空や山崖の下腹は、引きずり込まれて、地の深淵に至る思いを懐かせる。また、伸びやかに描かれた楊樹の幹や長く茂った樹木の枝の節々先々までもが生きておる。まるで、伸びた枝は、風にそよいで成長し芽吹いておるようにも見える。不思議である」

老長の言葉に、等楊は我に返った。等楊にとって、馬遠と夏珪の名前は、胸騒がす存在の名である。その名前を聞けば、黙ってはおれないし、思いも深い。

「おお、そうですな。馬遠の描く楊の枝は、風に触れ、節々に芽吹いて、まるで生き物のようでありますね。だからか、いかにも伸びやかに、しなやかに、生気を湛えておるように見えますな」

「一方、夏珪の墨とは、水墨の滲《にじ》みや暈《ぼ》かしを随所に多用して、遠近や濃淡の彩色の変化をつけて、対象風景を際立たせる技法のことをいう。水墨では、黒と白とは彩色の部類にもあたらないが、濃淡や筆の細太や点描と線描、暈かしや滲みを効果的に配置することによって、彩色に代わる色合いや遠近感、自然の質感までも表現しようとしておる。このふたりの、不世出の天才図画師は、筆と墨の妙を極めた達人じゃ」

「老長。いかにも夏珪の図画は水墨の妙技をいとも容易に熟《こな》して、納まりがいい。なによりも構図の枠を極めたといっていい。しかも、温和しい。濃淡だけでなく細太、滲み暈かしといった墨を適宜に置き、適切に重ねている、と見えますな。その夏珪に倣って、斬新な一幅の四季山水絵巻を描きたいと、わたしは長年考えてきました」

「おお。よいではないか。たしかに、おまえ好みではあるな。しかし、根本的に、小舟の図画は、あれほどの明潤美墨の仕上げには向けないな。小舟の筆は、温和しく収まってはおるまい。折衷《せっちゅう》には、よかろう。おまえの独自との調合によって様式はどう変化するか、楽しみではあるな」

「はあ。老長には、すでに見透かされておりますかな。件《くだん》の深遠の透視の法が、お得意と見えますな。わたしは、余白までもを重視して一角や一辺と言い慣らされた馬遠からも、この夏珪からも、図画における構図の取り方を工夫することを大いに学びました。図画における余白の意味まで でも、深く考えさせられました」

目前の図画を眺めて、やや沈黙と巡想があった。

「小舟よ。玉澗《ぎょくかん》は、どうかな」

「南宋の玉澗ですか。瀟湘《しょうしょう》八景の」

「そうだ」

「それと、破墨《はぼく》山水ですか。李在師も得意とした」

「おお、それだな。李在師も玉澗の破墨法を手本とされたな」

若芬玉澗《じゃくふんぎょくかん》は、南宋朝末の画僧で、浙江金華の人で、字は仲石である。名は法号名である。天台宗上天竺《てんじく》寺の僧となったのち、郷里の芙蓉峰《ふようほう》の玉澗に隠棲したので、そのもの玉澗と名のったが、芙蓉峰主と称して山水画や墨梅などを得意とし、旅とともに奔放に描き、宋末元初の画家牧谿《もっけい》（ぼっけい、とも）と並び称され、代表作の『廬《ろ》山図』『瀟湘八景図』が、京五山の禅林界では、たいへんもて囃《はや》された時期があった。

ちなみに、牧谿は宋末元朝初に活躍した画僧で、室町時代以降に最も高く評価され続けた水墨画家でもあった。蜀《しょく》（四川）の人で、浙江西湖に移り住んだ。法諱を法常といい、称号を牧谿という禅宗徒の画僧である。

鎌倉・室町時代には、海を渡った中国僧にその直弟子が多く、帰国した留学僧からもその名や作品が伝わったとされる。幽玄湿潤な山水画や猿や鶴、梅竹といった花鳥獣画、道釈の『観音図』などの人物画までもが人気が高く、もて囃され、模写の対象とされた。

また、牧谿の図画は様式化されて、たとえば猿や牡丹といった、その図画中のモチーフまでもが、後代画家の襖絵などの画題に取り上げられるほどであった。等楊の学んだ相国寺の周文の工房でも画題として盛んに取り上げられていた。

牧谿は、どうしてだか中国本国では、古法に則らぬ画家として重要視されず、人気も無い。代表作は失われたが、海を渡った作品のみが、現代まで代表作として残るのみである。有名な「煙寺晩鐘図」「漁村夕照図」は『瀟湘八景図巻』の断幅《だんぷく》である。

もちろん、等楊も、画僧であった玉澗や牧谿といった禅余画家の影響を深く受けた一人である。等楊自身も、禅余画師といえば、そう見なされることもある。しかし、等楊については、むしろ本業が画師で、不遜《ふそん》な言い方であるかもしれないが、余技が禅僧のようなものである。いわば、己の画技画業が、禅の勤業に重なる部分を多く占めている。

「禅余」とは、禅僧が修行の余暇、あるいは余技として描いた絵画を鎌倉・室町期に、そう呼んだのである。若干、蔑称が含まれていよう。

「小舟よ。破墨は、唐代の潑墨画《はつぼくが》を起源とするが、技法として確立したのは南宋朝代の玉澗である」

「破墨の粗放図さは、玉澗に始まったのですね。まさに、一筆の筆を惜《お》しむように描いたと言われていますね」

「そうだ。描かれる風景は写実とは遠く、ごく直感的に捉えられ、簡略を旨《むね》とする」

「描き手には、精神の高い集中と修養が必要ですね」

「それもそうだが、用筆と用墨の特質を、まず、よく理解せねばなるまい」

「書の名手の黄山谷に『草書を学ぼうと思えば、楷書に精しくなければならない』という言葉がありますね。用筆を書における楷書、用墨を草書と理解すれば、わかりやすいのですかね」

「おお、まあ、そうだ。間違ってはおるまい。それに墨には溌墨と破墨ということが重要である。潑墨が先淡後濃といわれて、淡墨が調えた図柄に、淡墨の乾きさらないうちに、上から濃墨を加筆《くわ》えることによって、ほどよく滲《にじ》みや暈《ぼ》かしを生み濃墨がじわりと紙面に広がって、図画に縛りと締まりがでて、徐々に山陰木景に影を生み、それが立体的な造形の存在感を創り出す」

「まことに、濃墨の広がりは予測予断を許さぬ意外性の妙技ですな」

「それに対して、破墨は先濃後淡といわれる用墨なので、偶発的に自儘《じまま》に振るわれた濃筆が、淡墨によって薄まったり滲んだり暈かしが入ったりして補われ、淡墨が濃墨で描かれた風物の背景となり、立体的な樹木や山崖の景観の影絵のような造形が仕上げられていく。あるいは、濃墨が淡墨をはじき『濃墨が淡墨を破る』と、元朝末のあの傑作『富春山居図』の黄公望という名画師が述べている。この言辞が元となり、破墨と命名された」

「これも、墨の性質をつかみ、濃淡の墨を自在に、筆使いによって操る瞬時の技が大事。目論見どおりの効果と、意想外の結果がたがいに重なり合い、その妙味を愉しむ。老偉人の黄公望の発言ですな」

「黄公望の破墨の作法は、唐代に起こった潑墨の進化形である。破墨法にも、それぞれの時代の図画師の着想の成り立ちや自身の創意工夫によって、作法が異なるということであろう。そこが、図画師の個性でもあるな。しかし、根本においては、墨の濃淡と筆穂の振るわれる感覚で、眼前の風景や想像に表れた景色を、ものの瞬時に神髄と本質を捉え、直感を頼りに描き切る。簡略、簡素、大胆、直截、時勢で表現される。一見にして、簡素で省略の未熟稚拙な児画とも間違われるが、極められた図画師の腕前は、神技に近い。写実や描線に頼る秩序や調和をいったん破り捨てて、あらたな抽象的なものや風景の調和や秩序を、一筆と奔放な発想で生み出そうとするものだ」

老長の言った黄公望は、元朝末の文人画家で、山水画様式を確立した呉鎮、倪瓚《げいさん》、王蒙と併せて「元末四大家」と称せられる、特筆すべき一人である。

黄公望は、江蘇常熟の人で、姓は陸だが、幼年に黄家に養子に出され、十分な教養を積んだ。字は子久、号は大癡《たいてん》または一峰、井西道人と称した。博学で諸芸に通じていたが、官人としては恵まれず、齢五十を過ぎて趙孟頫《ちょうもうふ》に絵画を師事し、南宗画の董源《とうげん》と巨然《きょねん》の画法を学んで、図画の簡略と細密を巧みに使い分けて、独自の境地の山水画法を創出した。

後世の山水画家に与えた影響は大きく、八十歳頃に至って円熟を迎え、代表傑作『富春山居図巻』は、その頃の作と伝えられている。絵師となる前には、変わった経歴の持ち主として知られ、多芸多才のひとである。官人を辞してのち、占い師や戯曲家、また道教の全真教にも入信している。没するまで、興味游技の尽きない人でもあった。

等楊の描いた『潑墨山水図』という作品は、いわば「倣黄公望」とも言うべき図画作品である。

「まさに、破墨法ですね。それは、老長、あなたに、手ほどきを受けたとおりですね」

「破墨とは、濃淡の筆を重ねることで、墨の型も打ち破る。そういうことだな」

「破墨の法を語らせると、老長の口舌は止まりませぬな」

「いたしかた、あるまい。我が師、李在を語ることと、同じことだからであろう」

等楊が、ややあって、声を発した。

「破墨に限らず、黄公望は、緻密清冽な画法も伝えています。図画における簡細の両翼を存分に発揮した絵師ですね」

「ああ、黄一峰（公望）の作『富春山居図』のことを言っておるのだな。あの長巻の作は傑作であるな。さまざまな山景をそれぞれの筆法で描ききり、粗密自在な変化に富んだ風景の描写は、後世の山水画家に多大な影響を与え、図画師の手本とされた作である。いつ見ても、感嘆なしには鑑賞できぬし、感動すら呼び起こす。われにとっても、黄一峰は、羨望の図画師である。かの作が齢八十を超えて生み出されたとは、まさに奇跡であるとしか言いようがない。小舟も、かの長巻に倣ってはどうか」

「はい。いずれは。かならず、かの絵巻に匹敵する図画作を手ずから成したい考えです」

「ほう。期待していて、よいのだな」

「ええ。その構想が、すでにあります」


目前の図画に見入って、また、しばらくの沈黙があった。

「ところで、梁楷《りょうかい》の減筆体も、破墨同様に、面白いですね」

「ほう。小舟は、瘋癲《ふうてん》の減筆体にも引かれるのか」

「ええ、達磨老師の道釈画は、以前から是非とも、本格的に描いてみたいと思っていましたので」

「仙人の黄初平ではなく、仏僧の達磨か」

「老長は、あの伝説の道士の黄初平を思い浮かべられたのですね」

「ああ、そうだ。まあ、それにしても、梁楷とは驚きだな。小舟は、以前に、随分な手間をかけて、なんども黄初平や琴高や寿老などの仙人や道士風情を描き直していたであろう。それこそ、梁楷の描く滑稽な表情を浮かべた仙逸人や童児の様な布袋和尚の顔に比べれば、小舟の描く顔はどれもみな真面目な顔をしておるな。いちど、思い切って、大きく崩してみよ。小舟は、まだまだ、崩し技法に対して慎重すぎるな。たとえば、梁楷の描いた『李白吟行図』に見える李白像の簡省で気品のある表情を真似て、達磨というのは、描いてみてはどうかな」

「はい。厳しい物言いですね。老長。まあ、黄初平の顔に、なんとはなく自信が持てませんでした。やはり、わたしには、道士や仙人は、馴染みが薄いぶん、やはり上手くは描けませぬな。道教の道士とは、親近感はあっても、まだまだ、あまりに、自分とは、遠い存在なのかもしれませんな。禅宗の祖である達磨師なら、なんともしようがあるように思えるのですが」

「梁楷は、難しい図画師であるぞ」

「そうですね。梁楷の模写をしてみて、それはよくわかります。よく、真面目に図画を学んだことのない禅余の僧が真似事で描きますが、どうかと言われて、その作を良いと思ったことはないですね。梁楷風は、そこら辺の幼児画にも似て、たれでも簡単に描けると思わせるところがあるのでしょうね」

「以前に、小舟は、三教図で、道士の陸修静を描いておったが、梁楷の道士や仙人像と比べると、違いは一目瞭然である。まったく印象が違う。描写は、明快明瞭でなければなるまいよ。それこそ、飾りのない滑稽な顔の表情を、見てみよ」

「はあ。腹から天晴なる奔放なる境地ですね」

「そうだ。それも破墨同様に、おのれの図画を思い切って破るということだな。梁楷は、さらに、その先を行き過ぎて、自身の精神までも粉々に破壊してしまったわ。終《つい》には、廃人と成り果てた。

だから、瘋癲の梁風子《ふうし》と呼ばれた」

「おのれの図画傾向や指向を棚上げにして、新たな気持ちで、つねに突き破り、挑《いど》む、ということですな。それは、丹念に基礎の素養を積み上げてきた者には、大きな恐れがありましょう。精神的に安定を保つことは、さらに難しいですな。梁楷は、さらに、その先の仙人的な境地に至ったのでしょう。そこは、最早、自己を保ち得ない、自身が周りの環境に溶け混ざりだすような世界観でありましょうな。普通の図画師では、はたして、それに耐えられましょうかな」

黄初平や陸修静という人物は、道教の道士と呼ばれる。黄初平は、晋朝時代の実在の仙人だといわれ、投げた石を羊に変える幻術が使えたとされる。また、陸修静は、南朝宋の時代に道教の経典を整理・制定して道教教理の確立に努めた人である。

等楊は、渡明後に、山口天花の雲谷の魯庵に戻ることができて、しばらく神仙や仙術に関わる道教を理解しようと、老長にも告げずに、それに関係する古い書籍や図版などをひっくり返して、理解のために格闘してみた。そこで目についた道教の祖である老荘や著名な道士のことにも関心を向けて調べてみたこともある。

かの唐土の古からの歴史は遙か遠く、彼の地の人の創造してきた知恵や遺産は、等楊の生まれ育ったこの国の歴史を大きく凌駕《りょうが》している。禅寺での師僧や先輩僧の言葉の端々《はしばし》にも、禅宗や儒学のほかにも、老荘や道教といった話がよく出てくるし、渡明してみても、さらに彼の地の人びとの身近な生活や考え方、普段の行動にまで深く老荘の思想が関わっていることを、身を以て知った。

なによりも「尸解《しかい》の術を体得した」と、等楊に明かした老長、こと長有声の言葉が、帰国後も、等楊の頭の隅にずっと引っ掛かったままであった。有名な太古の彭祖《ほうそ》以来に見られる長生や不老不死や、ものを生き物や別の物に変える秘法や神通力や、飛翔や透視、瞬間移動や身代わり術など、超人的な能力を身に付けた仙人を多く輩出《はいしゅつ》している彼の国の伝統と不思議を感じずにはおれなかった。

等楊の渡明時に模写したと見られる『梅潜寿老図』の寿老も、神話的な長寿の道教の神仙だと信じられており、オリジナルの作者名はわからないものの、もとは画院内に掲げられていた図画からの模写であったと思われる。

ほかに、等楊は『琴高列子図』では、仙人の琴高《きんこう》や列子を描いているが、この琴高仙人は周代の人とされる琴の名手で、龍の子をとらえて来ると言って湖水に入り巨大な鯉に乗って出てきたという逸話が知られている。また、道士の列子は、その名の著書名でも知られるが、ふわふわと空中を飛ぶ浮術が使えたという。

彼の地では、そうした世俗を離れて山中深くに遁世隠棲する「仙人」が図画中にも頻出《ひんしゅつ》するし、仙士人を画題にしたものも多い。また、そうした群仙《ぐんせん》と呼ばれる人を「僊人《せんじん》」とも称する。また、別に「方士《ほうし》」とは、占いや医術・薬学に秀でて、その特殊な仙術の使い手とひととを仲介することのできる人のことを言う。「道士」ともダブるが、道教の僧をおもには「道士」と呼ぶことが一般的である。

その「僊人」の「僊」は、漢代に書かれた漢字辞書の『説文解字』には「飛揚升高」つまり「高きに升《のぼ》ること」とある。また、仙人の「仙」の字も、後漢代の『釈名』という辞書には「老いて死せざるを仙という。仙は遷なり。山に遷入するなり」とある。

「遷」は「僊」とも通じ、俗世や人里から離れて奥山に住み、修行を積んで死を超越した人、天に昇った人を「仙人」または「僊人」と見なして、そう呼んでいた。

古来、彼の唐土の地には、安期生、羨門子高《せんもんしこう》、宋母忌《そうむき》、正伯僑、克尚といった古仙人の名が、歴史書として名高い『史記』や『漢書』などにも見える。また、それらを人間に仲介する方士のほうは、盧生《ろせい》、韓衆《かんしゅ》、李少君などの名が挙げられている。

その等楊の語った、南宋朝代の宮廷画家である梁楷は、多く、好んで、そうした仙人や方士、道士の絵を描いている。また、達磨師や布袋和尚、李白などの道釈画や人物画も数多く描いたひとでもある。

その梁楷は山東東平の人で、彼自身も、人間的にも常軌《じょうき》を逸するような変わった奇癖の目立ったひとで、梁風子とも号された。「風子」とは、狂人、瘋癲のことである。寧宗期の画院の待詔も務めたが、一方では、名誉ある待詔として、自由な描画を制限されたこともあり、文化人的な、あるいは栄達のみを目標とする官僚的な世界を嫌避して、自儘な旅を愛し、酒に溺れ、自由な禅僧や道士との交流を好んだ。

その画法は、緻密な山水の『雪景山水図』に見られるような院体画法と、他方、極端に筆を減数省略した粗描や線描本位の白描で、減筆体と呼ばれる画法による『三教図』のような禅機を表現した道釈人物画を、併せ描いたことでも知られる。その梁楷の描く人物画においては、衣装を粗筆で、面貌を細筆で表現しており、極度に洗練された減略画法であるとされる。

その技法は、室町期の禅画壇に大きな影響を与えたことでも知られる。水墨で、一筆書きのような達磨図や布袋図などは禅僧風情が好んで描いた。相国寺で一時師事した如拙も摸倣した。もちろん、等楊の道釈画にも、その影響が見られる。

三教とは、仏教と儒教と道教のことを言う。『三教図』は、この三教一致を図画にして表したもので、廬山の僧侶慧遠《えおん》、官人詩人の陶淵明、道教の陸修静という、当時の三教を代表する三者が、顔を見合わせ膝をつき合わせて対面し高笑する姿を絵にしたものである。

この画題はたびたび、中国の画師のみならず、如拙や周文をはじめ幾多の我が国の絵師によっても描かれており、話自体は有名な中国の故事の「虎渓三笑」がもととなっている。

室町幕府の意向に沿って京五山の禅林では三教一致が掲げられて、当時の図画師に好まれた画題でもある。のちに、能楽などの演題にもなる。

その故事によると、中国東晋の時代、慧遠《えおん》和尚は、南方江西の廬山《ろざん》東林寺に隠棲してから俗世とは関係を断つため、二度とは虎渓に架かる、世俗に通じる石橋を踏み越えまいと固く誓っていた。

この慧遠和尚は、中国浄土宗の創始者とも目され、門下僧俗知識人百二十三人とともに、東林寺で念仏修行に入り、阿弥陀浄土への往生を誓願して、念仏結社を創ったひととされる。寺のかたわらの池に白い蓮を植えたので「白蓮社」とも呼ばれ、その仏門結社の運動は中国本土のみならず、海を渡った日本にも及んだ。

この慧遠禅師を慕って、遠路より訪ねてきた友人で詩人の陶淵明と道士の陸修静の三名が、近くの滝を眺めて風雅な情景を讃え、寺の園池の水蓮や庭園の菊牡丹の花を愛でて酒を飲み交わし、興じて舞を舞うなど至高の時を過ごす。遙々歓談尽きて友人の帰りに、慧遠師は二人を送別して行きながら、ついつい道々話に夢中になってしまい、不覚にも和尚は虎渓の石橋を渡りきってしまい、それにあとで気づいた三人が、大笑いして別れた、というたわいもない話である。

ほんに、たわいのない話ではあるが、等楊も、なぜだか、この故事にこころ引かれる。この醸出された時間と空間には、俗世の束縛も、禅林の窮屈さも、仏界の押しつけがましさも、儒門の過礼篤孝の堅苦しさも、道教の空理な難解さもない。三者三様に、屈託のない「呵呵」「ケラケラ」「はっは（哈哈）」という笑いが、気安い桃源の地で一体になって、架空の理想郷を出現させてしまっている。

それが、この祖師図である『三笑図』を見るたびに、等楊の眼には究極の寛恕の時間と空間だ、と映る。

「老長よ。『三笑図』は、不思議な魅力を秘めた図画である、とはいえまいかな」

「ほお、なにをもって、小舟はそう思うのだ」

「禅宗に馴染み、図画の世界で暮らしてきたわたしですが、いつも思うのは、稚拙な考えかもしれないが、三笑のように、ね。つまり、縄張りを必死で主張するような垣根を設けて、人びとの日日を縛ろうとする社会や世間の風潮から、逃れて、三笑のように、自由であるべきだ、ということです。たがいに専門や縄張りばかりを気にする人たちは、自らに制限を設けようとする、こころの狭い人たちでしょうからね。わたしは、かつて、相国寺という禅寺で、如拙という図画の師匠に、手ずから描かれた『三笑図』を示されて、意見を求められたことがありました。如拙師は、実に、その『三笑図』を前にして、虎渓三笑の逸話を若輩者のわたくしに詳しく楽しげに語って聞かせてくだされたのです。そのことが、わたくしには忘れられない記憶としてあります。達磨の弟子の慧可と豊干を描いた『二祖調心図』で有名な宋初の石恪《せきかく》という図画師の最初に描いた

『三笑図』や梁楷の『虎渓三笑図』を真似て、独自の『三笑図』を巧みに創作されておられました。三笑の三者三様の笑顔が、図画を観る者に心地よさと快楽をもたらす、と如拙師は仰っておられました。ひとは、図画を前にして、図画に向き合うことによって争うことや競うことさえも、忘れさせうる、とね」

「ほう、まあな。梁楷と石恪ね。石恪は滑稽画の元祖だな。図画によって、こころや悟りを開かせようとした。ふたりは、まるで、兄弟のような、鬼子のような図画師だね」

「はい。老長も、ご存じでしたか。おそらく、わたし自身も、こうした世間や図画の呪縛《じゅばく》からは、自由ではないひとりの人間なのですがね。もちろん、その反動もあります」

「そう思うか」

「笑いは、古来より、ひとが無用の争いを避け、友好の意志を示すための技巧として、人類が編み出した発明品なのでありましょう。楽しいから笑うのではなく、笑うからひとは楽しくなるのでしょうよ。図画にも、そうした効用が見出されるでしょうね」

「小舟よ。そんなことを考えているのか」

「はい。まあ。特別な図画には、ひとを覚《さと》らせ導く力が備わっている、とね」

「明皇帝の時代でも、文人や教養人は学を振りかざし偉ぶり、仏法の徒は独自の悟りの境地を追求し、道士はもっぱら世を避け自身の安寧にしか興味を示さぬな。三者が語り合って、手を打ち、かつ笑い合うなど、いまは、図画の世界でしか考えられぬわな」
「おっしゃるとおりなのです。おそらく、悟りを生む禅機とは、修行中に、奔放な囚われない発想のなかから、まったくの偶然によって、ポンと、空虚より生まれ出ずるものでありましょうね。禅の修行者とは無縁な老長に言うのも、おかしな話ではありますが」

中国では、隋唐の時代を経て宋朝代に「科挙」という官吏登用の試験が一般化すると、世襲の貴族政治から皇帝を中心とした堅固な中央集権制へと移行し、貴賤門地に関係なく才能ある個人で試験を突破した読書人が高級文官となり、士大夫と呼ばれる官僚制が成立し、この士大夫が皇帝を頂点とした支配階級を形成する。そして、その士大夫の教科書が儒教の経典であった。

三教のなかでは、儒教が支配者層の学問として高い地位を得て、仏教徒は寺院内に隠り、道教徒は世を儚《はかな》み、次第に「深山幽谷」に追いやられていった、とも受け取られがちである。

等楊の画業には、頂相や仏画を扱った道釈人物画も多いが、中国の著名な詩人や文人、または道教の道士などを描いた、この『三教蓮池図』や『黄初平図』『梅潜寿老図』『琴高列子図』といった人物画もあり、中国太古の三帝（伏羲・神農・黄帝）を描いた『三皇図』などもあったとされ、この分野の図画を多作した図画師でもあった。

文人・詩人画では、先の『黄山谷像』や『三教図』の六朝時代の東晋末南朝宋初の著名な隠逸詩人の陶淵明、同じく北宋朝代の書家・文筆家で詩人の『蘇東坡（蘇軾）像』や驢馬に乗った唐の詩人の杜甫を描いた『杜子美図』などがある。同じ唐代の詩人李白が「詩仙」と称せられるのに対して、杜甫は「詩聖」と崇められた。

等楊の描いた『杜子美図』『蘇東坡像』には、天隠龍沢による画賛がある。『杜子美図』では「明応戊午季穐黙雲天隠龍沢」とあり、明応七（一四九八）年の雪舟馬歯七十九歳の年の作品だとされる。「日日尋詩　瘦肩聳　草廬背上　送残年　前村在目　斜陽落　帰路不忙　何着鞭」の詩句が添えられている。一方『蘇東坡像』への画賛は、明応八（一四九九）年のものである。

天隠龍沢というひとは、京の建仁寺や南禅寺に住持として籍を置いた臨済宗の高僧で、五山文学の有名人のひとりで、杜詩や三体詩に造詣が深かった人である。

また、宋朝代の書家の黄庭堅を描いた『黄山谷像』の画賛には万里集九の名が見える。

京五山の禅僧のあいだでは、書詩に関して、とにかく蘇東坡と黄山谷が大変にもて囃されて、その二名の一字ずつを取って「蘇黄」と呼ばれた。「東坡山谷、味噌醤油」とまで当時の庶人の詩に歌われている。

当時の高貴な武家や公家、著名な禅僧らが杜詩や東坡詩、三体詩の形式の漢詩の詩会を頻繁に開催し、掲げられた図画に因んだ詩を読み披露し合うのである。そういう高尚な趣味会が、京五山を中心に、盛んに催されていた。この流れは、のちの連歌の流行に引き継がれて行く。

「ですから、その三笑の図画を見たひとは、ただその三者の表情に大笑いして屈託ないが、初めは人ごとでも、なんども眺めているうちに、いつかは自身のこころの狭さに気づくのでしょう」

「そういうことも、あろうな」

「まさに、山水図とは、実態は書詩画三絶の流れで語られることが多いのですが、それは紛れもない事実ではありますが、山水の思想面から見れば、それは、また、三教の影響を強く受けた図画の様式の完成形であると思われますが、たれもが図画世界では三笑の融和を理想だと認めているのに、現実の世界では、それぞれは別々に対立し、争い、競い、主張し合っているように思えます。三教の一致など、言うはたやすいですが、現実は、ほど遠いと言うべきです」

「小舟の住む、この国でもそうなのか。ここでは、僧侶が幅をきかせ、宗教界や学芸界、儒林界、図画界に確たる地位を築いて居るように見えるが、違うのか。おまえは、元来、その僧侶でもあろう」

「この国では、そうなのですが、国の政事は武士階級の大きな派閥によって動いております。朝廷も幕府も権威はあっても、仮衣に過ぎません。禅僧も、いまは重宝がられておりますが、添え物に過ぎますまい。たれも気づいてはおりますまいが、そのときどきの政治の動向に、ただ結局は、右往左往しているだけなのです」

「ほう。明皇帝のような、頂点を持たぬのだな、この国は。しかし、おまえには、信頼する大殿がおるではないか」

「ええ。いま、この国の各地に、守護武将の大内殿のような有力な存在が居り、幕府の将軍家を奉戴して、たがいに領土や勢力を争い合っております」

「ほう。それは、明王朝のずっと以前の、春秋戦国と言われた、西周末期の有力諸侯による覇者の時代にも似ておるな」

「はは。老長は、歴史にも詳しかったですね」

「少しはな」

「それにしても、戦乱を好む世は極まり平穏を望む世が出現し、われらは、はれて、わが雲谷庵に戻ることができましょうかな」

等楊の大半を過ごす魯庵の天開図画楼にも、夕刻を知らせる闇が降りてきて、いつのまにか図画楼内を夜陰で暗く包みつつある。

そんなことを、等楊は老長と、延々と、考え語る日日となった。

画室に通じる廊下を、湯桶と夜具を持った佳衣が近づいてくるのが、等楊にははっきりとわかった。

まるで、ふたりにとって、ときは止まり、忘れられたかのようであった。

等楊がこの豊後の地を去り、山口天花の雲谷庵に戻り、行縢《むかばき》を脱いだのは、応仁文明の乱の収束後の文明十一（一四七九）年、等楊六十歳のときのことである。

乱後の文明九（一四七七）年には、御屋形殿こと大内政弘も京より山口に戻ってきており、等楊の帰着は政弘公よりの迎えの使者にも、途次随従されて温かく迎えられた。

おそらく、等楊に、山口への再帰を促す大内氏の使者が、図画三昧で日日を送っていた豊後の天開図画楼を訪ねて来たのであろう。

しかし、英彦山など筑前筑豊方面での、豊後に移遷する前の作庭や図画のための和紙を求める旅が考えてみれば窮屈であったため、もしかしたら、等楊ら一行は、再度英彦山に帰途立ち寄って、雪舟縁とされる作庭の一部などを行っていたかもしれない。あくまでも推測である。

とにかく、帰山を促す大内氏の使者があり、等楊ら一行は、豊後より山口天花に、帰山することにした。

等楊らの帰山に際して、大内政弘公は、新たな住庵を新改築して等楊ら一行を迎えてくれた。等楊の不在時に雲谷庵は、弟子の周徳が留守居役を買って出て、荒れないように守っていたが、そのうちに京より戻って来た等悦も加わった。この等楊不在の間は、周徳と等悦が等楊の代わりに、大内家に出入りして御用の絵師も務めてきたのである。
また、政弘公の京への帥師《すいし》からの帰山には、京落ちの公家衆の同行もあり、文明十一（一四七九）年に、等楊は帰山後、さっそく政弘公の依頼によって、右大臣を辞した三条公敦《さんじょうきんあつ》の肖像画を描いている。この肖像画の制作年は、三条西実隆の『実隆公記』の記載によってわかっている。
大内氏の御用絵師的な仕事が、等楊のもとには徐々に増えていく。『花鳥図屛風』や『猿・鷹図屛風』『山水図屛風』などの屛風絵や襖絵を等楊に次々に依頼し、制作させている。それとともに、等楊の多忙な長旅を交えた生活が始まる。

等楊は、山口天花に帰郷の最初の年には、大内氏の主館である築山館に登殿して、すぐにできなかった遣明使としての帰着報告と、見聞してきた唐土の事情を図画を交えて、政弘公に披瀝《ひれき》することができた。政弘公も、等楊の旅のスポークスマンとしての能力を高く評価したものと思われる。帰山後の等楊の仕事が、にわかに増えて、慌《あわ》ただしくなったことが、なにより、その証明であろう。

帰着後の等楊の動きは、まさに、慌ただしいものとなった。

まず、雲谷庵に、ゆっくり腰を落ち着けるまもなく、すぐに山陰の石見国に向かった。山口の地からは約五十キロメートルの日本海沿いの国である。

石見国は、大内氏のかつての旧所領である。このときは、山名氏が守護であり、当地の豪族益田氏がこの地を実効的に支配し押さえていた。応仁の乱では、益田氏は大内氏に助力し、細川方の畠山氏を討った。等楊は、その益田氏の宗主である益田兼堯《ますだかねたか》に会うために、居城七尾城に行ったのである。もちろん、大内政弘公の意向に沿った行動であった。

等楊らは、益田邸に丁重に迎えられて、滞在中は、その歓迎の返礼として、等楊自体も当主『益田兼堯像』を描いて贈呈している。兼堯の娘は、大内氏の重臣で代官を務める陶弘護に嫁しており、大内氏との関係は良好である。

この益田氏像は、等楊にしては大変控え目な印象を与える。か細い描線は力強さに欠け、持ち前の等楊らしさが影を潜めているように見える。濃淡の配色とそのトーンも極端に抑えられている。等楊は、益田氏の当主との対話を重ねて、どんな画像が自身の好みであるのかを本人に確認しながら、おそらく写実を心掛けるようにして、当人への配慮を欠くことなく描いた。

あるいは、大和絵風のモデル絵を示されて、このように描いてほしいと、リクエストされたのであるかもしれない。

この肖像には、益田妙喜山東光寺（大喜庵）の僧竺心周鼎《ちくしんしゅうてい》の文明十一年冬の画賛があり、兼堯の人柄を「春の穏やかさ」に喩え、また「一たび剣を揮《ふる》えば忽《たちま》ちのうちに国中を統合す」とある。しかし、等楊らしからぬ個性に欠ける人物座像である。どうしたことか。

益田氏は、等楊にとってというよりは、大内氏にとっての重要人物である。

この時期、乱後の幕府寄りの細川氏の影響力の低下を見越して、大内氏は遣明船貿易の重要性を再認識して、ほぼ独占的な運用と運行を目指していた。そして、明朝側で需要が高く、主要な交易品であり、取引額も儲けも大きい銅の確保が欠かせなかった。山陰の石見国には、大きな銅山が幾つかあり、大内氏にとって、なんとしても友誼的な関係の構築が急務であった。

さらに、石見には、大内氏と遣明船を共同運行する博多の豪商の神屋によれば、次代の重要な交易品と目される銀の有望な鉱脈があり、当時日本になかった銀製錬の技術を明朝側に請い求めている由《よし》であるという。大内氏としては、次手も着実に打っておきたい。

この時期、当主である大内氏が京より帰着し、京の香り高い五山文化にも触れて、等楊の画業の価値の高いことを相当に高く認識していたようである。そして、宗主政弘公より殊《こと》のほか厚くもてなされだしたことに、等楊自身もなるべく応えようとした。

それは、画業だけではなく、造園師としても、大内氏の文化使節としても、ということである。

とくに、政治的な使命を帯びた文化使節の役割は、旅先でのスポークスマンでもあり、室町幕府政界では、著名な京五山の禅僧が担ってきた役割であったが、全国的にも図画師としての名が知れ渡るようになった等楊は、大内氏の文化使節の一端を担わされた。

大乱収束後、大内政弘公は、その功績が評価され、朝廷からは左京大夫に任じられ、幕府からは従来の長門周防の二国に加え豊前と筑前の二国の守護大名を安堵《あんど》された。さらに、石見と安芸の二国を与力した山名氏より譲り受ける形で安堵される。

その石見国の益田兼堯は武芸一辺倒の人ではなく、禅宗や文化への理解も示し、のちに益田の萬福寺や崇観寺（医光寺）へ等楊を招待し、信頼の厚い竹心周鼎に託して雪舟庭の造園を依頼している。

等楊が、山陰の石見に益田氏との友誼以外に作庭を盛んに行っているのは、ここから山陽側にかけての地が、等楊の図画に欠かせない和紙の産地であったことにも、相当に関係がありそうである。

しかし、築庭の費用は寺社への寄進《きしん》によって賄われたと考えられ、その不少多額の費用を負担し得たのは、やはり寺社とその氏子《うじこ》までもを自派に取り込み、政治的な影響力の伸長を望みたいと願う財力のある、地域とのつながりを重視する有力者と考えられる。

そこまで考えると、やはり筑豊周辺での前半の作庭が、この地の領有に先手を打ちたい大内氏の寺社への寄進によってなされ、山陰から山陽へかけての作庭が地元の益田氏と、かの地を安堵された大内氏の寺社への寄進によって賄《まかな》われたのではないかと、想像してみることもできよう。そして、寺社に寄進された金銭を原資として、等楊がその寺社の文化的な事業としての作庭を、請け負ったと考えることができる。


等楊の一派は、図画集団であったとともに、また、造園業集団でもあったといえよう。等楊は枯山水の雪舟庭の造園の構想を下絵に起こし、その設計図をもとに、具体的に、山を築き、池を掘り、立石を配し、土砂を盛り、芝草を植え、刈り揃《そろ》えられた樹木を埋め込む作業を、この造園業集団が等楊の手足となって担った。

もちろん、等楊の図画の弟子らの幾人かが、同時に造園にも携わり、汗を流し、造作の作業にも精を出した。

また、これには築庭の棟梁《とうりょう》や庭師も関わっていたであろうから、大内氏お抱えの庭師集団との協力で、等楊の築園はなされたとみてよいであろう。

後世に、等楊の画業を継いだと思われる図画の弟子は多く、名も多く知られているが、雪舟庭の造園に関わった弟子の名はまったく知られていない。しかし、この無名の築庭師が、後世の日本庭園の枯山水の雪舟庭様式の築園の技術を広め、普及させていったとも考えてよいであろう。

等楊は、翌翌年の文明十三（一四八一）年には、美濃国の霊薬山正法寺に行き、万里集九《ばんりしゅうく》に会い『金山寺図』を描いて、集九に贈っている。

また、翌文明十四（一四八二）年には信濃を経由して、出羽国奥山の立石寺《りっしゃくじ》に立ち寄ったとされ、写生画『山寺（立石寺）図』を残している。

文明十五（一四八三）年に京都を経て、翌文明十六（一四八四）年には、山口天花に帰っている。

この美濃と関東方面への等楊の長旅行も、当然のこと大内氏当主政弘公の意向に沿ったものであった。

等楊が、再び行縢《むかばき》を履き、美濃へ旅したのは、齢六十二歳のときである。

当時の美濃国の政治的な情勢は複雑である。まず、西軍でともに大内氏と戦った土岐氏が将軍足利義政の弟義視《よしみ》を伴って京より美濃に戻っていた。西軍に担がれた足利義視は、将軍義政の実子義尚《よしひさ》と将軍職の継承と足利氏の跡目《あとめ》を争って、応仁文明の乱のきっかけを作った人物である。

また、その美濃では、守護代を務めた斉藤明椿《さいとうみょうちん》が文明十二（一四八〇）年に亡くなり、養子の利国と弟の利藤・帯刀との間で家督を巡り争いが起きる。利国には土岐成頼、足利義視、京極政経が付き、弟の利藤・帯刀には足利義政、六角高頼が付いて両連合の争いである「文明美濃の乱」が起こり、戦いは大内氏に近い前者の勝利に終わった。

等楊が美濃に旅した表向きの目的は、その勝利した守護代斉藤利国（妙純）の実弟で禅僧の春《しゅん》嶽寿崇《がくじゅそう》が伊自良《いじら》という地に楊岐庵《ようきあん》を開き、その開基祝いに呼ばれて、大内公の名代として参加することにあった。

等楊らは、文明十二（一四八〇）年の秋から冬にかけて山口天花の雲谷庵を出発した。佳衣と弟子の秋月、等澤、等春らを伴う旅であった。等楊は、大内政弘公の土岐氏、守護代の斉藤氏の両氏に宛てた書状を託されていた。

等楊らは、山口天花より三田尻中ノ関から通い舟で、内海の要港である上ノ関（竈戸関《かまどせき》とも呼ばれる）に着いた。この港から瀬戸内海を大内船で渡り、途中播磨神戸に寄港して、摂津和泉を経て、太平洋航路から紀伊志摩を経由して、木曽川の河口辺りの尾張の港に着いて、そこからは水陸の両路も交えて美濃を目指した。

等楊は、美濃に入って、まず木曽川沿いの鵜沼《うぬま》という地の禅源寺に住む旧知の万里集九を訪ねた。当時、集九は、美濃守護代の斉藤明椿と親しい間柄にあったので、これ以前に京より美濃に移り住んだようである。

等楊は、おそらく、大内氏の招きで山口を訪れた連歌師として名高い飯尾宗祇《そうぎ》に会い、集九の美濃に在ることを直《じか》に聞いた。

宗祇は四年前には美濃の土岐氏の世話になっており、その数年前にも斉藤明椿に招かれており、たびたび集九とも会っていた。

その宗祇は、若い頃より京の相国寺に入り、その後は和歌を学び流行の連歌師として京の公家や各地の有力大名と交流し、清厳正徹師を心敬し、生涯は漂泊《ひょうはく》のひとであった。

その宗祇が、弟子の宗観（宗長）と宗作、宗雅を伴って、山口を訪れたのは、文明十二（一四八〇）年五月である。

その際に、等楊と会ったという記録は残されてはいないが、旧知の集九が美濃に居ることを伝え知るためには、等楊が山口に招かれた宗祇と見《まみ》えて、直接にその所在情報を知る以外には、恐らく客観的に知り得ない情報であろう、と思われる。当時は、頻繁な情報交換のための手段を、著《いちじる》しく欠く時代である。

また、等楊も、宗祇も、集九も、ともに京の相国寺や東福寺に一時籍を置いた、いわば同窓や同門といってもよい間柄に当たる。その縁《えにし》は、旧知の仲では、仮になかったとしても、僧門宗閥という深い紐帯《ちゅうたい》によって結ばれている、と見ることができよう。

また、万里集九という人は、近江の生まれで、幼くして京の東福寺に入寺し、その後相国寺に移り、等楊と似たような境遇であったが、漢詩に親しみ、その名を知られた。五山文化の代表的な有名人である。もちろん、等楊の旧知の親しい禅僧であった。が、しかし、等楊が美濃で会った集九は、すでに僧職を捨て還俗《げんぞく》していた。

還俗後は、漆桶万里《しっとうばんり》と称した。美濃守護代斉藤明椿氏の援助を受けて「梅花無尽蔵」と号する庵《いおり》を結び、詩作を行う傍ら、三体詩や東坡詩を講じていた。

東福寺、相国寺と、相前後して、偶然ではあったろうが、行動をともにした等楊と集九ではあるが、なんとはなく、たがいに馬が合って、場を同じくするたびに、よく会話して意気投合した。等楊は図画について自身を語り、集九は詩歌について熱く思いを語り合った。等楊が知客を務めたように、集九は、その後、禅寺の経蔵を管理する蔵主《ぞうす》（蔵司とも言う）を務めた。

このように、鎌倉時代から室町時代にかけての著名な文化人は、もとはみな禅僧出身者であることがわかろう。

等楊は、美濃に入ると、先行して使いを、集九にさし向けた。集九はすぐに、手前の土岐氏の居城革手城《かわてじょう》の近くの霊薬山正法寺まで出向くと言ってきた。

久方ぶりの再会に、等楊と集九は語り、自身と時を忘れるほどであった。

すっかり意気投合し、旧言を暖め合った二人は、等楊は『金山寺図』を描き進呈し、集九はそれに詩文を寄せた。さらに、また、中国唐代の禅僧で、著名な詩人で仏教徒でもあった白居易（楽天）と交流があったことで知られる鳥窠道林《ちょうかどうりん》を描いた頂相（肖像）に、賛を寄せた。

道林師は、唐代に興った禅宗の一派である牛頭宗《ごずしゅう》の宗徒であった。鳥窠とは、鳥の巣のことで、道林が杭州の秦望山に隠れ住み、毎日長松の上で座禅を組んだとされることから、その姿が巣で卵を抱く鳥に見えたことから、こう通称された。

若い白居易が杭州の地に長官として赴任してきて、道林師の噂を聞き、山中深くに分け入り訪れた。そして、早々面詰《めんきつ》するように、白居易が、まず仏法の要諦《ようてい》を質《ただ》すと、道林師は「諸悪莫作衆善奉行（諸悪を行わず、善を広く行え）」と、座禅を行いつつ答えたという。

白居易が「そんなことは、わかりきったことで、三歳の幼児でも容易に知るところでありましょう」と詰問《と》うと、道林師は「三歳の童子でも知るところではあるが、八十歳の老人でもそれを行うことは難しかろう」と応じた。

「諸悪莫作《しょあくまくさ》」とは『七仏通誡偈《しちぶつつうかいげ》』の有名な一節である。白居易は、自身の至らなさを咄嗟《とっさ》に悟り、恥じて、目前の師に拝礼して立ち去り、以後竹閣（広化寺）を建てて道林師を招き、朝夕に訪れては、参禅したという逸話である。

等楊は、渡明時に、画院で見た道林師の頂相に興味を持ち、その由来を尋ねて感心した。そして、そのときの模写を書き換えて、美濃に持参していたのかもしれない。

集九は、たまたま、目にした等楊の創作態度について、とくに印象的であったのか、記録に詳《くわ》しく記している。

「杯に半ばほどの酒を飲み干《ほ》し、尺八《しゃくはち》（短笛）を吹《ふ》奏くか、和歌を唱えるか、漢詩を高らかに吟じる。やがて、興《きょう》が乗ってきたところで硯に墨をすり、やさしく静かに毛筆に持ち替えて、画紙に臨む。その姿は、龍が水を得たるが如きであった」

集九とは、その後も交流があり、長享二（一四八八）年には雪舟筆『黄山谷像』に画賛を寄せており、延徳二（一四九〇）年には雪舟筆の屏風図に長文の跋文《ばつぶん》を記している。また、明応九（一五〇〇）年にも雪舟筆の絵に題詩を寄せている。

そして、美濃では、最後に、旅の目的地でもあった楊岐庵をモデルとした『山寺図』を描いて新庵主に贈呈している。現在は、真筆は失われ、その面影と雰囲気を伝える狩野常信の模写とされる絵が残されている。

その後、美濃をあとにした等楊ら一行は、迷わず、その足で信濃の法全寺に隠《こも》る天与清啓師を訪《たず》ねた。

そして、清啓師より、携えてきた『湖亭春望図』に漢詩の題詩を賜った。漢詩の内容は、唐土の春の日の穏やかな湖水や望む山河の景観を楽しむ境地が盛り込まれている。

清啓師は、驚きの笑顔で等楊らを迎えてくれたが、語らいと寛《くつろ》ぎののちには、互いに近況を告げ、日日の楽しみを分かち合う打ち解けた時間を過ごすことができた。

久方ぶりの再会に旧交を懐かしみ、かつての山口の大寧禅寺での、等楊と先年物故された上杉憲実こと長棟師との愉快で楽しいひとときが彷彿《ほうふつ》とされた。等楊は、美濃の役割を終え、この旅は、この清啓師とのひとときで満ち足りた気分になった。

信州から関東へは、東海道を歩き、その途次『富士三保清見寺図』が描かれている。

いまに残るものは、その絵の忠実な模写のみではあるが、図画左上部に、雲の棚から顔を出した雪を被った富士は三つのコブで表現され、手前前景にあたる湖水を思わせる中州のような三保松原と、背後に一際高い重塔を備えた清見寺《せいけんじ》が山深の懸崖に隠れるように描かれている。山水画としての出来は別にして、巧みな構成で、それぞれ三つの名勝ハイライトの風景の配置と余白の取り方が上手くマッチしている。

この図画は、写実風の実写に重きを置いたというよりは、象徴的な景勝を三つ重ねたものとの印象を受ける。モンタージュの手法を用いて重ねたような心象風景の創作的な山水画であろう。

この絵はもともとは、等楊が三様別々に描いたスケッチ画を、ある意図を持って一つの図画に構成し直した絵画のようである。まるで観光案内図としてみれば、出来のよいもののようである。のちに、この絵は海を渡って、明朝の都北京にしばらく置かれていた。

その後、相州相模では了義寺に寄った。のちに等楊に弟子入りする如水宗淵の縁《ゆかり》の鎌倉円覚寺にも立ち寄ったかもしれない。または、宗淵は等楊の来行を知って、帰路停宿する鎌倉の建長寺までも訪ねてきて、弟子入りを直接請うたのであろう。

文明十四（一四八二）年には、出羽国の立石寺《りっしゃくじ》に立ち寄り写生画『山寺（立石寺）図』を残したことになっているが、実際行ったかどうかは定かではない。

当時の陸奥路は細く、荒れて、難路であり、整備がされてないので、出羽までの旅路は健脚の人でも容易ではなかった。等楊自身も活脚ではあるとはいっても老齢である。ましてや、陸奥方面には、まったく不案内な等楊一行でもある。

おそらく、等楊らは、鎌倉辺りまでは行って、大乱後の関東までの各地の様子をつぶさに見て、京に引き返すことにした。

『山寺（立石寺）図』は、等楊らが旅の途次、立ち寄ったどこかの寺を描いたのであろう。スケッチ風に、さらりと描かれている。丸いコブのようないくつかの里山は、お椀《わん》に盛った飯をひっくり返したような形で、山寺はその山間の根元に置かれている。

旅の途次、宿坊としてお世話になったお礼で描いたか、旅の終点で記念に描いたか、であったろう、と思われる。

等楊は立ち寄った東海路の各地で、山寺や禅寺に宿泊して、お世話になった御礼と写生欲求に駆られて「山寺図」をスケッチとして描き、その寺の住持らに記念に進呈した。所望されなくとも、されても、気好く応じる等楊の性格からすれば、途次に描かれ、進呈された図画は幾つもあったはずであろう。ただ、後世に伝わっていないだけである。立石寺の名称を持つ寺院は、等楊の巡った各地にいくつかあり、それが出羽国の立石寺と間違って伝わったとも考えられよう。


等楊一行は、文明十五（一四八三）年に、大乱の大きな舞台になって荒れ果てた京都を経て、途中遠回りして、等楊の希望であった丹後の天ノ橋立に立ち寄り、日本海側の船路を経て、翌文明十六（一四八四）年には、山口天花に帰っている。

等楊は、老年の六十五歳に達していた。


この美濃方面への旅で、等楊は日本各地の中国地方から関東までの地方の風景を暇があれば繁《しげ》く写生して歩いたが、山水画の画想をかき立て、画題に適した風景を見出すことができないでいた。

とても、山寺の光景などは、余興としては描いて楽しいが、唐土の江南や華北の名山の風景には及ばない。名峰富士山ですら、景勝としての感嘆は覚えるが、山水画の画題としては、等楊には物足りない、と感じられた。

しかも、応仁文明の戦乱で、焦土と化し、荒れ果てた京の町は、等楊には目を覆わせるほどで、縁のある相国寺は焼き払われて見る影もない悲惨《ひさん》な状況であった。

相国寺は室町幕府の御所の東側に隣接してあったので、戦乱のただ中に置かれたような位置にあった。京の都の懐かしさや、筆を執る画趣どころではなかったであろう。等楊は、相国寺周辺に立ち寄ることも諦め、東山の山裾《やますそ》にあった東福寺を訪れるのみに留めた。とても、旧知の禅師などの消息を聞いて歩くわけにもいかなかった。

ただ、時間を惜しんで、等楊は弟子らとともに、東福寺の芬陀院《ふんだいん》という塔頭《たっちゅう》の南庭と東庭に枯山水の雪舟庭園を設《しつら》えるのに汗を流した。この塔頭を営む院主は、等楊の旧知の住持を務めた人でもあり、気安い関係から、京の荒廃からの再起・再興を期しての造園ともなった。

そして、唯一、等楊の気を引いたのは、丹後まで足を伸ばして見た天ノ橋立の光景であった。かつての雅《みやび》な京の、跡形もない荒廃を見て、大きな衝撃を受けた後だけに、余計に等楊の目に映った橋立の自然の織りなす景観は、等楊の疲れ果てたこころを癒《い》やし、好印象が頭に焼き残った。

等楊は、この長旅の途次、各地で、多くのスケッチ風の写生図を描いたと、さきに言った。そして、それらの写生図は、大内氏の当主に、逐一説明や各地の情報の補足とともに閲覧に供され、土岐氏や斉藤氏の返書とともに、生《なま》の大乱後の各地の情勢情報として伝えられたはずである。殊《こと》に、等楊の辿《たど》った京から若狭丹後に抜ける日本海ルートを実際に踏破してみての実体験は、大内氏の使節としての等楊の役割としては、大内氏にとっての、まことに重要な意味を持った。

山口天花に戻ってからの作庭は、等楊の新たな挑戦でもある。京の都の廃墟と景勝橋立の風景を見てきたばかりである。この二つの対照的な光景は、天地の極まった姿であろう。荒廃は、新たな創造の始まりでもある。「天開」の再生のイメージを、等楊はこころに着々と育てていた。

筑前・筑豊時代での幾多の造園は、等楊の作庭の仕事の前史である、とも言える。本格的な「雪舟庭」と呼ばれる枯山水式造園は、ここ山口天花の雲谷庵の前庭造りから始まった。まず、山水の世界観を表すために、池が中央奥に設《しつら》えられる。池の造形は、ふたパターンある。実際の池と枯池。枯れ池はなく、敷地自体が大海原を表現するような配庭もある。等楊の作庭の前半は実際に小池が中央奥に配されるパターンであった。多種の樹木や大岩も多用されている。筑前・筑豊での等楊の造園が、これにあたる。

ところが、等楊の作庭の後半には、つまりこのごろの等楊の「雪舟庭」では、枯れ池と起伏のある高原に似た大海原が中心である。盛り上がったり沈んだ海原の形状が巧みにとらえられ再現されている。表現には抽象がほどよくなされ、巧みな非現実的で無国籍ともいえる世界観が庭園として凝縮されている。

等楊の図画における減筆と省略が、抽象的な造形の庭園となって出現した形である。

ここでの焦点は、苔むした立石の配置と、最低限に略され刈り込まれたツツジや樹木の在処《ありか》、築山《つきやま》と海原の段差、つまり打ち寄せる大波の波形に見る段差が、庭園の変化と波の隆起する起伏を、みごとに抽象再現し、形作っている。その全体を緑なす芝が覆《おお》う。

この庭園を、別の角度から見れば、なだらかな起伏のある丘陵に石筍のような成長の高低を競うような立石が配されているようにも見えるし、特徴のある縦長の立石は内海の波濤《なみ》のなだらかで穏やかな海原に浮かぶ大小幾多もの小島のようにも見える。

そして、天花の背後の山奥の深い森と、前景に見える香積寺の重塔や寺社殿、眼下に大きく開けた一の坂川などの自然の風景を、上手く立体的に借景として組み入れている。

こうした「雪舟庭」を、等楊は次々に、禅寺内や付属の施設に、造園造築していく。

特筆すべきは、山口の大内政弘公の別荘で、そののち母堂の菩提寺となった妙喜寺《みょうきじ》（のちの常栄寺）の「雪舟庭」は、政弘公の依頼に応じて作庭された三町歩（三千平米）以上にも及ぶ、緑極まる自然に溶け込んだような静かで壮美な庭園である。中央奥には心字池、前方の枯山水様、後方の緑葉高木の林に周囲を囲まれた、自然を借景に組み込んだ静寂を実感させる異次元の空間構成になっている。

この空間のなかに、なだらかな丘陵と波濤の段差を思わせる隆起と褶曲があり、カルスト地形における石筍の背くらべのような、あるいは内海の穏やかな大小幾多の小島の象徴のような立石が置かれて、見事な抽象的山水世界を造形している。

こうした「雪舟庭」の特徴は、どの位置からの俯瞰にも耐えうるように配置設計が成されている点にある。三遠法の発想も組み込まれて、遠近も的確に表現されている。

この等楊の後半の造園は、山口天花の雲谷庵の自庭より始まり、この大内氏別邸であった妙喜寺はじめ、山陰側の石見の崇観寺と萬福寺の二庭、津和野の昌谷庵、益田の聖清寺、浜田の尊称寺に、山陽側の臨済宗の三原の仏通寺、世羅の康徳寺、甲山の円満寺、庄原の円通寺、さらに三河方面への旅の終盤で立ち寄った京都東山の東福寺の芬陀院などの、大小の幾多もの庭園へと続く。

そして、等楊の造園指向の進化は、かりに「雪舟庭」と呼ばれる作庭のための技術者集団を生むことになった。若い図画の弟子のなかから、造園作りに向いた数名に、親しい老練の造園の技術者が加わり、等楊の庭園イメージを図画におとし込んだ設計図を基に、山口の大内氏関連の寺社や、山陰や山陽の各地の寺社仏閣での前庭づくりに、等楊自身の代わりに、等楊の弟子が参加した。

山景のなかに映える等楊の名付けた画廊の「天開図画楼」では、連日、等楊が画題を持ち出して、弟子らや佳衣に描画とその指導が懇倒切至《こんどうせっし》におこなわれた。

等楊は、なにかに憑《つ》かれたように、午前中は唐土歴訪の折の模写絵やスケッチやスクリブルなどを整理しつつ、なんども和紙に図画やその部分を描き起こし直し、しばし白画和紙の紙面に向かい、頭を傾けたりして思い出しては、手と墨筆を動かし続け、大小の絵筆を振るい分け、あらたな素描を重ねた。渡明帰国以来、長年構想を練ってきた山水画の大作のための準備でもある。とくに、寧波府城内外の風景はなんども現地でのスケッチを頼りに思い出しながら描き直してみた。

そして、みなとの簡単な昼餉《ひるげ》ののちには、弟子らを相手に画題を告げて、途中気ままな小散歩と逍遙《しょうよう》ののち、再び図画楼に隠《こも》った。

天開図画楼の、窓側を除いた壁面の三面には、完成間際や完成間もない図画の大小の画幅が所狭しと掲げられており、等楊は飽くことなく、それらの図画を眺めては筆で手を入れたり、幅装を整えたりした。画架に掲げられた図画や描きかけの大小の図画は、小部屋内に、さらに数幅もある。等楊は、毎日を自作の図画に埋もれつつ、創作三昧の日々を過ごしていた。

ある日の等楊は、如拙の描いた禅をわかりやすく牧牛に喩えて絵図で説いた「牧牛図」を示して、秋月や等澤らや佳衣に禅道の奥義とともに図画を教えた。

等楊は、相国寺での修行時代に如拙より直接に譲られた、この漢詩文とともに十の牛を描いた如拙の図版を、いつも手元に置いて大切にしていた。

図版に描かれた牛は、人のこころのなかに潜在する仏心仏性の象徴でもある、とされている。本来に、ひととして持ち合わせておくべき「牛」を見失った人間が、それを探し、やがて、牛を見つけて、その牛を飼い慣らしていく。修行によって漸次《ぜんじ》に悟りに至る道の象徴が牛図として描かれる。

等楊の同郷の禅僧で歌人としても知られる清巌正徹《せいがんしょうてつ》は、十枚の牛態の絵に、自作の和歌を記して、悟りへ至る道について解説している。和製の「十牛図」である。等楊は、この斬新な図版を正哲師より直接見せてもらったこともある。

「牧牛図」は「十牛図」と一般的に言われて、図画により禅の悟りにいたる道程を、場面ごとに牛を題材にした十枚の絵画にして表したものである。「十牛禅図」ともいい、中国宋朝代の臨済宗楊岐派の禅僧である廓庵《かくあん》禅師の手になるものが、その起こりとして有名で、日本でも如拙をはじめ、多くの禅画師が画題に取り上げている。

臨済宗の京都東福寺にあって書記を務めた清巌正徹はそれに習って、自作の和歌を配して和製の『十牛図』にまとめた。

正確には「牧牛図」は「十牛図」の第五図のことで、尋牛、見跡、見牛、得牛ときて牧牛となる。牛を探し出そうと固い志を立てたものの、牛がどこに居るのかわからず途方に暮れる。やっとの思いで、牛の痕跡である足跡を見つける。そして、ようやく牛の姿を垣間見るところにさしかかった。力ずくで牛を獲ようと努めるが、気ままに生きてきて、野生に戻った動物を手なずけることは容易ではない。まだまだ、馴れ気心を伝えるところまではいっていない。

そして、静かに毛筆を持った等楊は、李唐の『牧牛図』を模しながら、両図を見比べて眺めている弟子らの表情を覗《うかが》った。

等楊によって和紙に描かれた牧牛は、ふくよかで、それでいて野趣に富んでいる。

「周徳よ。李唐のこの図画の印象をどう見る」

「は。少し、不自然に感じます。牧牛や童子の姿が誇張され過ぎてはいませぬか」

「うむ。そうではあろうが、誇張もほどよくなされておれば、図画に対する見方を膨《ふく》らませることができよう。図画には、本来、作者の意図が介在《かいざい》しておる」

「たんなる風景の引き写しや写実とは違うということですね」

「当然であろう。牧牛のなんたるかを、李唐なりに解釈した結果なのだ」

次に、等楊は等悦の方に向き直って問うた。

「どうであろう。もし等悦が牧牛を描くとすれば、どう工夫を付けるかな」

「まず、よく実物の牛を観察してみましょう。牧牛ということを念頭に置き、その現実の牛の特徴的な動作のなかに、画趣を見出すべきかと考えますが」

「はは。等悦らしいのう。いまから牛を見に行くのかな」

「はあ」と言って、等悦は頭を掻《か》いた。


さらに、等楊は他の者にも質問を投げかけた。

まず、年長の秋月に問うた。

「そもそも『牧牛』とは、なんのことであったかな」

「はい、師匠。牛は悟りのことで、悟りに至るための厳しい修行のことでがんしょうな」

等楊は、こっくりと小さく頷《うなず》いて、秋月の真横にいる等澤の方を見た。

「よう、等澤よ。おまえも申してみよ」

「はい、気性の荒い野牛を、ひとが牧牛として手なずけるということですね。なかなかに骨の折れる段階でありましょう。御禅の修行のいちばんの佳境とも申せましょう」

少し顔を上げて、大柄な等澤の後ろから覗《のぞ》き見ている佳衣を、等楊は見た。

「佳衣よ。意見があろう」

「はい、先師。質勝文則野、文勝質則史、文質彬彬、然後君子、と古人は申しました。敢《あ》えて、野を退けて、文を進めるのみでは、ことは上手くもゆかないと存じます。ここでは、野生と開明の調和、賢明さと素朴さの融和が、大切だと申せましょう」

「うむ。深いが、そのとおりだ」


等楊は、李唐の「牧牛図」の模写を、さらに進めていった。

等楊の、さらなる説明が加わり、墨筆も柔らかに滑っていく。

沈黙と緊張が、いっ時《とき》、この場を支配した。

李唐は、河陽三城の人で、字を晞古《きこ》というが、南宋朝の徽宗の宣和《せんな》画院（翰林図画院）に入門を許され、八十歳の高齢で次帝の高宗のときの画院の待詔《たいしょう》を賜り、南宋院体画の巨匠と見なされる。

待詔とは、その画才を皇帝から認められて、図画上の皇帝の顧問官として諮問に応える無二の名誉ある役割のことである。いわば、図画師としての、最上の称号である。

待詔を賜った図画師は、皇帝のための絵師であるため、それ以降は、自分勝手に、好きなようには、図画を描くことはできなくなる。皇帝に請われたときにのみ描くことが許される存在となる。

李唐は、南宋朝代では、劉松年、馬遠、夏珪とともに図画における南宋四大家の一人と称される。馬遠、夏珪は、その李唐を手本とし、作風から多くを学んだとされる。

「李唐の図画は、独特の山や木々、岩肌、霞雲などの艶と質感に溢れた画法で満たされている。筆法は緻密ではあるが、図画の山間の谷間に描き出された清冽な滝の描写などは、力強い。創意と工夫に満ちた図画師だと言えよう」

「学ぶことの多い画師ですね。老長も、そう思われますでしょうね」

「ああ、そのとおりだ。のちの多くの図画師の尊崇の対象であった。だが、小舟よ。おまえは、どちらかと言えば、牧牛図に引かれているようだな」

「はあ。まあ、図画への興味とは、図画自体の画色画趣の良さとは別に、図画の意味を悟り惹かれるということがあるように思いますね。容易には隠せず、老長は、なんでもお見通しのようですな」

「李唐に限らないが、図画の構想には、大なり小なり誇張が見られるが、李唐の場合には山肌や樹木などの質感に独特の誇張というか、表現の膨らみが見て取れよう」

「ええ。他の図画師に見られないところですね。まあ、そこが、李唐を、李唐たらしめている、のですね」

「ふふ、そういうことだな。李唐をすべて理解するということは難儀なことだ。小舟よ、わかるか」

この李唐は、山水画や人物画のほかに、牛図を得意としていた。やはり、独特の量質感のある描写された肥牛と、水場に入り、その牛を手なずけるふくよかな容姿の童子が特徴である。

等楊は、この李唐の有名な『牧牛図』を、佳衣や弟子らの前で、模写して図画を完成して見せた。

その場で、見守った弟子らと佳衣は、みな歓声を上げた。


「老長よ。長年、わたしは、図画によって、言葉で伝えるという直接短絡な行為とはまったく違う、それを見るものに、見えるもの以上のなにかを表現でき、観るひとに直接ではなくとも、なにかを伝えることができるものだと、思ってきたのです。その、なにか、とは、たとえば、こういう誇張の表現によっても可能なのではないかと思うのです。正直に言えば、わたしは、李唐を模写して、それに気づいたのです。ほかにも、たくさんの工夫と技巧はあるとは思いますがね」

「うむ。小舟よ。忠実な写実というものは、つまらぬとは言わないが、それだけでは、たしかに、なにも表現してはおるまい。しかし、こちらの写実とあちらの写実を、それぞれ一部を切り取り、無理にひとつにくっつけることでも、それは、まったく違った表現になる。これは、図画制作者の意図がそこに介在するからである。同様に、まったく一つの写実であっても、その部分部分に、制作者の意図的な誇張や膨らみが加味されれば、また、逆に、写実的部分から贅肉《ぜいにく》のように不必要と思われる部分が削ぎ落とされるならば、それはそれで、写実を超えて、観るものに特別な意図を伝えることはできよう。そんなことが、小舟は言いたいのであろうか」

「おそらく、そういう制作者の意図的な仕掛けということであるかと」

「うむ。そもそも、図画には、観るひとを引きつけ、その世界に引き入れる力がある。それは、優れた図画であればあるほど、誘引する力が強いとも言える。それは、構図であったり、描かれている造形や器物であったり、景色や背景、配色を施された色彩、描かれた色の濃淡であったりと、さまざまに工夫が可能だ。観るひとは、そうやって迷い込んだ図画の世界に、自らの想像を逞《たくま》しくさせて、遊ぶことができるか。図画師とともに、その世界を渉猟《しょうりょう》したり、飛翔《ひしょう》を試みたり、手を取り合って、その世界をこころゆくまで遊び尽くせるか。そんな境地のことを言いたいのであろう」

「ええ。おそらく」

「このあと『十牛図』は、騎牛帰家、忘牛存人、人牛倶忘、返本還源、入鄽《てん》垂手、へと続く。図版を見ずに、おのおので、絵筆を執って、思い思いに描いてみよ。佳衣もだ。それが、今日からの課題である」

「はい」と、秋月、等澤、周徳、等悦、等春、等琳、永怡、等薩らと佳衣は、ほぼ同時に応えた。

このごろの等楊は、雲谷庵での自らの画業に専念できている。

友人である東福寺大慈院に僧席を置いていた了庵桂悟《りょうあんけいご》（了菴桂悟）が幕府の使いで大内氏の居城を訪れて、のちに山口天花の雲谷庵に足を伸ばして、等楊の画廊の由来を文明十八（一四八六）年六月に『天開図画楼記』として残している。

これによれば、山の高台の狭隘《きょうあい》な場所に等楊は雲谷魯庵を結び、自らの画室を「天開図画楼」と名付けていた。

等楊らが豊後より山口天花に呼び戻された際に、大内氏は帰山した等楊のために新たな住庵を用意してくれたが、美濃東海方面より帰着後は、さらに御用の仕事と弟子や来客が増えて、手狭《てぜま》となった庵の増改築を許してくれた。

まず、住庵である雲谷庵の前庭が広く改築された。それに合わせて、等楊は庭園を新たに広く築き直した。さらに、居住する弟子が増えたために山側を切り開き部屋を増やし、その分、前方の画廊も広く造築されて「天開画楼」も、すっかり居心地が良くなった。

宗主である大内政弘公も、この頃は、しばしば等楊の雲谷庵を訪ねるようになっていたらしい。

等楊も、長旅から解放されて、ようやく、自身の魯庵に落ち着くことができた。等楊の身もこころも、すでに老境に達しつつある。

了庵桂悟は、当時の等楊の山口天花への帰着を回顧して「西周太守は漂泊《ひょうはく》をあわれみ、雲谷幽廬にて老狂を安んず」と『天開図画楼記』に記している。

また、桂悟は、そのなかで「賢太守、時時、此に周旋し、此に逍遙す。野客、官僚、好事の儔《ともがら》、踵《くびす》を接して至る。老人、竹椅蒲団を侶《とも》となし、掃地装香を課となし、花を採り、水を汲む」とも記している。

西周太守、または賢太守とは、その大内政弘公のことであるが、みずから等楊の雲谷庵をしばしば訪れて、前庭の庭園内の景観を愛《め》でて楽しんだ、とある。

もちろん、政弘公は、等楊の美濃東海方面への長旅の労をねぎらい、等楊の描いた図画の数々をこころゆくまで鑑賞し、等楊からの図画の丁寧な解説を聞き、ともに図画の印象や感想について、忌憚《きたん》なく、ときを忘れるほどに熱く語らったことであろう。

さらに、この頃は、風雅の文武の士や禅僧文人墨客や趣味人がひきもきらず、等楊のもとを訪問してくる。また、周防国山口天花に隠る等楊の旺盛な図画制作に対して、詩歌に秀で書画に通じた当時の京内外で著名な禅僧らに、等楊は画賛や題詩を求めている。

「小舟よ、おまえの図画に画賛を寄せる者らは、当代の見識高き高僧や有識者であると聞くが、この国ではみな僧籍を持っておるようじゃな。純然たる文人や図画の達人、趣味人は少ないのかな」

「はは。老長よ。そう思われますのも、致し方ありますまい。当国には挙人《きょじん》のような制度はございませぬ。僧籍の者が、それに代わって挙人文人の役割を担っております」

「ほう。して、朝政の官衙《かんが》の要職には、どのような者が就くのか」

「皇位を補弼《ほひつ》する公家には摂家《せっけ》があり、幕府を取り仕切る武家や守護大名家には管領《かんれい》や家老などと呼ばれる有望な重臣である武者一族がおります。それらの者がこの国を分割統治しながら、天皇家や幕府の将軍家をもり立てて、かろうじて統治が成り立っております」

「案外複雑な統治制度であるな。混乱が生じ易いであろうな。おちおち、文人風情を吹かすことなど、忙しくて真剣には出来ぬのではないか。思えば、大きな広い邸宅にはさまざまな人の居場所があり、開放されているために、たれもがそれぞれ好きなことを司《つかさど》るが、たがいにそれを気にする人はさほどいまい。しかし、そこを小さい部屋に仕切って、その占有者同士が居場所の大小や取った取られたを競い合いつつ、邸宅全体とその主《あるじ》の安泰を保つのは容易なことではあるまい」

「まあ、そうですね。そこに、庶人から貴族、武者、政祭、禅宗に携わる者までが安寧をえながら文化に関わる余地は多くはありますまい。わたしは、まことに運がようございました。幼時より僧籍をうることが出来ましたゆえ」

「この国では、文化に触れうるのは、高貴な者以外では、僧職者のみに許されたことであるのか」

「はい。かいつまんで申せば、京や鎌倉といったこの国の東西の五山と呼ばれる禅寺にのみ、学識を博し、詩歌を究め、図画を楽しむことの出来る場所が存在しているのです。しかし、その僧籍にある者とて、有力家の子弟でなければ階位に関係なく挙《あ》げようという者はありません」

「ほう。そうなのか」

「わが画譜に賛を認めて頂いた彦龍周興《げんりゅうしゅうこう》どのなどは、わたくしと同じ庶家の出を指摘されて、豊かな才能をお持ちであったにもかかわらず、長らく下位の僧位に甘んじてこられたのです。それが、たまたま師僧の横川景三師に見出されて、その才能を開花されたのでございます。また、逆に、希世霊彦《きせいれいげん》師のように、高貴の家の出自にもかかわらず、自身は、その溢《あふ》れんばかりの才能を持ってして栄達を望まれることなく、あえて侍者の地位に止まられたのです。こうした高潔の師も、この国にはおいでです。そのことが、わたくしの画業の励みにも成っています。このお二方は、わたしの画業を厳しくも、暖かく見守って後援して頂いて参りました」

「そうか。わが母国にもかつては、そうした高潔の士が幾人もおったはずである」

「わたくしは地方の貧家の出身者ゆえ、京の五山にたまたま昇ることが出来たとしても、知客という低い僧位しか与えられませんでした。しかし、それで宜《よろ》しかったのです。ゆえに、重んじられることもなく、政争からは無縁で、煩《わずら》わしさに巻き込まれることもなく、口上に昇る佞言《ねいげん》に惑わされることもなく、気儘《きまま》に図画の道を、それこそ脇目も振らずに、まっしぐらに目指すことが出来ました」

「この国では、まだ、図画に対する文化的な価値は低く見られたままであるのか」

「いえ。それは、意図的にそういうことではございませんでしょうが、書詩歌に学識が偏《かたよ》って重視されておるのです。詩歌や書に秀でた者のみが高い文化の創始者である、と思われておるのです。図画に関しては、まだまだ認知は低い、と言わざるをえません」

「それは、あまりにうがった見方と言えまいかな。確かに、北宋朝代以前には、そういう風潮があったことは知っている。しかし、米友仁や黄山谷の尽力以来、書詩画は三絶と並べ称されて、墨戯などと蔑《さげす》み、挙人や僧侶の余技、余興などと貶《けな》す者はいなくなった」

「ええ、そうなのです。わたしも、老長の唐土に足を踏み入れて初めて気づいた次第であるのですが、そのうがった見方によって、これまで前途有望な者があまり育たなかったとも言えましょう。地方の庶出のわたくしのような図画を本気で究めたいとする者が、専心して、その隙間《すきま》を満たすことが出来るのである、とも言えましょうな」

「ふん。そうさな」

　この時期、等楊は『天開図画楼記』の了庵桂悟や、前出の万里集九や天隠龍沢、雪舟二字説の竜崗真圭をはじめ、等楊との親しい交歓の記録も跡記されている『蔗軒日録《しゃけんにちろく》』の季弘大淑《きこうだいしゅく》や、ほか勝剛長柔、彦龍周興、横川景三、景徐周麟、希世霊彦、汝南恵徹、祖渓徳濬などとの交流を盛んに行っている。

普段の行き来や書簡での遣り取りのほかに、等楊の数多い弟子を通じた遣り取りもあったものと思われる。画を覧して賛を賜る、題詩を賜って作画で応える、というような遣り取りが盛んであったことがうかがえる。

季弘大淑とは、同郷備前出身であり、京の東福寺で知遇を得た。のち、大淑は東福寺の首座《しゅそ》を勤め、さらにのちに住持となったが、詩文や朱子学にも通じた禅僧で、その日録中には等楊が、文明十六（一四八四）年春に、大淑が備中の禅寺に移った際に、記念に『蔗軒図《しょうごうちょうじゅう》』なる作絵画を贈ったことなど、特に親しい交際内容が記されている。

また、勝剛長柔は、大内氏と親しい縁者で、東福寺の住持を務め、季弘大淑は彼に学んだ。勝剛長柔は、のちに郷里の石見崇観寺に移ったが、竹心周鼎《ちくしんしゅうてい》は彼の弟子で、等楊に崇観寺（医光寺）や萬福寺《まんぷくじ》、大喜庵（東光寺）の作庭を依頼した、とされる。

大喜庵は、瀟湘や洞庭湖の江南風景に似た風光明媚な立地から、等楊に愛され、のち晩年近くに益田に長期滞在した折には逗留先となった。この裏山には、石州山地雪舟廟とされる墓所碑名があり、雪舟終焉の地との異説のもととなった。のちに、等楊由来のなんらかの縁の品が納められた可能性は否定できない。

次いで、彦龍周興《げんりゅうしゅうこう》は、相国寺の僧で蔵主《ぞうす》を務めたが、長らく不遇で、横川景三《おうせんけいさん》に詩歌の才を認められて、ようやく五山禅林の逸材と言われたが、齢三十四歳で寂した。延徳元（一四八九）年の雪舟作『四季山水図』に題詩と氏名が見える。

横川景三は、京五山文学界を代表する博学・高見識の僧で、南禅寺や相国寺の住持を相次いで務めた。室町幕府八代将軍足利義政の側近・顧問としても知られる。自身で多くの学詩僧を育てたが、万里集九も彼の弟子である。

景三は、雪舟筆の『山水図』に文明十七（一四八五）年に題詩を寄せており、その中で等楊の画業を北宋末南宋初期の文化画人である米友仁に擬している。

その米友仁の代表作『雲山図巻』は、江南山水画の名品である。小米とも称され、大米と称された父の米芾《べいふつ》とともに、山水画の水墨表現の方向性を決定づけた、と言われる。

その米友仁は、自身の図画を「墨戯」と呼び、自らの画業を墨による戯《たわむ》れや遊びと放言して憚《はばか》らなかったが、これは当時北南宋朝代までは、画が士人や文人、僧侶などの余技としか見なされていなかったことを自嘲的に皮肉ったものだ、とされる。横川景三は、こうした唐土の図画界の歴史のことを知悉《ちしつ》した上で、禅林界の偏見を正そうと努めた人でもある。自ら若い優れた図画師も後援している。

景徐周麟《けいじょしゅうりん》は、相国寺の僧で住持となり、のちに鹿苑《ろくおん》院主・僧録司を務めた、やはり詩歌に秀で画にも慧眼《けいがん》であった人である。弟子の宗淵に与えた『破墨山水図』や『溌墨山水図』に画賛が見える。

また、南禅寺の「村庵」と称された希世霊彦《きせいれいげん》も『破墨山水図』に画賛を寄せたひとりである。彼は幼少時より漢籍や詩文に親しみ、その才能から将来を嘱望《しょくぼう》されたが、自身は出世を望まず、推挙されても住持とはならずに、侍者の地位に止まったが、無位にもかかわらず五山禅僧の最上位に置かれた人である。

等楊の在籍した相国寺で、図画において師事した周文の親しい友人としても知られるひとでもある。等楊が等悦に与えた如拙筆『牧牛図』に、文明十二(一四八〇)年に題詩を寄せている。

一方、汝南恵徹も、東福寺に在籍した詩僧で、了庵桂悟と親しく、その縁で等楊の画業を知り、芸州(広島)永福寺に移ってから親しく交流した。『溌墨山水図』などに画賛が見える。自身も墨画を描し、等楊に師事していたのであろう。図画の作例も数例が知られている。

等楊は竹床に横たわる時(就寝時)以外は、みずから竹箒《たけぼうき》を取って庭園の掃除をし、薫木《くんぼく》を焚《た》き香色を絶やさず、歩いて山野や田んぼの畦《あぜ》に出向いて、色とりどりの季節の花々を摘み採り、山里の湧き出る泉より清冽な清水を汲むのを日日の日課としていたと、了庵桂悟の記した『天開図画楼記』には等楊の当時の日々の暮らしの様子が描かれている。

ようやくにして、安寧を得ることができたのであろう、等楊の穏やかな、図画三昧の落ち着いた生活ぶりが窺《うかが》える。等楊の境遇に、潤《うるお》い豊かな充実と静寂が訪れた。

このときの等楊の齢《よわい》も、六十七歳を数える。

等楊は、自身の図画業の、永年暖めてきた構想を現実のものとすべく、この年、水墨山水画の大作に挑《いど》む。

こうして、等楊の『山水長巻』が描かれ、その完成は文明十八（一四八六）年十二月のことであった。

『山水長巻』は、正式には『四季山水図』と呼ばれ、全長十六メートル、幅四十センチメートル、畳《たたみ》約十畳分の長大な水墨山水風景の絵巻物である。

山水画には、一般に険しい峻山《しゅんざん》や奇岩や岩崖が描かれるが、等楊の山水画も例外ではない。しかし、その容易に人を近づけそうに見えない険しい山中に分け入ろうとする「訪友《ほうゆう》」と呼ばれるひとの姿が、図画の始まりにかならずある。

その山中へと深く掘り進められた高低の段差のある道や、山崖の細い曲がりくねった側道を行く人は、図画の遙《はる》か先の山奥に隠れるように結ばれた隠者の住処であろう寓庵を、どうやら目指している。また、それと同時に、この図画を楽しもうとする鑑賞者をも、容易に山奥に誘う。それが、この「訪友」の役割でもある。

前を見据え、先を急ぐ主人について天秤棒を担いだ従者が少し遅れて続く。担がれた二つの荷は木箱と袋包みである。文人風の主人は、目指す住処で、尊崇する隠者との再会を喜び、たがいの生活のつつがなきを祝して、持参した荷を解き、やがて時を忘れて酒食の小宴に至るのであろう。隠者は「深山幽谷」に隠れ住む逸世人のことではあるが、また、修行を積む修験の者でもある。たんなる、世捨て人ではない。

「訪友」とは、この図画への先導役であり、平遠という人の目線で平視の眼を意識させる。古来、長巻の山水画に屢々《しばしば》描き込まれるのが通例である。

しかし、そうした仕掛けを講じておきながら、一方、その人物や風景を眺めている眼は、もっと高い視線から手前にある。遠視し、目を落とすと、手前の黒々とした苔岩や植生の下にも、人びとの日日の生活が垣間見える。下界に伏したように広がる湖面では、小舟が浮かび、乗る釣り人の姿が確認できる。

そして、絵巻は早春から夏、夏から秋、やがて白と黒の墨絵の冬の枯れ木と銀世界へ、さらに冬から鳴動色装緩む春季へ、と見事に一巡変遷していく。

険しき巌岩や山崖に、僅かな地にしっかり根を張る太幹の松樹の茂る隆枝盛葉が溢れ、やがてその合間に山道が現れ、人の姿が散見されて、陋屋《ろうおく》や河津に停泊する幾艘もの舟が見える。その先は広がる朧朧《もうろう》たる湖面である。小舟の浮かぶ湖水の先には、再びの急峻な岩崖、奇山、枝振りの豊かな樹木の並びがある。険しい山上の中腹に見える建物は、中間地点の四阿《あずまや》の役割でもあろうか。休息だけではなく宿泊も可能な広い数棟の建屋である。

そして、そこからは広い湖面を望める。遠くに霞む山山、その先の岸辺には船宿らしき建物があり、陸上の人びとの暮らす家屋に通じている。立派な駱駝《らくだ》の瘤《こぶ》か、桶の表面の褶曲のようなアーチ橋を渡ると、瀟湘八景《しょうしょうはっけい》ののち、人びとの生活の象徴である市場が見え、百姓《ひゃくせい》の行き交うさまざまな職装の庶人びとの姿が描かれている。府城内の市街地である。

瀟湘八景とは、中国の山水画では、北宋朝代の文人画家の宋迪《そうてき》が最初に手がけて、南宋朝代の牧谿法常《もっけいほうじょう》という杭州西湖のほとりの六通寺の禅僧が、その後に印象的な風景を八景に描き分けて以来、伝統的に扱われてきた画題であり、瀟湘という水郷の地の八つの名勝地のことをいう。瀟湘とは洞庭湖と湖内に流入する瀟水と湘江の合流点あたりの景観のことをいい、古来より風光明媚な代表的な景勝の地として知られている。

八景図とは、平沙落雁《へいさらくがん》、遠浦帰帆《えんぽきはん》、山市静嵐《さんしせいらん》、江天暮雪《こうてんぼせつ》、洞庭秋月《どうていしゅうげつ》、瀟湘夜雨《しょうしょうやう》、煙寺晩鐘《えんじばんしょう》、漁村落照《ぎょそんらくしょう》という八つの景観ごとに描き分けた図画のことである。

湖沼の平洲に降り立とうとするように見える雁の群れ、遠く湖面に浮かぶ帰途につく帆船、山の麓の集落の風雨の後の晴れ渡る清々しき光景、川面にまで迫る夕刻に近い雪景色、澄み渡る湖面の上に浮かぶ秋の月、瀟湘に降り注ぐ夜からの雨の景色、霧に霞む寺社から聞こえてくる晩鐘、漁村に照らし出される夕陽の光景、その八景を図画に表現したものである。

また、続く長巻絵巻の冬景色は、城塞城壁の街である。背景には山の白黒の薄いシルエットがある。雪景は、墨水の塗り残しによって効果的に描きだされている。山の稜線とともにクッキリと明るく浮かび上がる雪山の姿が、厳しい冬の寂寥感を思わせる。

府城壁内の建屋がポツポツと続き、壁側面の煉瓦を積んだ幾本もの平行する網目のような規則的な横線の連なりが印象的である。最後は、枯れ落ちた葉のない樹木や岩崖の山水図で終わる。

長大な絵巻の終わりに、等楊は慎重に「文明十八年嘉平日天童前第一座雪舟叟等揚六十有七歳筆受」と墨筆で記し「等楊」の白文方印を押した。

等楊が「筆受」で長巻絵巻を終えた意味は、さまざまに想像できよう。

この絵巻が夏珪風を踏襲したという意味にも取れようが、もっと広く黄公望が天開自然よりインスピレーションを得て傑作『富春山居図』という長巻絵巻を描いた境地に近いように思われる。つまりは、天開自然をあるがままに「筆で写した（筆受）」と言うことではなかったろうか。

等楊は四季の絵巻を描き終えて、画廊でただひとり、長時間絵筆を置いて眺め、寛《くつろ》いでいた。

長年暖めてきた画想を、ようやく白日の下に明らかにすることができた。感慨もひとしおであったが、自身の歩んできた道程の長さを山水抽象の世界に落とし込んだ安堵感で、こころは満たされた。むしろ、惜しみなく出し尽くしたあとの空虚がある。

「小舟よ。新たな図画の達成が見えたな」

「ああ、老長。しかと、見ていただけましたか」

「見ていたよ。安堵した。たがいに目指しておったものが、こうして、長大な画紙の上に実を結んだのだ。喜ばしいことだ。まことに、よい図画だ」

「わたくしも、嬉しい。描き尽くした感があります。いまは、ホッとしております」

「わしも、描き尽くした感がありますなあ。お前と歩んできた甲斐があった」

「ふふふ、そうですな。ほんとうに、喜ばしいですな」

等楊は、数日の斎戒《さいかい》後に、完成した図画絵巻を弟子らとともに携えて、大内御殿の築山館の殿上に伺い、大内公当主に謁見《えっけん》を願い出た。もちろんすでに、数日前に御殿には使者を遣り、用向きは伝えてある。

等楊にとって、最も、と言っていいほどの、誇らしくも、威厳に満ちた一日であった。殿上に、弟子の二三によって、長巻の絵巻物が持ち込まれ、大内政弘公ら主だった主従の者がうち揃って待ち構えていた。

等楊が主殿の許しを得て、弟子らに開帳の指示を出した。

長巻の山水の真新しい絵巻が、納められていた長箱から取り出されて、解紐ののち、参観者の目前で、徐々に開帳され、草香わしい畳上に展開されていく。絢爛《けんらん》たる新世界が、多くの注視する眼前に漸次に広がっていった。

周囲にうち揃ったみなの者の表情が俄《にわか》に緩み、驚きや感動で満ちた。小さな感嘆の声すら上がっている。

『四季山水図』と呼ばれる、長巻絵巻は全長約十六メートルにも及ぶ。それは畳数にすると約十畳分の長大な山水墨画である。

絵巻がすべて開帳されると、居並ぶ主従のなかから、緊張と静寂の時を経て、響《どよ》めきともつかぬ驚きの声が一斉に上がった。

畳上に長々と広げられた図画を、細い眼で愛でるように、順を追って眺め渡している政弘公の目は異様に輝き、驚きと喜びに満ちている。

最後まで見終わって、表情には、至福の笑みが零れていた。

政弘公が、ようやく、喜色を湛えた口もとを緩めて、大きな感激の声を放った。

「よくぞ。よくぞ、ここまでの壮麗優美な図画をものにされましたな。わが眼楽も、いよいよ、これに尽きたり。褒めても褒めたりぬわ。この広大悠悠たる宝画を手にできる名誉は、天が広しといえども、このわし、ただ一人だけであろうな。なんとも晴れがましきも、嬉しきことよ」

その大内公の言葉を、等楊は殿上の畳床に頭を擦《す》り付けて聞いた。どこからともなく、わらわらと涙が溢れ落ちてきた。身体の震えがどうにも抑えられない。垂れた頭を上げ、顔を真面に向けるのに憚《はば》られるほどに、涙が止まらない。

「ありがたき、お言葉にございます」

等楊は、それだけ言うのが精一杯であった。

多くのお褒めや労苦に対する慰めのお言葉を、その後にも主従より賜ったはずだが、等楊は、全く覚えていない。あとから、同席した弟子の等悦や周徳らから聞いて知ったのみである。奉納ののち、その後どうやって、退出したのかすらも記憶にない。過分な俸禄の賜与のあることも、聞かされたが、まったく思いあたらない。

その大内政弘公は明応四（一四九五）年に享年五十歳で没し、その長子亀童丸が大内義興《よしおき》と改名して、十七歳で大内宗家と守護職を継いだ。

ここからは、等楊にとって、多少の勝手が違ってきた。当主が交代《か》わったのである。当然と言えば、当然のことであろう。等楊にも想像ができたが、新しい当主はなにぶんにも、若すぎて、自身に経験も知恵も足りない。かろうじて、家督を継いだばかりで、家老や周囲の賢臣の助言に補《た》佐《す》けられているのである。

等楊は、渡世に迷いが生じたとき、その時どきで、保寿寺の牧松周省の助言を聞いてきた。このときも、保寿寺に赴き周省と会い、等楊も新当主との距離を測りつつ、大内殿上との関係を緩やかに保つことにした。

丁度、石見の益田氏より、大内政弘公の母の菩提寺である妙喜寺（のちの常栄寺）の等楊の造営した庭園を模した造園の依頼があって、懇意であった益田氏の当主のもとに、しばらく、等楊は山口天花を離れ、お世話になることにした。

それは、相州に帰る宗淵に『破墨山水図』を請われて仕上げたあとのことである。

こうして、等楊は、一時居を山口天花より石見国に移す。

そして、等楊の作庭が益田氏の菩提寺であった萬福寺から始まって、さらに石見の崇観寺（医光寺）、大喜庵（東光寺）から山陽道側にまで数カ所の「雪舟庭」の造園を手掛けて歩いている。没した大内政弘公の菩提《ぼだい》を弔《とむら》う行為が、この時期の作庭の数々であったともとれる。

そして、帰山後は、図画制作に、ますます心血を注いだ。

等楊の『破墨山水図』と『慧可断臂図《えかだんぴず》』の二作品は、そんな等楊の将来に対する不穏な気持ちを振り払う重要な作品となった。

大内宗主政弘公の亡くなった、同じ明応四（一四九五）年、等楊の七十六歳のときには、春三月に、たびたび話題に取り上げたが、相州鎌倉の円覚寺へ帰寺する弟子の如水宗淵に、画法伝授の印可の証として与えた『破墨山水図』を描いた。

その前、延徳二（一四九〇）年には、薩摩に帰る弟子の秋月等観に強くせがまれて、自画自讃の頂相（自画像）を与えている。

宗淵は「願わくば、お師匠の一図を得て、鎌倉へ帰りたい」と、疾《と》く願い出た。

等楊は、頼まれると断れない性格《たち》であったので、人の良さも手伝って、つい図画の依頼には気軽に応じてしまう。したがって、多くの招請図画が描かれ、数多《あまた》の山水画や風景画、人物画、花鳥画、摸倣画が存在したはずであるが、後世にはその大半は失われた。

等楊は、実画と確認できる図画作品や伝等揚・伝雪舟筆の作品に加え、さらに記録に残るだけでも百点に迫る点数が確認でき、海外に渡ったり記録にすらない作品も更に枚挙に暇のないほどにあったはずで、実に多作の図画師であったといえよう。ことに、大内氏の御用絵師としての仕事の屛風絵や掛幅、扇面画、絵仏師的な仕事の多くは、後世すっかり失われてしまっている。戦乱や自然災害、それらにともなう火災などで、消失してしまったのである。

もとより等楊は絵筆を振るって画紙に向かうことがなによりも好きである。描けてさえいれば、等楊は機嫌が良くなり、さらに陽気で楽しくなる。画想に苦しむことも、完成に時間が費やされ試行錯誤を重ねる図画作品もあるが、そうやって図画制作に集中し真剣になることでさえ、愉しい「ひととき」を感じる。多くの困難を伴う思索と試作を重ねて、晴れやかな図画の完成を見る日は、等楊は至福感で満たされる。この日のあることが、なにより等楊の身とこころを震わせ奮い立たせてきた。

おもえば、京の相国寺時代の、天章周文の画廊で、多くの画業の弟子同士で周文の高評価をえるために切磋琢磨と称し、たがいを貶《けな》しつつ、意地悪な笑みを浮かべて相対したときの陰湿な画廊内での弟子同士の雰囲気が嫌悪感とともに思い出される。等楊の習作を見て、嘲《あざけ》りの奇声と態度で示した宗湛の顔容や所作は、いまでも忘れられない。

好きな図画に関わり、たがいに高めあうべき仲間のはずが、どこか冷めた底意地の悪い目で相手を見下しつつ、図画の枝葉末節の描写の巧拙や細部末梢の技巧の善し悪しのみによって人を評価し、与力で党派を組み、他派や他者を非難し合い、互いを利害に基づき貶《おとし》めようとする。等楊は、師匠としての周文を高く評価しつつも、その京の禅林中央画壇の有名画房の雰囲気と集う人びとに辟易《へきえき》し、嫌悪感すら覚えていた。

おそらく、師の長有声が明朝院画界に嫌気して、背をそむけて、遙か東海の海の向こうから来た等楊の画才に覚めやらぬ夢を託そうとした思いも、同一のものであったのであろうか、と想像してみた。


いま、等楊の画楼では、そんなことは、ついぞ感じられない。

弟子らの良いところは、口を極めて褒める。至らないところは、個人の資質に応じて、指導の仕方と対応を変える。弟子らの図画に様式化は求めない。構想の妙と図画への志の高さを貴ぶ。

等楊は、たとえば、東国鎌倉より遠路を厭わずやって来た弟子の宗淵の如くの新来の弟子らにも期待を寄せていたが、それは宗淵が熱心な等楊の指導を請い、画業に打ち込む姿には嘘はなく、等楊が好ましく感じていたからである。

しかし、そのことと、本人の画才とはまったく別のことである。

等楊は、常づね、そう考える。

最後に、図画師としての、自身の運命と将来を切り開くのは、本人自身の問題である。

それを、等楊自身は、非情なようだが、どうすることもできない。しかし、等楊は、その頼ってきて、熱心に指導を受けようとする弟子らに対して、伝えられること、できることはなるべくやってやりたいと思い、実際にその通り務めてきた。おのれの持てる画技や工夫を余すことなく伝授してきた。それが、また、自身の画業のためにもなるとわかった上でのことである。

等楊は、生涯において止まることを知らぬ上達を求める図画の貪欲な虜《とりこ》となっていた。


「よいか。相陽（相州）の宗淵よ。この破墨法山水は、唐土での図画の師匠である李在師とその直弟子であった長有声師からの直伝である。わしの図画の道は、ここより啓《ひら》かれたと言っても良いであろう。その技法が気に入り、新たな自身の、もう一段も二段も上へ飛躍したいと望む精進のこころを持つことができたならば､この手本とすべき図画を贈ろう。おまえは､鎌倉の寺に戻っても、図画の修養にも、弛《たゆ》まず励みなさい」

等楊は、弟子との別れを前に、そう、諭《さと》した。

「宗淵は、独特の伸びやかな線が描けますね。そうなるまで、よく先師に付いて、倦《う》むことなく、精進を重ねて学んできましたね」と、傍《かたわ》らの佳衣が口を挟《はさ》んだ。

「そうよ。なかなかに、ああはいかぬ。のお」

等楊も、口が緩み寛言をもって、宗淵の顔を見上げた。

宗淵は、こわばった表情のまま破顔して、丁重に礼を述べ、等楊の図画を受け取って、大事そうに、胸のところで両手に抱えるようにして、画楼の小部屋をあとにした。

宗淵は、等楊の晩年に近い弟子である。当初、五年の期限を口にして等楊の図画門を叩いたが、その五年を過ぎても、相州円覚寺の蔵主の席に戻ろうとはしなかった。そして、さらに一、二年が過ぎて、ようやく伝法伝授の印証である師匠である等楊の画を賜って、相州に帰るのである。


それを見送りながら、佳衣が、等楊に言った。

「先師、あの破墨図は、長有声師の直伝なのですね」

等楊は、自ら描いた『破墨山水図』の自賛に「長有声と李在より、設色の旨と破墨の法を学んだ」と、記している。

それを筆を執って記す等楊を、佳衣は傍らで、まじまじと見つめて、思案を重ねているようであった。

「え、そうだよ。どうして、そのことを、知っているのか」

「先師は、いま、そう図画の自賛にお書きなさいました。先師は、よく『老長』とつぶやかれていますが、その御方が、長有声師なのですね」

等楊は、佳衣の指摘に、びくりとした。

「ああ、そうだ」

静かな口吻で、観念したように告げた。

「先師は、その長有声師と、親しく直《じか》に、会話ができるのですね」

また、胸中、その佳衣の指摘にドキリとした。

「え、それが、佳衣には、なぜわかる」

「先師は、ひとりで、図画楼に隠《こも》られているとき『老長』に呼びかけられたり、答えられたり、対話する様子が、部屋の外より聞こえてきます。佳衣は、その様子をじっと、外からうかがったり、長時間、その場で聞いていることもありました」

等楊は、佳衣の指摘に完全に観念した。

「そうか。うむ」

「先師に、黙っていて、申し訳ありませんでした」

「いや、謝ることとは、なにもないよ。隠しておくことでもない」

等楊は、こころの声を、実際の声に出して言った。

「老長、佳衣は破墨絵にも興味があるそうだ」

「うん、なんだ、小舟よ。破墨とな」

「破墨法は、老長のおはこ（十八番）であったでしょう」

「いや、違うな。李在師の得意とした画法であった」

「そうでしたな。それは失礼をした。この佳衣が、老長に聞きたいそうです」

「なんであろう」

等楊は、佳衣の方に向き直った。

「佳衣よ。老長に、破墨法について、思ったことを、聞いてみよ」

佳衣は、不思議を感じつつも、戸惑わずに応じた。

「ああ、では。つまり、破墨法とは、書業の道で言うところの、崩《くず》し字の技法に似てはいませんか。書体には、東晋の王羲之書聖以来興《おこ》った、大きく楷行草の三書体がありますが、楷書体がはっきりした線でくっきりと一文字ずつが書かれるのに対して、草書体はその崩しです。どの程度、楷書体の漢字を崩すかによって、その中間ともいえる行書体にもなりましょう。さしずめ、破墨法の画法は、写実的な図画ともいうべき楷書体に対しての、抽象や省略、崩しの草書体、または中間の行書体のようなものではありませんか」

等楊は、こころの声で老長に佳衣の言葉を伝えた。

「ほう、これは。なかなか、わかりやすい例《たと》えを持ち出してきたな。ほぼ、その通りだな。相当に、頭の良い女じゃな」

等楊は、それを聞いて愉快に笑った。

「なんでしょう。間違ったことを、佳衣は申し述べましたでしょうか。先師」

「いや、老長どのは、佳衣のことを利発な娘だと言ったのだ。滅多なことでは、ひとを褒めない、老長どのがだよ。ははは、愉快だ」

「はい」と答えたまま、佳衣は戸惑いの表情を見せた。たれに答えてよいか戸惑ったのであろう。

「そもそも、墨画法は書と関わりが深い。かの大米（米芾）は、意識的に、書法を図画に持ち込んだ張本人だ、ともいえる。あながち、書画を区分する必要もないほどであろう」

「はい。まさに、その通りでしょうな」

「小舟よ。ひとつ問おう。書における草書体を破墨法というなら、楷書体と草書体の中間の行書体にぴったりな画法を駆使して独自の画法を確立した有名な図画師がおる。たれだか、わかろうか」

「行書体で表現される、ぴったりな画法を身につけていた有名な図画の過去の名師ですか。うん、それは」と、等楊はこころの声を言葉にも出して、大きく言った。

その言葉を、佳衣はしっかりと受け止めていた。

「あの、その図画師は、佳衣が思うに、西域画の高彦敬ではありませんか」

等楊は、佳衣を、驚きを持って見た。

「老長よ。行書体の図画師にぴったりなのは、この佳衣が申すには、元朝の高名な画家の高彦敬ではないかと。どうでしょうか」

「ほう。驚いた。まったく、そのとおりじゃな」

高彦敬の山水図画には、前景と後背の風景が濃い筆で丹念に描かれる。そして前景の一部や中間の後背に至るまでの背景が、ところどころ墨を濃淡のシルエットのように簡略して、ぼかして、破墨的に表現されている。その表現がじつに巧みで、かつ、自然に馴染んでいる。いわば、白描の確かさと、破墨法のような筆使いで墨の濃淡をシルエットのように混在させて図画作品の一枚に仕上げている。

しっとりとした空気感や霞の風に流れる緩やかな水分や水滴まで含んだ大気の動き、澄み渡る山景の趣き、その幽玄さ、西洋画にない風景の深み、趣き、奥行きが、自ずと図画に定着されている。等楊も納得した。

「小舟よ。女の名はなんと言ったかな」

「佳衣と、申しますぞ。鳥の目の俯瞰視は、この佳衣に教わったのです」

「ああ、そうか。思い出したぞ」

等楊は、三度、佳衣の方に向き直った。

「長有声どのは、佳衣のことを、また、褒めたぞ」

「はい」

佳衣は、顔を赤らめて、身を固くして、直立している。

等楊は、思わず、大笑いをした。

等楊は、この宗淵に渡した『破墨山水図』の自身の一文の最後に「四明天童第一座　老境七十六歳翁雪舟書」と自署で終えている。

思えば、遣明使に随行して渡った唐土での幸運が、等楊に大きな生きる自信と図画への新たな情熱をもたらしてくれた。ことに、長有声との出会いは、等楊の運命を決定づけたといえよう。


大内政弘公の死の翌年である明応五（一四九六）年には、等楊は、道釈人物画の大作となる縦百八十、横百十センチメートル超の『慧可断臂図《えかだんぴ》』に健筆を振るっている。等楊の齢七十七歳の喜寿のときである。等楊は、山水画だけではなく、生涯に人物画にも多く取り組んだ。

この作は尾張の佐治氏の菩提寺齋年寺に寄贈するために、等楊に制作依頼されたものである。

道釈画は、仏禅の尊師や儒学道教の著名な仁師道士を描いた人物画のことである。

等楊の描いた『達磨図』を始め、羅漢図や観音像、寒山拾得《かんざんじゅっとく》といった有名人物画がこれにあたるし、名高い高僧の頂相《ちんそう》なども含めることができよう。

また、仏禅林界の重要人物の肖像画を頂相というが、有名無名にかかわらず僧侶として名を得たひと、塔頭《たっちゅう》や子院を営む人や寺院の住持などは、自身の頂相画が寺院の貴賓の間などに掲げられることを名誉とした。塔頭と呼ばれる自身の営む寺院の境内ないの子院に、歿前に頂相を掲げる僧もあった。

等楊が、備中宝福寺の小僧時代に、自身の塔頭に等楊を呼んで、頂相をせがんだ高僧が、京の東福寺に画僧枠の空きがあることを知り、推薦してくれたことが、今日の等楊を等楊たらしめている。運命とは、自身の想像を、もとより超えている。

元来、禅宗では、達磨は「祖師」と呼ばれ、尊ばれてきた。

「祖師西来意《そしせいらいい》」とは、本来は達磨大師が西方から来た理由ということであるが、禅宗の解釈では「仏法の根本の意味」ということを、言い表す。

菩提達磨は、南インドの王朝の第三王子として生まれ、般若多羅《はんにゃたら》から教えを受けてのち、南北朝の宋朝の時代に中国に海路で渡って仏法の布教に活躍した仏教僧で、中国禅宗の祖であり、嵩山少林寺で九年の壁観の座禅修行（面壁九年）によって座禅の祖でもある。中国の臨済、曹洞など禅宗五派と呼ばれる禅宗派は、みな、ここから発している。

「達磨」は、サンスクリット語で、秩序を保つ、ないしは「法」を表す言葉でもある。

紅い、または純白のパーカーのような仏僧衣を頭から被り、その眼光は鋭く、濃い生髭を生やし、耳輪をした姿で、一般にはその姿が人物像として描かれることが多い。口に「南無（梵語のｎａｍｏ）」と唱えつつ、合掌し、座禅を組んだとされる。

「南無」は尊敬、尊崇を表す間投詞であるという。頭を下げて、帰依する、つまり身命を捧げて服従する、という意味である。行動と意志を一体に示し、求心救命を、切に、いっしんに祈るという姿でもある。

「壁観」とは「壁となって観ること」を意味し、つまり「壁と同化して、動じない境地で真理を観ようとする禅行」のことである。

あるとき、神光という唐土の修行僧が、著名な達磨に入門を求めたが、相手にされない。そこで、一夜雪中に立ち、自身の臂（左腕）を切断して、達磨に身を切って決意を示し、再度の入門を求めた。

達磨は、この神光の真意を悟り、入門を許して、心印を授け、名を慧可《えか》と改めさせた。この慧可という人が、中国禅宗の第二の祖といわれる。以後、慧可によって、中国国内に禅宗が広まったとされている。

「小舟よ。達磨と慧可のことだ。慧可は、師の達磨に『わたくしのこころの、安らかなるを求む』と言ったが、達磨は『おまえのこころは、いかなるところにありや』と逆に問うた。慧可は、長く静かに瞑想してから、漸くにして『探せど、見えず』と答えたという」

「はい。老長の仰るとおりですな」

「達磨は、慧可の、その禅機を悟り『すでに、こころ安らかたり』と応じた。つまり、深く自省し、自身のうちに、本来にして宿ったこころに気づくことが『安心』ということだ、と達磨は慧可に自省を促し、悟らせたのである。たしか、こういう話であったろうな。ただし、禅僧でもない者が、その経緯や宗旨を語るなど、馬鹿げていような。ましてや、禅宗徒であっても、滅多に、その法語を端的に語るなど、憚られるとも聞くが、どうであろうか」

「はい。禅の本性は、自身の内なるこころにある仏心仏性に気づくことから始まります。まさに『十牛図』が教えるところですね。禅宗徒は、ことに曹洞宗徒は、言葉での説明を極端に嫌いますから、この『十牛図』ですら、うち捨てて顧《かえり》みない、ということもあります。また、禅宗徒は、放《ほう》下《げ》を厳しく言われます。『放下着』とは、禅では、俗世と絶縁ののち、我《われ》を捨て去ることによって極意、つまり悟りに達せられる、と信じられています。神光は、自身の左腕を切り落とすような厳しい覚悟を示すことで、恐らく、放下を体現したのです。達磨は、その神光の決意を行動によって、ようやく認めて、入門を許したのです。禅宗では、師弟間で悟りの真意が、だんだんに伝え継がれていくのです。そう、信じられています」

「ほう。そうなのか。小舟も、正真の禅宗徒であるな」

「はい。安らかなるこころとは、厳しい放下の、その先にある境地です。自身の腕を切り落として、我を捨て去っても、達するには、まだまだ、さらに、その先があるということです。慧可の厳しい表情はそのことを示しています。まだまだ次の段階があるということです。そこで、慧可は、さらに深い瞑想を行ったのです。『探せど見えず』と言ったのは、不見当を知るということが、内なる仏性に気づく第一歩だからなのです。達磨師は、慧可に『そこに、よく気づいたな』と言ったのです。ようやくにして、おまえの入門を認めてやる、弟子としてやってもよかろう、と暗に言っているのです」

「われは詳しくはないが、そういうふうに、禅宗では教えておるようじゃな。禅機である悟りのなんたるかは、それぞれにもよろうし、切っ掛けや気付きですら一様ではあるまい。ただ、足下を観よ、というのは身近にある重要なことに気づくべきだという、警鐘なのであろうな。曹洞良价は渡河中に川面に映るおのれの姿を見て悟りを得たと言われるし、箒《ほうき》で掃いた小石と竹の触れ合うた音から悟りを得た有名な禅僧もいたと聞く。われは、小舟のように、元来が禅宗徒ではないので、わからぬが、それらのことは、小舟の、よく知るところであろうが」

「はい。そうした禅機の過程が、明瞭に牧牛図にも描かれております。それですら十の段階の悟りへの道筋が認められるのです。われらのような修行も怠りがちな凡夫には、さらなる道程を経ずば達せられぬ遠い道のりとなりましょう」

「小舟の絵は、梁楷の白描法をもって達磨を描いておるのだな。達磨のクッキリと浮かび上がる白装束は、どういう意味があろうか。達磨の頂相を描いた著名な図画師はみな、達磨の法衣は紅いと信じておったはずじゃがな」

「はは、奇妙でしょうか。あえて、着色を避けたのは、白描の太い線に注力したからですよ。水墨による山水画は、結局は墨の濃淡と、その余白によって表現されるのです。わたしは、その山水の図画師なのです。梁楷の描線は柔らかい。筆に細い太いの使い分けの妙がある。詩人の李白像は、すっくと立ち、一歩を踏み出しながら、口もとから詩歌が漏れ出す様を見事に表現しており、老長の言うように、佇《たたず》まいが良いですね、参考になります。布袋和尚像などの描画を見ると、陽気な表情を作るために、自在な線が多用されています。それは、図画師自身の心境を強く反映しておるのでしょう。わたしの修行僧時代に東福寺という寺で見た明兆禅師の『達磨図』には、そのもの梁楷風の白描法が使われており、その明るい迷いのない達磨の表情の描写に魅せられて、若かった時に衝撃を受けました。あの図画を越えるというか、別の意味で、わたしなりの心境で達磨師を描き直してみたい、とこれまでも思って参りました。そして、ようやく納得できるものに描き上がったのが、この図画なのです」

「小舟よ。して、達磨の白装束の意味はなんなのだ」

「それは。あえて明かせば、悟りに至った境地、つまりは空白、ということでしょうか。空白は、もとより描きだすことが難しい。水墨では、描き残しとして表現されます。しかし、その空白が図画の要でもあります。どう、配して、周囲を塗り固めて、上手く表現できるのかが、図画師の力量と、その真価に関わってきます。禅では空白と言わずに空虚と言いますが、図画師であるわたくしは、あえて、それを空白と言いたいと思っています」

「そうだな。描不描の用だな。ほう。しかし、悟りと空白、とはな」

「ひとの人生には、良きときも、悪《あし》きときもありますが、すべてのもとに立ち返ってみるということです。それが、空白なのです。面壁九年の座禅による達磨の悟りに、その空白を見たような気がしました。慧可の断臂は、自ら身を削ぐことで、我を捨て去り、放下し尽くし、自身を無に近づけ、空しくする」

「自身を虚しくするということが、また悟りに近づくということなのか」

「はい。そうして、達磨との対話で、次に慧可のとった不見当を知るという行為は、己を虚しくして、そこに近づこうとする姿そのものです。ふたりの視線は、奇しくも同じ方向を、目指す方を向いておるのです。その修行の場は、丸い空洞がいくつか渦巻く薄気味悪い暗い岩窟のなかである。これは、二人を取り巻く不穏な時代の雰囲気ともいえましょうか。そして、その不穏さから抜け出そうとする志向がふたりの視線の向こうにあるのです。いまの時代も、似たような不穏さの只中《ただなか》にあります。悟りを言い表す空虚とは、ただ単に無ではなく、危うさや煩悩《ぼんのう》や、さまざまな世相といった理解不能な常態を遙かに超えた何者かを見つめる眼そのものなのでしょう。ですから、達磨と慧可は、禅宗の祖となり得たのでしょう」

「ははあ。それが、小舟が、おのれの図画でなにかを表現しうる、と言った一つの答えであるのかな。われの常日頃、口にする天開も、天地の極まった果ての空白から発するものじゃ。無から有へということだな。それが『天開の図画、即ち江山』ということじゃな。この世の天地の開闢《かいびゃく》、すべての無垢《むく》のときを経る、そこから新たに成る、つまり大自然の造形がなされる、ということであろう」

「おお、老長よ。よくぞ、おっしゃられた」

等楊の『慧可断臂図』には、自身の自筆が図画の左下に小さく書き加えられている。

やはり、前年制作の『破墨山水図』の一文の最後と同様に、こちらの図画面の自筆の最後に「四明天童第一座雪舟行年七十七歳謹図之」とある。

「四明」とは、寧波近郊の四明山のことであるが、また四明とは「四方の窓より、太陽と月明と星辰《ほし》の瞬《またた》きの明かりさえもが、遮《さえぎ》るものもなく明るく照らし出すことのできる」という意味なので、並び立つ双璧のない突出した孤高の山である、という謂いでもある。

孤高の山、並ぶものの無い孤峰こそ、等楊のいまを言い表している。

また、等楊は、天童禅寺でも、奇しくも住持より「第一座」の名誉を賜ったのである。この等楊の署名は、禅林界とはけっして言わないが、図画界にあっては「孤高の首座」を目指す者、そこに登りつめた者であるという、等楊の自負とも自信ともいえよう。

その自負と自信は、どこから来るのであろうか。

渡明してみて、本場の図画界を照覧してみても、いまの等楊の図画に、つまり見識や技術、図画の世界観、完成度の高さなどのどれにおいても、東西南北四方を見渡しても、我に優る者は到底見つかるまい、陽も月も星の明かりさえも、すべてが等楊自身を、四方より遮るものもなく隈無く照らす、との自負と自信であろう。それは、等楊のみの力だけでは、もちろんなしえなかった。自惚《うぬぼ》れはない。ようやくにして、図画の旅の同行者である老長、こと長有声の智慧と経験を得て、はじめてなしえたことである。

そして、この絵画が、等楊の喜寿《きじゅ》の記念として描かれたことを示している。

この図画で、その単純な描線の描写のほかにも、印象に強く残るのは、その構図と黒っぽく描かれた慧可の手前足下や洞窟の岩の輪郭や岩肌が、等楊の描く山水図の岩肌の輪郭の表現と同じであることだ。

また、達磨と慧可の、両者の違った意味での悲壮なほどの真剣なまなざしが、鑑賞者に容易ならざる二人の緊迫した関係性と、図画自体のおどろおどろしいほどの妖《あや》しい暗さのようなものを伝える。師弟間の問答中の禅機の発露《はつろ》を、祖会図に表している。

この図画の構図を見ると、手前のやや斜《なな》め上より、たがいが重ならないように、見下ろす位置から達磨と慧可の二人を眺めている。そして、二人の視線の先は、洞穴の中の虚空、同じ方向を見つめている。また、この洞穴内は壁面に奇妙な丸い穴が幾つも穿《うが》たれている。それは、達磨らの頭上に重層して、洞の奥まで続いている。そして、達磨の身体の向こうには、真横を滔々《とうとう》と流れる太帯のような清流の流れのような背景がある。達磨の座る土間の続きのようにも見えなくもないが、水の流れとするのが自然ではなかろうか。

まるで、鍾乳洞のなかのような空間である。それが、ピッタリする二人の人物の背景の表現となっている。窟を抜け出た先に禅宗の道は開かれた。

じつは、等楊はもっと若いときにも、達磨をなんどか描いているが、それは、この『慧可断臂図』に描き込まれた達磨によく似ている。やや太い淡墨で一筆で描かれた達磨の着衣の姿と描き残しとして表現された白い法衣を頭からすっぽりと被った姿、濃い溢《あふ》れんばかりの眉毛と口髭、額の中央に眉を寄せ、ぎょろりとした上向きの卵のような眼、ニンニクを思わせる団子鼻、キュッと結ばれた口もと、法衣に包まれているが太い首、といった特徴を『達磨図』の習作は引き継いでいる。

等楊は、過去に『達磨図』を頂相のテーマとして、よく描いているのである。

しかし、この『慧可断臂図』には、等楊の特別の思いが込められている。

たんなる頂相であれば、達磨は正面を向いている上半身の姿が描かれるのが普通ではなかろうか。しかも、達磨以外の人間や余計な背景が強調されて描き込まれるのは、さらに不自然である。

二人の法衣の線は、穂先を切った平らな筆で、薄い墨汁で、単筆の一本の連続線を使い、やや太い淡墨で描かれており、達磨の白装束の縁取られた衣装は、ゆったりふくよかで、かつ、塗り残しの余白は純白で眩しいほどである。それに比べて、達磨と慧可の二人の顔はやや細い濃い墨筆で、髭の一本一本までも、丹念に描き込まれている。とくに、慧可に比べて達磨の眉と口の髭は、ことに濃い。

この図画中には、いわば、具体と簡易、あるいは省略、または写実と抽象が混在しているようにさえ思える。

頂相と呼ばれる人物画で、こうした描写や構図を取る図画は少ない。ふたりの対比が、際立つような構図なのである。大抵の肖像画が平視による平遠法で描かれるか、明兆の『達磨図』のように、下から見上げる仰視による高遠法で描かれることが多い。しかし、この図は、どれとも違う。一説に、宮廷図画院で見た戴進の『禅宗達磨至慧能六代祖師巻』がモデルではないかともいわれている。

また、黒く太い輪郭の独特の洞窟中の岩肌については、あの等楊の山水図でおなじみの岩肌の黒っぽい岩である。山水描写がなにげなく描き込まれて、山水水墨画との近似の新境地に達したことを、まったく違った道釈人物画で、まさに、なにげなく表現して見せたともとれようか。いずれにしても、等楊は山水画で取り組んできた技法を、この道釈画のなかにも、普通に盛り込んだと思われる。

想像に過ぎないが、等楊は、この『慧可断臂図』で、等楊と老長（長有声）との子弟の関係を秘かに図画にして見せたのではないか、という疑念が浮かぶ。この場合、達磨は長有声、慧可は等楊自身の立場であろう。


弟子であった宗淵が山口天花を去ってのち、一時、京の乱後に再建なった相国寺に滞在していたが、等楊は旅の無事を心配して、宗淵に宛てて私信をしたためている。その一文に「末世濁乱の時、存命候ひて無念至極なり」とある。

等楊の『破墨山水図』と『慧可断臂図』の二作品は、そうした等楊の深い憂愁の時期に描かれた、と見ることができよう。

文亀元（一五〇一）年頃には、等楊は天ノ橋立に赴き、あらたな作品を残している。しかし、等楊のこの度の丹後への旅を疑問視する見方もあるが、現地に長逗留して、実地になん度も出向き、描かれた寺社仏閣などを確認して、制作に没頭しなければ、複雑な地形と多くの建造物が丹念に描き込まれ、山道や建造物の位置関係などまでも正確に記された橋立の名作は実現していないであろう。

また、なによりも、等楊の前回に見た天橋立への思いが強すぎた。その思いが再度の訪問の動機となっているのであろう。

前回の美濃東海方面への旅から、京を経て、丹後の橋立に立ち寄った程度で描き上げられるほどの、簡単な印象をもとに描かれた図画ではないことは明らかだ。

等楊の描いた『天橋立図』には、図中央寄り、橋立の付け根より右上方に山稜に沿った山道を辿り登っていくと、ひと際高く聳える世野山成相寺があり、その成相寺の伽藍《がらん》は永正四（一五〇七）年に焼失したことが記録にある。

また、その図中央より左、橋立の先端の先に知恩寺が在るが、その智恩寺境内の多宝塔は文亀元（一五〇二）年の建立とされる。この史実からも、等楊らの天橋立への旅の期間が類推できよう。成相寺は修験僧の古くからの山岳観音信仰の霊場でもあったし、知恩院は文殊《もんじゅ》信仰の聖地と見なされていた。

おそらく、山口天花より丹後府中の天ノ橋立に向けて旅だったのは明応九（一五〇〇）年冬のことである。等楊は八十歳を超えた。長旅としては、最後の旅となった。

山口では、この前年に、室町幕府の執政ともいうべき管領の細川勝元の子の細川政元に職を追われた前将軍足利義尹《よしただ》が、大内氏に庇護《ひご》を求め、当主の大内義興を頼って周防山口にやって来ていた。大内氏は、この前将軍を担ぎ、京に攻め上る準備をしていた、まさに不穏ともいえる時期である。

天ノ橋立のある丹後は、日本海側ルートの枢要の地にあたり、京にも近い。ここ丹後は、大内氏と盟友関係にある一色氏、当時は一色義直の所領であった。大内氏が前将軍足利義尹を奉戴して、もし山陰の日本海側ルートを通って、大軍を率いて京に攻め上がろうとするならば、この地は京を窺《うかが》う要衝の地となる。等楊は、今回の旅では、上洛を目論む大内氏の、一色氏の当主に宛てた書状を託されていたはずである。

周防山口から陸路で、北上して山陰石見国の益田氏の居城まで行き、そこからは日本海側を船路で渡り、由良の港から江尻の津まで小舟に乗り換え移動した。身体への負担を減らすために、当時行き来の頻繁な日本海の回船ルートを利用したのである。

やはり、等楊の、高齢をおしての長旅は、大内氏の密命も帯びた文化使節としての旅でもあったはずである。同行する佳衣や等悦、若い等澤や等春らの心配の尽きない旅となった。しかし、等楊の方はといえば、少なからぬ期待と意欲の漲《みなぎ》る旅であった。

というのも、以前の美濃への旅の帰りに立ち寄った天ノ橋立の細長い砂州の嘴《くちばし》のような景観は、その不思議な自然の作り出した造形の妙によって、等楊に唐土の江南や華北の地とは大きく異なる峻崖険山や奇岩渓谷とは縁のない風景ではあるが、和風の景勝としての穏やかな山水描写の新たな可能性を実感させるものであったからである。

等楊は、これまで多くの地方の山奥の山寺図などの景観を写実して描いてきて、穏やかな大和の国の山河の変化に欠ける風景描写の凡庸さは、なんとも手に余し気味であった。霊峰富士ですら、のっぺりしたお椀をひっくり返した均整のとれた山であるとは認められるが、山水画の画想には無縁で相応しくない。しかし、この国の山河は、等楊を産み育んできた地には違いない。どのような水墨山水表現が可能かが、等楊の目には悩ましく写っていた。

等楊ら一行は、江尻津から一色氏の丹後国府中の居城への表敬訪問を終えたあと、一色氏当主の計らいで、大谷寺の智海という僧侶を紹介され、天ノ橋立周辺を案内され、宿所を用意してもらった。

等楊は、この清々しい橋立の景勝を前に、神経を集中して研ぎ澄ませてから、純白の新《サラ》の和画紙を前に思考を重ねる。等楊は目を閉じて黙想した。短笛を手に取り、音を重ねて符に酔いつつ、図画への期待を次第に高揚させていった。そして、静かに筆を執り、一気呵成《いっきかせい》に画想に重なる風景を描いてみた。その繰り返しで、ある程度紙数が描けたら、重ね合わせてみて、おおまかな天ノ橋立の全体図を作ってみた。そして、つながりの不自然な部分や重なる部分を描き直し、欠落部分を描き足して、部分の描写を重ね、徐々に全体をひとつの構成にまとめていった。粗描はほぼ出来上がった。

さて、次は、巧みな構図である。

等楊は、まじまじと紙数を重ねた全体像を見つめている。傍らに佳衣が来たのがわかった。佳衣も重ねた図画を、じっと真剣に見つめている。

「佳衣や。橋立を中央に置きたいが、そうすると、いかにも平坦な太帯を置いたような平板な絵になるな。どう思う」

「右上の世野山成相寺《なりあいじ》のある成相山や後方の鼓ヶ岳が、ここの一番の高峰ですが、その高峰と同じ山を、仮に、こちらの対岸の手前に置いてみると想像してみてください。そして、平視の位置にある、その仮の手前の高峰の中腹辺りより、対置する成相山をやや見上げて、さらに、下界を見下ろすように橋立を描いてみてはどうか、と思いました」

「ああ、たしかに、佳衣の申すように、わしの意識は上から見下ろすような視界を描いておった。その道理を通せば、佳衣の言うような構図になろうな。よし」

「先師。橋立のせり出しは、そこを景勝らしく際立たせようとすれば、その部分にもっと近づいて、視線を下げて白砂の列なる松原をやや上から遠く眺めるように描いたらどうでしょうか」

「ふむ。そうよな」


等楊は、名勝橋立の松原の帯を中央に置くという定石を、少し手前側に引くことで、図画に膨らみと奥行きをもたらすように工夫した。画面中央部やや上には、丹後国分寺を真ん中に置いて、右の一宮・大聖院正一位籠之《この》大明神と、その左上の世野山相成寺と左の橋立先端部の海の先にある知恩院が、三点朱色が点されている。この三点を結ぶ三角形を中心に、この図画の構図が綿密に構成されていることが分かる。

また、お椀の飯をひっくり返したような小山ばかり描いても、等楊の思い描く山水画にはならない。成相山や後方の鼓ヶ岳をひと際高い高峰として意図して描ければ、構図が引き立とうと、思われた。

佳衣の言った俯瞰の構図が、橋立を引き立たせよう。しかも、その俯瞰の視線は、上からも、やや下に降ってからも、さらに、上を臨む位置からも、また左右の位置からも、といったような自在な視線による。まるで、大鷲が橋立の大空を悠然と舞いながら、興味の赴くままに空を移動し、鳥眼で捉えられる雄壮で自在な視線であろう。

等楊は模写した図紙を中心から、端へと重ねていき、三十数枚であった図紙を貼り繋げては、不都合な図紙を描き直し、繋がりを修正して、紙数を削りつつ二十枚ほどの図版をやや複雑に貼り合わせて一枚の大判に仕上げた。

この、いまに残る大下絵『天橋立図』は、縦約九十×横百七十センチメートルに及ぶ大作の図版である。

図版には、寺社仏閣の名前などが二十三カ所も書き込まれており、観光案内図のようにも見える。たんなる覚え書きでもあるが、完成した図画を大内家に持ち込んだ際の説明用の図版としても残しておく必要もあった。大内氏は、前足利将軍を担ぎ、京に攻め上る際には、丹後の国分寺も置かれていたこの地は、重要な意味を持つからであった。

あとは、この大下書きをもとに、畳一畳分もある大判の新《サラ》の和紙を貼り合わせた、別の一枚の純白の細長の画紙に清書していくのである。


等楊は、余興で、佳衣や弟子らに、おのおの橋立図を描いてみるように提案した。

すでに、等楊が写生して図紙を描いている横で、等悦や等春は各々筆を執ってなにやら描き出してはいた。等楊は、自らは筆を振るいつつ、その様子を面白く眺めていた。いずれの絵も、たんなる写生では、橋立は平帯で、大湖か内海に浮かぶ長い桟橋様にしか見えない。佳衣がわかり易く述べてくれたように、橋立を際立たせ、かつ山水描写にこだわるならば、俯瞰視のような工夫が各々の絵に必要であろう。


等楊は、この大下絵をもとに『天橋立図』を描いた。

現地の禅寺に隠《こも》って一幅と、山口天花に戻ってから、さらにこの大下絵をもとに一幅を描いた。いずれの一幅も、趣《おもむき》がまったく異なったものとなった。

「小舟よ。この図画の風景は、変わった山水表現になっておるな」

「ええ。先に描いたものは、橋立を中心に据《す》えた写実を抜けない山水風の図画でしたが、このたび山口天花に戻って描いておるものは、湖水深山の山水画にしっかりとなっておりましょう。橋立は、中央から外れて、ただ湖水に浮かぶ細長の浮島のようになってしまいましたが」

「ああ。小舟の理想の山水世界に近づいておるな」

「老長よ。このように描けば、唐土の山水画としても違和感はないでしょうね」

「そうだな。ただし、長い砂州の浮島は、湖水の景色として、江南ではお目にかかったことはないがな」

「まあ、そこが、この大和の一の景勝地たる所以でもあるのですがね。まさに、奇勝たる風景です」

「自然の作り出す景色の不思議さに魅せられて、多くの図画師がその光景の紙面への定着を目指して考案に勘案を重ね、さまざまな努力を惜しまなかった結果、宋朝代の山水画に結実を見たのである。われらがその図画を見て、心置きなく楽しみ遊べるのは、まったくその図画師らの弛《たゆ》まぬ努力と工夫のお陰であろう。小舟よ、そうは思わぬか」

「はい。老長、まったく、そのとおりですね」

「小舟の図画も、精進《しょうじん》の末に、随分と進化したな」

「そうですか、老長。そう、思っていただけますか」

「ああ。小舟よ。佳境《かきょう》に達したな。極《きわ》めたといっても良かろう。十二分に自信を持って良かろう。大明の図画院においても、李在師以来現れなかった逸材《いつざい》として語られてしかるべきであろうな」

「ほう。これは、老長に、過言な、お褒《ほ》めいただけたのですね」
「ああ。まあ、そういうことだ」

等楊が最後の旅で、その風景を描いた畳一畳分もある大判の完成図の『天橋立図』自体は、現地での作品と山口天花に戻ってから描かれた作品の二作がある。

しかし、この完成二作とも、後世ともに失われてしまった。したがって、真作はすでに無いが、双方ともに、本物を見たひとの模写というものがある。

たしかに、想像上で、二作とも、その模写によって比較して見ると、まったく異なる印象を受ける。その雰囲気もまるで異なる。

同様な構図を取りながら、前者の写実色の残る作品と比べて、後者の作は深山峻崖の成相山や鼓ヶ岳が描かれ、周りの山山のシルエットはひっくり返したようなお椀型が大小連なり、若干おとなしめではあるが、しっかり描かれた山山とその岩肌は濃い稜線と生える松樹の群生も太く荒々しく蠢《うごめ》くが如くで、いっそう深い墨筆使いである。

ことに後者の風景の配置は霞がかった湖水深山が強調されて、細長い橋立の白砂洲の続く松原は湖面に浮かぶ、たしかに浮島のように描かれている。それは、まさに、等楊の山水世界に、ぴったりと収まっている。

等楊が画廊小部屋で二作を並べて出来映えを眺めていると、佳衣が弟子の等春とともに、湯桶と着替えをもって入ってきた。

佳衣が「まあ」と、大きな驚きの声を発して、早々に二作を見比べている。

等春も目を輝かせて、新作の方をじっくり観察して、前作との比較を試みている。

「御師匠、見事でございますね。しかし、二作はまったく別の図画に見えまする」

等楊は、二人の持ってきた湯で口を注ぎ、手を温めている。

「どちらが、好いか。等春よ」

等楊の質問に、等春はすぐに応じた。

「新しく見させていただいた絵が、わたくしには好ましく思われますが」

「そうか。佳衣は、どうか」

佳衣も、即座に答えた。

「はい。両画に、良さが見られます」

「ほう。述べてみよ」

「はい。まず、前作は、目前に迫るような真実さがあります。また、新作の方は、熟し尽くして堂に入り、その奥の室に上がったような良さがあります」

「ははは。そうか。佳衣らしい言い回しではあるな」

「あの、橋立図は、この地で編み出された純真の山水画でしょう。どの絵師も、みな、唐土の見たことのない山水ばかりに夢中ですが、この絵はまったくそれとは違う。日頃馴染んだ風景が、見事に真性の山水画に進化しているのでございましょう。この頃の御師匠は『木鶏』の如くでございますね」

「ほう。『木鶏子夜に鳴く』の木鶏か。等春よ、この言葉をどこで覚えた」

等春は、明らかに照れた。

「はあ。こちらの、佳衣どのに、先般教わりました」

「そうか。佳衣か」

「はい」

「まことに、佳衣は物知りじゃな。等春よ、おまえも知っておろうが、かつて相国寺の周籐師のもとにおったとき、わたしは師よりこの『木鶏子夜に鳴く』の意味を教わったことがあった。懐《なつ》かしさとともに思い出したぞ。名人に厳しく仕込まれた闘鶏は、木彫りの鶏の如くに周囲に惑わされず、闘場に臨《のぞ》む。だが、ひとの目の及ばない子《ね》の刻《こく》に鳴いて、弱音や自分の弱さすら吐露《とろ》して、耐えに耐える。その後、奮起して、脇目も振らずひたすら、その力を蓄える。そうしてきた者にこそ、達せられる境地じゃ、とな。わしには、まだまだ、早かろう。道半ばじゃな」

等楊の図画は、大和の奥山風景を写実して歩いた『山寺図』から、景勝図の『天橋立図』によって、確実にこの国の里山の風景を、水墨山水表現へと進化させた。後世に唯一、等楊の真筆として残る天ノ橋立の大下絵は、そのことを十分に予感させる試作品となっている。

等楊は、八十二歳を越えて、大作『天橋立図』を描いて以降は、めっきり身体の衰えとリズムの変調を感じるようになってきた。なにより、無理が効かなくなってきた。

等楊の外出は、めっきり減った。図画室で過ごす時間が長くなり、大幅より外部からの依頼による小品の制作が増えた。

すでに、大内氏からの御用画の依頼については、等悦、周徳、等澤の三名に任せて、引退を宣告してある。

等楊にとって、持て余す時間が多い分、図画楼での老長との対話が増えた。

「図画は、よく学んだだけでは、技巧の腕前はそれなりに上がろうが、かならずしも上達するというわけではない。上達とは、もとより図画の神髄を究め、神域にまでも達するということだ。多くの図画師の奮闘や努力にもかかわらず、達しうるのは、そのなかのごく一握りの選ばれた人間のみである。決して並大抵のことではないことは、小舟もよく知るところであろう」

「もちろん、理解できますよ」

等楊は、これまでも、こうした老長の図画に関する言葉をよく聞いてきた。しかし、たがいの、自身の行く末、あり方を語りあったことはまだない。不思議なことに感じられるが、たがいに避けてきたといえよう。


等楊は、老長に、老長自身の行く末について、ようやく切り出してみた。

「いままで、言い出しにくくて、聞けなかったことを、老長に、この際、聞いてもよいですか。老長」

「うん、また。あらたまって、なんだ」

「このごろは、すっかり、自身の老いた身体の衰《おとろ》えを感じています。目はかすみ、なにより、以前ほどの身体の自由が効かなくなった、と感じます」

「そうなのか。まあ、年輪を重ねたということだな。大樹もいつかは、幹から朽《く》ち果てて、倒れるな」

「ところで、老長よ。わたしの身が滅んでも、あなたは宿る場所さえ代えれば、生き延びられましょう。自在な生気をお持ちだ」

「小舟よ。おのれの身の、長くないことを悟ったのか」

「ええ。ごく、自然に」

「わしも、このまま朽ちても、不都合は感じんよ」

「どういうことですか」

「わしも、小舟とともに、無に帰る。いつか、お前と達磨の頂相を見て真剣に語らったことがある『空白』に帰るということさ。図画世界における空白に、わしの思考もようやく行き着いたよ。つまり、消えてなくなるのさ」

「老長は、それで良いのですか。老長は、仙人の寿老や黄初平、列子のように道士として仙道をきわめ、不老不死を手に入れたのか、と思っていましたが」

「ははは。不老不死とは、どうかな。遠いな。仙人の術を多少心得ただけでは、彭祖《ほうそ》以来の不老不死は手には入らぬな。簡単なものではない。仙人の修行も、現実も厳しいものじゃ。禅の悟りにも似ておろうな。また、図画の修行と一緒のことじゃよ」

かの唐土には、道教における仙人になる方法がいくつか書物に記されている。等楊が手に取ってみた晋代の葛洪《かっこう》の『抱朴子《ほうぼくし》』という古書には、肉体そのままに天に昇る仙人を「天仙」と、また、現世の名山に遊ぶ仙人を「地仙」と、さらに、いったん死んだのちに、蝉《せみ》が外殻から脱け出すようにして自身の身体から魂が抜け出し仙人となることを「尸解仙《しかいせん》」である記されている。

老長が体得したと言った「尸解の術」とは、身体の殻から魂だけ抜けて遊離してしまう仙術のことなのであろう。そして、その後、魂は他の新たな肉体を見つけて宿ることができるのであろう。そして、等楊の腹中に宿る三尸《さんし》の虫である青姑《せいこ》なるものと入れ替わりに、等楊の身体に寄生したのであろう。

三尸虫は、庚申《こうしん》の日の夜中に宿主の就寝中、身体から抜け出して、その人の悪事を天に伝えに行くという伝説がある。庚申伝説である。

しかし、あくまでも、その考えは等楊の推測である。老長は、その秘密を最後までついに語ることはなかった。

「そうなのですか」

「ああ、そうだ。しかし、よくよく考えると、不老不死など退屈でつまらんな。自然とは、つまり、盛衰変化のことである。それを、潔く受け入れることも、ひとの幸せというものではあるまいか。どうしても、おまえさんとの思い出が強すぎたな。できることは、十分にやれた。これ以上は、我が儘《まま》は望めまいよ。おまえの描いた黄初平は、われには似ておらん。どうも、おまえさんの描く仙人像は、真面目な顔をしすぎておるな」

「はは。気づかれていましたか。『黄初平図』の黄初平も『梅潜寿老図』の寿老も『琴高列子図』の琴高仙人も、みな、本当のことを言えば、あなた、老長が、その素《もと》の見本だったのですよ。仙人や道士といわれても、あなたぐらいしか思い浮かびませんのでね。まあ、あなたの在りし日の姿を、なんらかの形をもって、図画上に残しておきたかった、ということもある」

「ああ、ああ。そんなとこだろうとは思っていたよ。おれは、悪いが道士ではない。まったく、無駄なことを」

「わたしは、あなた、老長より、尸解の術が使える、と聞いたことがありますよ」

「ああ、あれか。若い頃に、親しい老道士に入門して、手解きを受けたのだ。尸解はごく初級の者にでも、できる。百五十歳生きているというその老師の手を借りなければなしえなかったことだ」

　老長は、少し間を取って、言葉を継いだ。

「おまえの丹精して描いた図画は残るが、燃えて仕舞えば、灰燼《かいじん》に帰すのみだ。同じことだ。ただ、おまえの老骸は、先に無くなってしまおう。しかし、図画師としてのおまえのいくつかの図画作品とともに、名声と業績は将来も廃《すた》ることなく残っていくであろう。それは、その画業における業績と図画作品に十分な価値を見出して継《つ》ぎたいと思う者があとに居るからである。あとから、あとから、思いを強く抱き、画業を追おうとする者たちがいるからだ。それは当然のことだ。おまえの残したものは、図画の歴史に新たに刻み込まれるに相応《ふさわ》しい。お前の画業は、後進より追っかけられる立場となることなのだ。思えば、おまえの舟に同乗して来た旅は愉《たの》しいものであったよ。おのれの見込みは間違ってはいなかったな」

「はあ。それなら、よろしかった。ほんとうに」

「これからは、わからんが、別の道を行くことになろう」

「別々の道ですか。それは」

「われらの決めることではなかろう」


このごろの等楊は、竹床に伏し、横になって、起き上がるのがおっくうなことも多くなったが、絵筆を執り、硯の墨を絶やすようなことはない。

しかし、それが、佳衣には心配である。

等楊の居る小部屋の障子《しょうじ》は、昼間はいつも開け放たれている。なにかあってはと、等楊の身の回りを見る佳衣が気を使っているのである。

「先師、くれぐれも、ごむりは、なさらぬように」

等楊の部屋の敷居の向こうから、佳衣が言った。

「佳衣よ。わしの作庭造園のことは、思えば、そなたと、佳衣の亡き父母との夢での邂逅《かいこう》が、きっかけであった。佳衣に、倣《なら》って始めたようなものだ」

「そうですか、そのようなお話は、先師からは、はじめてお聞きいたしますが」

「ああ。じつは、そうなのだよ。佳衣に背中を押されたようなものなのだ。やりだせば、面白くてな。性分であるな」

「先師の図画の具体的な着想と造形が、庭園となっているのでしょう。夢窓国師のお庭を、お手本にされたのではありませんか」

「うん、それもあるが。庭園造りには、よく傍らで、佳衣が意見をしてくれたではないか。佳衣の忠言がなかったならば、あれほどには上手くはいかなかったのお」

「佳衣にも、殊《こと》のほか、庭造りが嬉しく愉しげに思われました」

「そうか。そうであろうな。まことに、楽しげに、等悦、等澤らに指示を出し、若い弟子に汗をかかせておったな」

「先師の描いた図面画が、徐々に石や樹木を配して実際の庭の形になり、完成されていく様子は、本当に心躍《こころおど》る楽しいものでした。先師の創りだす庭園は、どこにもない景色であり、また、よく目を凝《こ》らしてみれば、いつか見た懐かしい風景でもあります。見るひとの、思い思いに応じて、その風景が違ったものに受け取られるものとなっておるようです。普通の世人には思いも付かない光景でありましょう。先師の庭園を見たひとは、みな一様に驚き、感動すら口にされます。それは、名勝旧跡の数々を見て、多くの人が感嘆・感銘を受けるのとはまったく違った感動です。先師の庭園の光景は、見たひとに感動と安心を呼び起こさせるのです。先師は、よくぞ、そうした庭園を着想なされました。つくづく、佳衣は感心いたしまする」

「そうであるかな。その佳衣の言葉は、そのまま、褒《ほ》め言葉になっておるのじゃな。これも、図画に長く携わって、減筆や省略の方法で得た、ものの見方が基となって、造作に結実したものじゃな。現実のあれやこれやを、ひとつずつ検証して省略や簡略なものに集約して行けば、ああいう形が最後に残る。原風景という言葉がある。そういうことであろうかな」


ややあって、佳衣が、等楊の側に近づいてきた。手には小刀が握られている。

「先師、手と足を、お出し下さいませ。佳衣が伸びた爪《つめ》を、お切りいたします」

等楊は、言われるままに、まず手を佳衣の前に突き出し、次に、佳衣の目前に足を投げ出した。

佳衣は、まず、等楊の右の手を取った。親指から小指にかけて、手にした小刀で一本ずつ器用に爪を削《そ》いでいく。

「先師の御手は、これほどまでに細くなられましたのか。この手によって、あの多くの図画の創作の数々が行われたのですね。まことに、奇跡と申せましょう」

佳衣は、等楊にではなく、自身に問うように語った。

等楊は、沈黙している。佳衣に配慮して同じないように努めている風である。

佳衣の小刀捌《さば》きに淀《よど》みはない。見る見る綺麗に、等楊の爪は、右手、左手、の順で切り揃《そろ》えられていった。等楊の指の一本一本が、次々に筆を整えるように手入れされていく。

「不思議であるな。まだ、この手は、硯を擦り、筆を握って、飽《あ》くことを知らない」

佳衣は、ようやく、等楊の取った左腕を、等楊の膝にゆっくり戻した。


つぎに、佳衣は移動して、等楊の両のかかとを抱えて、自らの膝の上に引き寄せて載せてから、等楊の右足の足先に触れた。

「先師の御足は、こんなにもほっそりとおなりでしたのか。この二足によって幾万里の旅地の踏破がなされたのですね。海の彼方の唐土でも、この大和の遠国までも」

等楊は、今度は自身の声で応じた。

「ああ。よくぞ、遠路、悪路、渡海の路さえも、厭《いと》わず、この足で歩んできた」

佳衣の小刀裁きが、さらに丁寧になった。

等楊は、ある種の至福感のような陶酔《とうすい》を覚えた。

「佳衣や。もう良いぞ。綺麗になった」

しかし、佳衣は動作を次第に緩めて、まるで慈《いつく》しむように小刀を振るっている。

「先師、もう少しですから、お動きにならずに、我慢してくだされ」

佳衣の小刀使いの動作に嫋《たお》やかさが加わった。

「うん。でも、もう良いぞ」

「いえ。まだまだですよ。お動きになりますな」

等楊は、佳衣の持つ足先が、暖かく、むず痒《かゆ》く感じた。

「そうか。ありがたいのう」

等楊の指先を見つめる佳衣の目には、涙が満ちていた。

「先師は、あれから、約束通り、この佳衣を、最後まで、けっしてひとりぼっちにはさせませんでした。わたくしを守ってくださいました」

等楊にも、佳衣の言葉に思い当たることがあった。

「そうか。佳衣も、よく、ついて来てくれたな。礼を言うぞ」

佳衣は、爪を切り終え、小刀を置いて、等楊の手先指先を、丁寧に自身の着物の袖で拭《ふ》いた。そして、さらに、湯桶を引き寄せて、布に湯を馴染ませて、柔らかく絞った。

等楊は、以前より気になっていたことを、思い切って佳衣に聞くことにした。等楊の命の残火も、そう遠くない日には尽きよう。

「佳衣よ。ずっと気になってきたことがある。聞いてもよいか」

「なんでしょうか。先師」

佳衣は、等楊の両の手先と足を、温湯に潜《くぐ》らせて、湿らせて柔らかく絞った布で指一本一本を丁寧に拭いた。

「よいか、佳衣よ。わしの存念を話そう。鷲頭の家系だが、そなたが、絶やさず、再興せねばなるまい。この際、たれか、有望な武人に嫁すべきであろう」

佳衣は、少しうつむいて、手にしていた手桶と湿布を、廊下の床にゆっくり丁寧に、音を立てないように、そっと置いた。

「先師。ああ、先師。いえ、わたくしは、佳衣は、そのようなことは、少しも望んではおりません。愛しき父母は、わが胸中のお守り札のなかにおります。強く深く念じれば、夢でお会いすることもできましょう。聞くところによれば、遠い縁戚の鷲頭の傍系の叔父上がご存命でおられ、いま、大内の家臣として参内されておられるとのことで、直系ではないとはいえ鷲頭家の系譜は途絶えてはおらぬ、とのことでございました。それでよいのです。鷲頭の家は、その叔父上が系図を絶やさず守り、わたくしは、存在をたれからも知られずに、その系図からは、とおに漏《も》れた女でございます」

「そうであるのか。佳衣には、憂《うれ》いはないのか」

「ええ、憂いと言えば、むしろ、わたくしのいまの思いは、先師の画脈を絶やすことなく、先師の系図を継ぐ者を後援することにあると、勝手に思い定めております」

等楊は、佳衣の強く明るい表情を見て、少しほっとする思いであった。

「この、わしの画脈を絶やさず、継ぐと申したのか」

「はい。京の禅画界では、いまでは派閥が争う時代であると、京の事情に詳しい等悦より聞きました。なにも、京ばかりが図画を主導するとは限りませぬ。幕府や朝廷や公家の好む図画は画一で、繊細優美で、ただ豪奢《ごうしゃ》で、写実からは遠く、人の目を一時は引きつけますが、所詮《しょせん》は庶人が見れば面白みの欠ける、つまらぬものです。唐土でも、時に皇帝の図画院の院画はしばしば廃れ、地方で起こった呉派の台頭が見られ、文人画家に取って代わられた、と聞きました。高い志ある画人は官職官位や世俗から遁れて、深山幽谷に隠れ住んで画業に打ち込みました。先師の図画や造園に対する、一方ならぬご努力とご功績は、必ず残し、継いでいかねばならぬものです。それを強く慕って、こちらに参る画徒も引きを切りません。佳衣には、いまそのことがよくわかります」

「おお、佳衣よ」

等楊は、感動を覚えた。

「はい」

「そんなことを考えておったのか」

「は、はい」

佳衣は少し照れているようである。

「佳衣も、すっかり立派な考えを持った大人になっておったのだな」

「先師の教え導きがあったからです。先師のもとから、いまも離れることは、佳衣には考えられません」

「そうか。いつの間に、そのようなことを考えておったのだ。しかし、佳衣よ。まだ若い佳衣より、わしの方がさきに寂して、そなたの父母もおいでになる隔世の方に、いずれは参らねばならぬ時も近かろう。そう、遠い日ではない、と感じておる。どうする」

「その時の、佳衣の覚悟は、もうできております」

等楊は、佳衣の、その言葉に、一抹《いちまつ》の寂しさを、少し感じた。

「ほう。さようか」

「はい」

「思えば、佳衣が、この天花の雲谷庵に来た日のことを思い出す。いまでも、不思議だが、昨日のように鮮明に覚えておる。心細く、辛いことも多くあったであろう。よお、よく耐えて、わたしを支えてくれたな。本当に、感謝しかない」

「なにを仰いますか。わたくしは、先師に物心両面で救われたのです。以降は、先師の画脈を守ることが、最期までの、この佳衣のお勤めとなりましょう」

「そうか」

「はい。そのことこそ、今度は、佳衣が、ひとりになっても、気丈《きじょう》に果たさねばならぬ、先師への恩返しとなるのです」

佳衣の覚悟は明快であった。等楊を、すっかり驚かせた。

「佳衣よ、ひとつ聞いてもよいか」

「はい」

「わしの、もしもの時を考えてのことでもあるのだが、長年の大内公への献身《けんしん》と『四季山水図』や作庭、そして美濃や天ノ橋立と出雲石見の山陰への旅などの功労により、先年には過分の財貨の俸禄を賜った。もし、佳衣が、どこぞへも嫁す気のないのであるならば、わしの養女として与えようと思うが、どうかな」

「先師の養女、ですか」

「そうだ。いやか」

「いえ、そんなことは」

「では、決めような。佳衣よ」

佳衣は、沈黙したが、否定はしなかった。等楊の気持ちは固まったといえよう。

「佳衣よ。さっそくにな」

等楊の没年は、永正三（一五〇六）年の初夏であった。入寂の齢は八十七歳であった。佳衣や等悦、周徳、等澤、等春、等琳、永怡、等薩らの、多くの弟子に看取られながら、山口天花の雲谷晦庵で、静かに亡くなった。

多くの田畑の畦《あぜ》に咲く色とりどりの野の花が、等楊の愛した野べの花花が、佳衣や弟子らによって山野から摘み集められて、物言わぬ等楊の遺骸を包む棺の中に手向けられ、香木が焚《た》かれた。木棺に横たわる等楊の傍らには、愛用の短笛と、亡母の形見だといって大事に使用していた禿筆《とくひつ》が、安置《お》かれている。傍らには、満たされた酒杯と清冽な汲み立ての清水の杯が置かれている。

等楊の入寂した白顔は、いまにも笑い出しそうなほど穏やかであった。

このときの等楊の図画の弟子は、直門の弟子として、等琳、等悦、等恕、等春、得受、等畊、等安、周徳、周孫、等遠の十名の名が、江月宗玩の『画師的伝宗派図』（福岡崇福寺蔵）では挙がっており、さらに、有望であった孫弟子は二十二名、三代目にあたるのは十名である、とも記されている。

また、寛永二十（一六四三）年頃の記録とされる『画工譜略』中の周文・雪舟派系図では前掲十名の弟子中の七名の名と、ほかに十九名の総勢二十六名を雪舟の弟子であると記している。

さらには、朝岡興禎著『古画備考』には、雪舟派一派として、等悦、等観、宗淵、楊月、周徳、等澤、永怡、等禅、等歳、等啓、周林、等芸、得受の十三名のほかに総勢九十名の名前が列挙されている。

しかし、いずれの記録も等楊の生きた同時代の弟子を伝える記録ではなく、だいぶん後の記録である。

引証伝授を受けた直門の弟子のほかに、孫弟子、三代目も確認でき、それらの総称として雪舟派と呼ばれる画派がのちのち存在したことが、それらの記録と、実際の弟子とされた者らの作品の存在などによって確認できるのである。

ともあれ、山口天花の雲谷晦庵は、等楊の死後も、大内氏の庇護《ひご》によって遺《のこ》されることになり、等楊の養女の佳衣が引き継いだ。以前より等楊のもとを去った弟子の秋月や宗淵らのほかに、これを機に去る数十名の弟子もあったが、当初は長年の等楊を慕う縁《ゆかり》の弟子の七名ほどが残った。等楊の直門の弟子の多くが禅僧で、地方の帰住者であったため、京の中央画界からは隔絶した流派であると言える。

等楊の在りし日の、訪問客の出入りの多かった頃に比べれば、随分と寂しくは感じるが、佳衣は雲谷庵を訪れる等楊の客を丁寧に迎え、できる限り厚くもてなした。

等楊の画業が成った「天開画楼」の等楊の画廊小部屋は、手を着けずそのままにしてある。三面に掲げられたり、机や床に拡げられていた未完成も含む図画も、しばらくは放置したままにしておいた。等楊を忍ぶよすがとした。

等楊の画業も、等悦、等澤、周徳、等春らが引き継ぎ、大内家に御用絵師として出入りを許されていた。なお、新弟子も数人を迎えた。

雲谷庵の日日の生業も、等楊の名声により大内氏殿内外からの図画の依頼が減ったとはいえ、絶えることはなく、佳衣が改名して名のった結尼に残された等楊の遺産も過分にあり、当分はなんの心配も感じられない。

しかし、結尼は、あえて、みずから、気持ちを昂ぶらせて、等楊亡き後の空白を埋めるべく、弟子らに接し、かつ督励した。


等楊の老没後、しばらくして、佳衣は、幼時におさない手を引いて危地から救い出してくれた養婆が入寺を勧めてくれた尼寺を、あらためて訪れて入尼して、名を佳衣から「結尼」と改めた。過去に封印した名を、佳衣はひそかにあきらかにすることができた。長いときが、必要であった。

おもえば、等楊との出会いがなければ、どんな悲惨な末路が自分を待ち受けていたのであったろうか、と思う。自分の生かされてきた、この長い年月は、夢のようでもあり、不思議な旅の物語にも思えてくる。自分をこの世に生み慈《いつく》しんでくれた父母は惨《むご》い戦《いくさ》で早くに亡くなり、その後の自分の得た奇特な時間に、いまはすでに亡き養婆が、そして上杉憲実こと高巌長棟師が、さらに先師たる等楊が深く親しく関わってきた。

佳衣は入尼して、改めて「結尼」を名のってから、それぞれの恩人の冥福《めいふく》を祈らずにはおられない。

すでに、主人のいない雲谷晦庵では、結尼は、日日の日課に起床後と、就寝時の祈りと反省の時間を、ゆっくり丁寧に、自身の父母と、三者への報告と祈念のときとしている。

時を経ずして、寂しさは去った。悲しみは不思議に感じない。ふと、虚《うつ》ろにやり過ごすときが、あとから気づいて、ときどきあるだけである。が、しかし、等楊との約束をはたすときが来たのだと、急《せ》かされるような、義務感のような、一種の緊張が心地よく結尼を名のりだしたばかりの佳衣を包んでいる。

「先師、かならず佳衣は、この魯庵と先師の画系を絶やさぬように精進いたします」と、そう毎回誓う。

等楊亡きあと、雲谷晦庵には、秋月や宗淵など生前に早々に魯庵をすでに去った弟子もあったが、画徒の人数は減ることなく増え続け、周徳、等悦、等澤ら十数名の直門の縁のある弟子たちが、終生残った。

これらの直門の弟子入りの経緯はさまざまであろうが、等澤は周文の工房の元画徒であった。同じく、等悦は丹波の人で禅僧であった。周防出身の禅僧では、周徳がいた。もと武人出身者では等遠（丸山藤三郎）、豊後の禅僧であった周孫、大和奈良の宮大工の子であった等春らが等楊の京時代を知る古くからの弟子で、等楊と行動をともにしたか、のちに等楊を慕《した》って西京に下ってきた者らであった、と言われている。また、同郷の誼《よしみ》から弟子入りを許された者として備中の禅僧であった等安がいた。

さらに、大内氏に請われて山口天花に遷移後の弟子としては、周防出身者が最も多く、大内氏の所領であった豊後、豊前、安芸などからの出身者も数人いたとされる。等琳、永怡、等玩、得受、等叔、等薩らがそれにあたるのであろうが、その多くは、やはり禅僧出身者が多かったようである。名前からして、等薩も薩摩出身であろう。秋月との関係が知られている。

秋月は、等楊のあとに企画された遣明船に随員として乗り込んで、入明を果たしたあと、等楊のもとを辞して去った。

等楊は、秋月に別れ際に、求めに応じて描いてあった自讃のある一枚の自画自讃の頂相（自画像）を請われて贈った。延徳二（一四九〇）年のことであった。

そののち、秋月は等楊のように各地を旅して歩き、最後は郷里の薩摩に帰り、福昌寺という寺に入った。秋月は、薩摩藩とのつながりをもった人間であったが、等楊の生涯の友人で、等楊と同乗した遣明船の副使で土官を務めた桂庵玄樹を郷里に督《と》く誘って、玄樹は渡明で蓄えた儒教の朱熹の学籍をもとに起こった薩南学派の創始者となった。

また、同じく大内船の随員として、秋月のあとの遣明船で入明を果たした弟子の等澤も魯庵に残って、よく雲谷庵の運営を陰に日向に助けてくれた。

結尼と改称した佳衣は、先師である主人なき雲谷庵を生涯にわたって守り、図画でも名の知られた等澤、周徳、等悦、等春らや、ほかの若い入門者の面倒をよく見て、ときに図画楼小部屋に出入りして、弟子に山水画の技法や描写の手ほどきをすることもあった。

また、若い通いの修行僧には、牧牛図や漢籍を示して、わかりやすく解説し、日日の修養の涵《かん》養《よう》の大切さを教えた。

これらの弟子は、後年、等楊の画業を継ぐ者として「雲谷派」と呼ばれた。彼らは郷里に戻り縁《ゆかり》の禅寺で禅僧としての勤行のあいまに絵筆を執る、絵仏師と見なされる人が多かった。あるいは、地方の絵仏師として、その確かな画技の腕を買われて独立の方便《たつき》を立てて、勢力のある寺社や有力大名家に出入りを許される者もあったかもしれない。

この時代、京以外に幕府や朝廷や公家に出入りを許されて、画業のみで生業《なりわい》を立てていける画師は僅《わず》かで、のちの宗湛の小栗派やそれを引き継いだ狩野派に代表される画師集団が代々に御用画家として公家や幕府、上級寺社の襖《ふすま》絵や屏風《びょうぶ》絵、貴人の肖像などの絵画需要をほぼ独占していく。ましてや、地方では、有力守護大名などの御用画家として、図画の制作に携われるひとはごく僅かであったろう。しかし、等楊の画業の薫陶《くんとう》を受けて、確かな画技と志を高くして、地方に散っていった弟子の画僧らが、水墨山水画の技法を各地に伝えて、寺院や富裕な郷氏の文化的な興趣を満たしてきたのも確かな事実であろう。

江戸時代から明治大正期までは、地方の長年続く名士や富農の邸宅を訪れると、必ず水墨の山水画や人物画の数本や数幅は、掛け軸や立派な表装画として掲げられているような時代もあった。そこまで、庶世の生活に水墨画は一般化して普及したのである。

等楊亡き後の雲谷庵は等悦（雲峰等悦）を初代の庵主とし、天文六（一五三七）年に次代の庵主を周徳が務めたことが知られている。しかし、天文二十（一五五一）年の大内氏第三十一代当主義隆の戦死で大内氏は廃絶し、代わった毛利輝元によって永禄二（一五五九）年には、雲谷等顔が『山水長巻』とともに雲谷庵を継ぎ、さらにその跡は子の雲谷等益が継いだ。さらに、その後を、雲谷等爾、等璠が引き継いだと言われている。

ただし、雲谷庵に結尼とともに残った数人の直門の弟子らは、毛利公のもとでも、そのまま変わらず魯庵を守り、等楊の画業の継承のために心血を注ぐこととなった。

等楊の在りし時、あれだけの栄耀栄華《えいようえいが》と権勢をほしいままにしてきた西国の雄大内氏のあっけない滅亡を、結尼は複雑な思いをもって受け止めた。そして、涙して犠牲となった父母や恩人の等楊に報告とともに、静かに祈らずにはおられなかった。

もちろん、大名である領主の当主が大内氏から毛利氏に代わっても、等楊の養女である結尼は、尊崇と敬意をもって、新たな毛利家の当主より丁重に迎えられ、雲谷庵と等楊の画脈を、等楊との約束どおり、生涯にわたり守りとおした。

直接に等楊の薫陶を授かることこそなかったが、のちに中央画壇にではなく「雪舟派」を自称する地方で活躍する長谷川等伯らの有名無名の画師が多く現れたことは、まさに結尼が等楊の始めた画業を喧伝して、その意思を継いできたからで、結尼の等楊に始まる画譜と画系を守り、絶やさないように努めてきた結果でもあった。

狩野派とともに、安土桃山時代を代表する絵師とも言われる長谷川等伯の先々代が、等楊の直門の弟子であった等春に学んだとされ、晩年の等伯は自らを雪舟五代と称した。等楊の直弟子の等春は、等楊の没後、時期はよくわからないが、一時、天ノ橋立のある丹後を経て加賀や能登に滞住したことがあった。

また、室町から戦国時代に常陸・東北地方で活躍した画僧であった雪村周継《せっそん》も、等楊の画業から強く影響を受けている。

等楊の生涯の足跡については、不明の点も多いとされるが、没地についても諸説がある。周防山口の天花雲谷晦庵をはじめ、備中の重源寺、石見益田の大喜庵などである。雪舟終焉《しゅうえん》の地とされ、その墓所までが各地に残っている。

おそらく、等楊とのなんらかの由緒を感じるその地の縁者が、等楊の死を我が事のように受け止めて、私的な記録などに留めた結果が諸説の原因であると思われる。

等楊の没した翌年の永正四（一五〇七）年三月、雪舟と長く親交のあった了庵桂悟が雲谷晦庵を訪ね、遺作の「山水画」に、等楊の死を悼《いた》む詩を追賛《ついさん》として書いている。

そこには「牧省は韻《いん》を遺し、雪舟は逝《い》く」とはっきり記されており、同じく長年の友であり後援者であり続けた牧松周省の亡くなる前に、等楊がこの雲谷庵で没したことが記録か《か》れている。

牧松周省は、等楊の死を知り、早々自ら雲谷庵を訪ね、等楊亡き天開図画楼で、その遺作の数々に目を通し、結尼や弟子の等悦、周徳らからの等楊の最期の様子を静かに聞き、絶句し涙が止まらなかったことであろう。等楊の往時をしみじみと偲《しの》んだ。

備中赤浜から始まった等楊の旅も、ついに終焉《しゅうえん》の地で、静かに、かつ穏やかに終えることができた。思えば、小舟で始まったような頼りない旅でもあったし、千里も遠しとしないような確固たる図画の夢旅でもあった。

牧松周省は、等楊の残した遺作の『山水図』の賛に「嶮崖径折繞羊腸　白髪蒼頭歩似従　旧日韋付枯竹短　前朝蕭寺老松長　東漂西泊舟千里　北郭南涯夢一場　我亦相従欲帰去　青山聳處是家郷」と、追悼の七言律詩の漢詩を綴《つづ》っている。

最後の「青山《せいざん》の聳《そび》ゆるところ、これ家郷なり」の「青山」とは青青と緑の生い茂る美しい山山との解釈もできようが、一般的には自身の墓地墓所のことであろう。つまり、墓所と見定めたところが、すなわち、終《つい》の家郷である、といっているのである。

周省は、等楊の入寂を目の当たりにして、同様に自身の死も近いことを覚《さと》った。温和《あたた》かな人柄のにじみ出た周省の、等楊に対する細やかな心遣いがこの漢詩には感じられる。周省は、等楊の同行の士として、陰に日向に等楊と等楊の画業を後援し、支え続けて来た。等楊は約四十年間にもわたって、周省との親交を絶やさず温めてきたのであった。

等楊の思い描く「青山」とは、山水画のなかの高く聳《そび》える、ときに険《けわ》しく、ときに麗《うるわ》しき山山のことでもあろう。等楊の理想とし、辿り着こうとした隠遁者の隠れる山奥の陋屋《ろうおく》は、まさにその「青山」のなかにひっそりとある。

「人間《じんかん》到る処青山あり」とは、月性《げっしょう》和尚の知られた漢詩で、慣用句やことわざの言葉として有名であるが、この「青山」も同意である。

釈月性《しゃくげっしょう》は、ずいぶんあとの江戸時代末期のひとであるが、山口周防遠崎の生まれで、幕末の志士である吉田松陰、久坂玄瑞《くさかげんずい》とも親しい、本願寺派妙円寺の僧でもあったが、自作の七言絶詩「将東遊題壁」(将《まさ》に東遊せんとして壁に題す)に「男児立志出郷関　学若無成死不還　埋骨豈惟墳墓地　人間到処有青山」とある。

男児たるもの、固い志を立てて郷里を後にする以上、もし学芸で身を立てることができなければ、再び帰らない覚悟である。最期に骨を埋《うず》めるのに、なぜ郷里の墓地に壙されることを思うことがあろうか。どこに行こうとも、ひとは骨を埋めるに相応しい青山(墓所)はあるのだから。

思えば、等楊の生涯を賭した旅も、この月性和尚の漢詩の心境に近いかもしれない。

等楊遺作の水墨の『山水図』は、遠くに近くに眺《なが》めていると、ちょっと不思議な感覚に囚《とら》われる墨絵である。

図画の左上側には大きな余白の空間が広がっているが、それを右側下より眺めると、もっと広大な空間が背景に隠されており、それまでを眺めているような錯覚に陥ってしまう。手前の湖水が明るく輝き、遠景の上に、左上の空間にぽっかりと白く輝く靄《もや》のような雲間が二層に渡って立っている。空は大きく解放されている。空白である。画賛のために取られた遙か上部の空白部にも雲間がぽつりぽつりと浮き出している。

右下に配された黒々とした奇岩の突き出し。中央下より右上に伸びる黒い岩肌の山崖。右下より中央へとせり出したV字型の山容。極端なデフォルメや修飾、肉付け、強調がなされすぎている。等楊の意図を感得するべきであろう。

普通、ちょっと考えただけでも、こんな構図の山水画などあり得ない。また、かつて見たこともない。等楊の絵と構図は独特なのである。これが、絵として、山水画として、ちゃんと成立してしまう。考えてみれば、不思議である。なぜこんな構図をとったのか。

想像を逞《たくま》しくしてみよう。等楊の晩年の山水絵画は、見る者にそんな要求さえ突きつける。それがまた、観る者を愉しませ、わくわくとした気持ちにさせる。そして、次作を、また期待させてしまう。

大空を飛び立った鳥の目は、高山を超えて、崖下に広がる人の隠れ住む仙境を捉えた。鳥は気流を捉えて崖すれすれを降りてきたのである。手前の洞窟のなかのような黒い岩肌に触れぬように羽を窄《すぼ》め調え、風に乗り、周囲に注意を払いつつ、仙境に近づきつつある。幾重も連なった山崖をあと一つか二つも飛び超えれば、その目指す仙境の里に入ろう。もう、そんなところまで飛び込んできているのである。

そんな構図に見える。

仙境の外から、境涯の洞窟のようないくつかの懸崖の場所を通り抜けた先、その先のなかの仙境を窺い、かつ遠目に見下ろしている。そんな作者の目を感じてしまう。また、観る者を、そう誘っているのかもしれない。

しかし、仙境の中に入ってしまっても、左上に広がる空間は、仙境内のなおも広い空間の広がりを十分に想像させている。だからこそ、図画左上の開放された空間がいっそう明るく広がりをもって感じられ、錯覚をさせる。遙かな空は、また空白の世界でもある。

目指す仙境は、入れ子になっているようで、入れ子ではない。こんなことを、つい深読みのように想像させる。

思えば「天開」とは、天地開闢《かいびゃく》のとき、その天地の極まった姿でもある。自然とはそうやって成り立っている。山奥、断崖絶壁の果て、その極まった先に、境涯があって、そこが次に広がる仙境への入口ともなっている。そこに踏み入ろうとする者にこそ、見ようによっては、その姿がはっきりと等楊の図画には、覗《のぞ》き窓のように見えているのである。

もう一枚の『山水図』がある。友人の了庵桂悟の永正五（一五〇八）年の題詩が添えられた作品である。こちらの作品も遺作と近い時期に描かれたものである。

こちらの図画は、前者の作品よりも、もっとわかりやすい構図を取っている。

手前に大きく画面を塞《ふさ》ぐように、急角度にせり出した岩崖は、まことに安定を欠くほどの質量を持っており、件《くだん》の不自然な逆三角の岩崖の配置である。崖頂上には松樹が狭額ほどの場所を取り合うように生え出ている。等楊の手にかかれば、こんな一見、非日常、非常識な山水が図画として成立してしまうのが不思議である。

こうした岩崖が背後に幾重にも連なっており、崖に沿って葛折《つづらお》りのひとの一人通れる細い側道が、ずっと奥まで延びており、険しい隘路《あいろ》であることを想像させる。その道の遠い先にはうっすらと霞んで四阿《あずまや》のような庵が見える。

こうした懸崖の列なる険しい岩山を幾つも飛び越えた先には、まるで等楊の雲谷庵と見紛うような仙境の地に結ばれた、奥山に分け入り、俗世からの逸離を目論《もくろ》むひとも通う別庵が、上空より遠くに見えているのである。眼下には、休憩所らしき建屋が置かれており、寄り合う人や向かって来る馬上の人が見える。「訪友」と呼ばれる人の姿である。湖水を渡る舟の停泊地もあり、そこから湖に漕ぎ出そうとする人もある。

等楊は、水墨山水の図画師として、風雅美麗にして秀優なる自然（山水）を細部にわたって観察し、そのすべてを愛《め》で尽くさずにはおれなかった。逆に、自然は、その報《むく》いとして、その嗜愛《しあい》者にのみ、天地開闢のとき以来の無垢《むく》の姿を、そっと、しかも大胆に、開陳してくれるものであるらしい。

仁者は山を楽しみ、知者は水を楽しむ。等楊にはそのことがよく分かる。山と水（山水）をこころから慈《いつく》しみ、かつ楽しむ図画師は、おのれの図画に真剣に向き合うとき、仁者ともなり、知者ともなる。

山水世界の仙境へと分け入ろうとする従者を連れた旅装束や驢馬《ろば》に跨《また》がる「訪友」の姿は、等楊自身の姿でもあろう。それと同時に、観る者をその同じ世界に誘う「誘い人」でもある。こうした画題は『訪友画』とも呼ばれる。

その「訪友」の辿るであろう奥山へと続く狭い道は、険路であるにもかかわらず、途中途切れてなくなることはない。じつに、丹念に描きだされている。仙境の目的地へ迷わず辿り着くためであろう。また、途中に、一休みできる四阿《あずまや》も置かれている。

その人が訪ねる友人は、もちろん深山幽谷の仙境に暮らす世俗との絶縁を誓って日日に修行に励む逸世隠遁の者である。また、その世俗を離れた隠栖《いんせい》者の住む場所こそが丘壑《きゅうがく》と呼ばれる。かつて、黄山谷（庭堅）は、作詩に「胸中原自有丘壑」と詠《うた》った。つまり、我が心身を俗塵《ぞくじん》から遠ざけて、山水境に置く、と嘆じた。

そこには、世間や煩《わずら》わしい生活や人間関係に惑わされることのない寧楽、憧れの人の姿、希求された寓庵、桃源の住処《すみか》がある。たがいに会った後には、久闊《きゅうかつ》を叙し、楽しい会話や酒宴が始まり、詩歌が披露《ひろう》され、自然に舞が繰り出されるのであろう。

等楊の山水画自体が、極楽浄土へと死後の世界観を指し示す曼荼羅《まんだら》の仏画のように、訪友を迷わせることのない辿るべき道筋を指し示す絵巻となっているのだ、とも解釈できよう。

そして、墨筆で丹念に描きだされた山水世界は下界の風景であり、空白が上空を支配している。上空の空白は、画賛や詩歌を載せるための空白でもある。

等楊が、自身の図画に、写実的に描きだされるもの以上に、図画には伝えうることが出来るなにかがあると信じて、いっしんに取り組んだひとつの結果が、この山水画の世界観であるとは言えまいか。
「朋有り、遠方より来たる、また楽しからずや」と言った古人の言葉や『三笑図』のような屈託《くったく》のない楽しい笑福の出来事が想像される。竹林で酒を飲み交わし清談に耽った中国三国時代末の阮籍《げんせき》ら「竹林の七賢」の世界観でもあろうか。

雪舟筆『秋冬山水図（冬景図）』という、等楊の晩年に近い教科書にも載る有名作品がある。もともと「四季山水図」四幅中の一幅で、秋景と冬景の二幅がいまに残っている。

この冬景図は、中央からやや左寄りに切り立った険しい雪山の突き出した岩崖が一本線で逆筆で地から天へと力強く縁取られており、その墨線がなんとも不思議な味を演出している。わざと、実景でない想像世界であることを宣しているようである。まるで、雪山というよりは雪氷渓谷の風景である。突き出しの雪岩は、透き通る様な肌面を備えており、なにかの風景を壁面に反射し写しだしているようにすら見える。見ようによって、さまざまに観ることが出来る。

この凍《こご》えるようなクリスタルな灰色のトーンの雪世界の左中央奥にも寓庵が高く置かれている。その隠栖者の住むであろう借寓に辿り着くまでの段道が丁寧に刻まれており、ひとりの雪除け用であろう庇《ひさし》の長い帽子と長い藜杖《れいし》を持って昇っていく「訪友」の姿が見える。訪友は、険路、かつ隘路《あいろ》にもかかわらず迷わず寓庵に辿り着くことが出来るであろうという、安堵感のような、確信のようなものが感じられる。訪友の日日暮らす現世と逸世隠遁者の隠れ住む仙境は、まったく隔絶された世界としてではなく、一本の段道によって繋がっており、行き来が出来るようになっているのである。

等楊の死を知って、二年後の牧松周省のあとに、東福寺でともに親しく若き日日に修行に励んで、のちに住持も務めた了庵桂悟が、ややあって山口の天花に訪ねてきた際には、直前に画賛を書いた、かの牧松周省も等楊の後を追うように亡くなったことを、遺作の追賛に記している。

賛《さん》とは、東洋画において、主に鑑賞者によって作品に書き加えられ、書作品また文芸作品として、もとの作品の一部とみなされる鑑賞文、賛辞である。絵画作者自らが賛を書くことを自画自賛ともいう。

了庵桂悟は、山口天花の在《あ》りし日の等楊の山水画の画業と由来を示した『天開図画楼記』を記してくれた、等楊のことを最もよく知る友人のひとりでもある。

このたびは、了庵桂悟は、第十五次の大内氏の参加する遣明船に幕府の正使として乗り込むために、途次、この周防山口天花の地を訪れて雲谷庵に立ち寄った。永正四（一五〇七）年三月、了庵桂悟が八十三歳のときのことであった。

そして、等楊亡き後、雲谷庵を守る結尼らの勧めで、等楊の遺《のこ》した『山水画』の周省の画賛のあとに追賛を記した。

「牧省は韻《いん》を遺《のこ》し、雪舟は逝《い》く、天末の残涯に春夢驚く」と、了庵桂悟は最後に力強く記している。

ああ、かの牧松周省はこの図画に魅了されて作者を讃えて名詩を残したが、いまはもう亡い。この図画を描いた雪舟本人も、その前に、すでに逝ってしまっている。なんということか。

桂悟のふわっと降って湧いたような嘆きが直《じか》に聞こえるようである。

しかも、よくよく、等楊の絶筆ともなった『山水図』を見て、その印象に、さらなるすなおな驚きを桂悟は隠さない。

「層巒畳嶂　剣鋩矗　極浦廻塘　屏障横　経路岩隈　蟠繚繞　楼台樹蔭　聳崢嶸」

了庵桂悟の七言絶句の漢詩の内容や、平仄《ひょうそく》の声調のリズムもさることながら、その筆遣いは、感情のほとばしりからか、強く荒荒しくも感じる。

まるで、等楊の描く山水画の険しき峰巒《ほうらん》や絶壁懸崖の大岩の剥《む》き出しの山山のようでもあり、一方の周省の穏やかな細い筆致と比べると、それは明らかな険しい筆致であることがわかる。

たがいに対照的とも思えるが、禅宗の厳格な修行者らしい了庵桂悟の見立ての反映でもあろう。つまり、等楊の画業全般を、丘壑《きゅうがく》、つまり山水世界の新たな境地と明るい地平を切り開くために厳しい研鑽《けんさん》を積み、人を寄せ付けぬほどの険しき道なき道を辿ってきた修道者に見立てて、等楊の描いた山水の急峻たる風景の様を、この世で知りうる言葉の限りを尽くして、記録として漢詩で残そうとしたのであるかもしれない。

しかし、等楊の、その独創的な画業と比べると、等楊の穏やかな図画に向き合う姿勢は、また、まったく対照的とも見える。切り立った荒荒しい、いまにも崩れ落ちそうな奇岩、険しい岩崖のなかにも、ひっそりと隠栖者の隠れ住む簡素であるが生活の温もりのある山荘が結ばれ、その隠れ家のような住処に向かうひとの営みが見え隠れしている。

おそらく、この「深山幽谷」で、庵を結び、世を避け、日日の修行に興じる逸世人が暮らす住処《すみか》であろう。

湖面にぽっかりと浮かぶ帆船には船上のひとの姿がある。漁夫であるのか、または湖上の景色を観賞する風趣のひとであろうか。

等楊にとっての極まった自然（山水）とは、力強い線と筆致で紡《つむ》ぎ出される巨大な黒々とした岩山や断崖絶壁のさきにある。形のよい松樹や成長した木々がしっかり根を張る僅かな岩肌より立派な枝振りを見せており、岩間を縫《ぬ》うように訪友の通う崖道が続く。明るい湖水に霞む近くに遠くに浮かぶ山容。険しい路の先にある途次休息を取るための四阿《あずまや》が途中途中に置かれている。厳しい自然に挑むにしては、分け入ろうとする訪友への配慮が十分に感じられる。この落差が、お伽《とぎ》の国を覗き込むような寛《くつろ》ぐような柔らかさを印象づけている。この山水図画には、自然の強さと柔らかさ、険しさと穏逸とが渾然《こんぜん》一体となって調和されているのである。

等楊が最期に目指した図画世界は、そのようなありかたであるのかもしれない。

中国の遙《はる》かむかし、春秋期を生きた孔子というひとは、自身や人びとの生活の身近なところから、知慧や真実や道理を見つけることの達人であった。「下学上達」とは、そのことを言っている。孔子の遺した言葉が、それを読んだり知った人のこころに残るのは、こうした理由によると思われる。

また、身近なところから掘り出された珠玉の智慧や真実やものの道理を、逆に今度は、卑近《ひきん》な自身の生活や行動のなかで積極的に当てはめ生かそうとする、その発想法を孔子は「近思」と呼んだ。孔子の弟子の子夏が、そう伝えている。

たとえば、こうである。

「黙而識之、学而不厭、誨人不倦、何有於我哉」

等楊の立場になぞらえて言えば、次のごとくであろう。

画技や図画上のことで、わからないことがあると、黙ってそのことをよく覚えておく。そして、あとで納得いくまでわかろうとして、自分から徹底的に手習いで学習する。つまり、書を読み、また師や親・先輩・友人に教えを請うて学び、かつ自身で食事を忘れるほどに、寝る間も惜しんでまでも考え抜く。また、考えつつ学ぶ。そして、学びつつ、また考える。

そうして、わかったことや身についたと思ったことや知識を、今度はひとにわかるまで教えてあげる。そうすることで、はじめて自分の知識への理解も深まり、わからなかったことでも自分の知恵や手慣れた技能として真に身につくものである。

それが、いつもわたしが普段にやっている図画の学習法というものだよ。おまえも、見習うとよい。

こんなことを老長、こと長有声は、近思の一例として等楊に教えた。そして、等楊は素直に従い、自身の生活や画業のなかに生かそうと努めてきた。

自らも、生涯の同行の一画徒であり、そして、弟子たちにも、佳衣にも、そのようにあろうと努め、指導してきた。

等楊の、図画に向き合う姿勢は、その生涯を通してみると、禅余の画戯とは一線を画してきた。

等楊の図画に画賛を寄せ、題詩を添えてきた禅僧のなかには、そのことに気づき、等楊の画業をこころより応援してきた得度得徳の篤師もあった。

等楊のいまに残る多くの図画作品の上余白（空白）に寄せられた画賛や添付された漢詩を見れば、それがわかる。画賛や漢詩も、等楊の図画作品の一部と見做されよう。

また、等楊は、弟子らと対等に、且つ真剣に接し、画業の啓発研鑽《けいはつけんさん》の日日の大切さをなん度も、等悦や宗淵らに宛てた私信に述べている。

その孔子は、人生は「楽に成る」といい、その人生を豊かに過ごすためには「知好楽」を知るひとでなければならぬ、と言った。知識欲や学習欲が尽きず、つねに「好きこそものの上手なれ」の倣《なら》いで好奇心をもって、人生を楽しみ謳歌《おうか》できるひとこそ、そのひとの人生は完成に近づくことができる、と言ったのである。

おそらく、等楊の生涯も最期は、楽に成った、と信じられるであろう。

（了）

雪舟関連図画作品一覧

■雪舟（一四二〇年生—一五〇六年没）　関連図画作品

「**四季山水図**」四幅（一四六八年作　北京　四十九歳）　東京国立博物館所蔵　【**重文**】

「**育王山・金山寺図**」（一四七二年作　模写・狩野常信　五十三歳）

「**安世永全像**」（一四七三年作　五十四歳）　紛失

「**倣高克恭　山水図巻**」（一四七四年作　等悦に与える　五十五歳）　山口県立美術館所蔵　【**重文**】

「**鎮田滝図**」（一四七六年作　模写・狩野常信　五十七歳）　京都国立博物館所蔵

「**三条公敦像**」（一四七九年作　六〇歳）　紛失

「**益田兼堯像**」（一四七九年作　竹心周鼎賛　六〇歳）　益田市立雪舟の郷記念館所蔵　【**重文**】

「**琴高列子図**」（一四八〇年作　六十一歳）　紛失

「**金山寺図**」（一四八一年作　万里集九に贈る　六十二歳）　弗通寺所蔵

「**陶弘護像**」（一四八四年作　六十五歳）　紛失

「**蔗庵図**」（一四八六年作　希弘大叔に贈る　六十七歳）　紛失

「**四季山水図巻（山水長巻）**」（一四八六年作　六十七歳）　毛利博物館所蔵　【**国宝**】

「**山水図巻（山水小巻）**」（一四八七年作　六十八歳）　京都国立博物館所蔵　【**重文**】

「**黄山谷像**」（一四八九年作　万里集九賛　七〇歳）　紛失

「**雪舟自画像**」（一四九〇年作　秋月に与える　模写　七十一歳）　藤田美術館所蔵　【**重文**】

「**花鳥図屏風**」（一四九〇年作　万里集九跋　七十一歳）　前田育徳会所蔵

「**猿猴・鷹図屏風**」（一四九一年作　七十二歳）　紛失

「**破墨山水図**」（一四九五年作　宗淵に与える　七十六歳）　東京国立博物館所蔵　【**国宝**】

「**慧可断臂図**」（一四九六年作　七十七歳）愛知県常滑市・齋年寺所蔵、のちに京都国立博物館に寄託　**【国宝】**
「**全岩東純像**」（一四九六年作　七十七歳）瑠璃光寺所蔵
「**杜氏美図**」（一四九八年作　七十九歳）松永記念館所蔵
「**渡唐天神像**」（一五〇一年作　八十二歳）岡山県立美術館所蔵
「**天橋立図**」（一五〇一年作　八十二歳）京都国立博物館所蔵　**【国宝】**
「**寿老図**」（一五〇二年作　八十三歳）ボストン美術館所蔵

■その他　制作年不詳の雪舟の図画作品

「**山水図**」（拙宗等揚筆　龍崗真圭題詩）京都国立博物館所蔵　**【重文】**
「**山水図（溌墨）**」（拙宗等揚筆　以参周省ほか題詩）正木美術館所蔵　**【重文】**
「**芦葉達磨図**」（拙宗押印　竺心慶仙賛）マサチューセッツ州・スミス・カレッジ美術館所蔵
「**溌墨山水図**」（拙宗等揚筆）根津美術館所蔵
「**溌墨山水図**」（雪舟筆　龍巣恵徹賛）菊屋家住宅保存会所蔵
「**溌墨山水図**」（雪舟筆　景徐周麟賛）出光美術館所蔵
「**三教蓮池図**」（拙宗等揚筆）ボストン美術館所蔵
「**四季山水図**」四幅（雪舟筆　渡明以前作）石橋財団ブリヂストン美術館所蔵　**【重文】**
「**秋冬山水図**」二幅（雪舟筆）東京国立博物館所蔵　**【国宝】**
「**倣夏珪　夏景山水図**」（雪舟筆）個人所蔵　**【重文】**

「**倣夏珪　冬景山水図**」（雪舟筆）　個人所蔵　**【重文】**
「**倣夏珪　山水図**」（雪舟筆）　個人所蔵、のちに山口県立美術館寄託
「**倣玉澗　山水図**」（雪舟筆）　岡山県立美術館所蔵　**【重文】**
「**倣李唐　牧牛図（牧童）**」（雪舟筆）　山口県立美術館所蔵　**【重文】**
「**倣李唐　牧牛図（渡河）**」（雪舟筆）　山口県立美術館所蔵　**【重文】**
「**倣梁楷　黄初平図**」（雪舟筆）　京都国立博物館所蔵　**【重文】**
「**湖亭春望図**」（雪舟筆　天与清啓題詩）　吉川資料館所蔵
「**山水図**」（雪舟筆　李蓀、朴衡文題詩）　香雪美術館所蔵　**【重文】**
「**山水図**」（伝雪舟筆　了庵桂悟題詩）　個人所蔵
「**山水図**」（雪舟筆　牧松周省／了庵桂悟賛）　個人所蔵　**【国宝】**
「**国々人物図巻**」（伝雪舟筆）　京都国立博物館所蔵
「**唐土景勝図巻**」（伝雪舟筆）　京都国立博物館所蔵
「**山寺図（楊岐庵図）**」（模写・狩野常信　村庵霊彦題詩）　東京国立博物館所蔵
「**富士清見寺図**」（伝雪舟　詹仲和題詩）　永青文庫所蔵
「**四季花鳥図屏風**」（雪舟筆）　京都国立博物館所蔵　**【重文】**
「**四季花鳥図屏風**」（伝雪舟筆）　個人所蔵（東京国立博物館所蔵）　**【重文】**
「**梅花寿老図**」（伝雪舟筆）　東京国立博物館所蔵
「**釈迦八相図**」（伝雪舟筆）　壬生寺所蔵
「**毘沙門天図**」（伝雪舟筆）　相国寺承天閣美術館所蔵　**【重文】**

「**流書手鑑**」（模写・狩野常信） 東京国立博物館所蔵

■雪舟庭 おもな庭園

「**旧亀石坊庭園**」 福岡県田川郡添田町 英彦山 **【名勝】** 雪舟四大庭園の一つ

「**魚楽園**」福岡県田川郡川崎町 **【名勝】**

「**吉峯家雪舟庭**」 大分県中津市山国町中摩

「**常栄寺**（**旧妙喜寺**）」 山口県山口市宮野下 **【国の史跡及び名勝】** 雪舟四大庭園の一つ

「**普賢寺**」 山口県光市室積

「**医光寺**（**旧崇観寺**）」 島根県益田市染羽町 **【国の史跡及び名勝】** 雪舟四大庭園の一つ

「**萬福寺**」 島根県益田市東町 **【国の史跡及び名勝】** 雪舟四大庭園の一つ

「**小川家雪舟庭園**」 島根県江津市和木町

「**西方院跡**」 広島県廿日市市宮島 大聖院付近

「**芬陀院**」 京都府京都市東山区 東福寺

■中国有名図画師　本書関連図画作品

呉道玄（六八〇―七五九年？）　唐代玄宗期に活躍　「画聖」と称せられる
「送子天王図」
「天王図」
「八十七神仙図巻」

李思訓（六五一―七一八年）　唐代玄宗期に活躍　北宗画（北画）の祖
「江帆楼閣図」

項容（生没年不詳）　江南水墨山水画の祖
「蓮花図」

荊浩（生没年不詳）　唐末五代後梁の華北山水画の祖　画論『筆法記』
「匡廬図」　台北国立故宮博物院所蔵
「雪景山水図」　カンザスシティ・ネルソン・アトキンズ美術館所蔵

関同（生没年不詳）　五代後梁の山水画家　荊浩に学ぶ
「関山行旅図」
「山谿待渡図」
「秋山晩翠図」　台北国立故宮博物院所蔵

董源（生没年不詳）　五代・宋初の山水画家　南宗画の祖
「夏景山口待渡図」
「寒林重汀図」　黒川古文化研究所所蔵
「瀟湘図巻」　北京故宮博物院所蔵
「溪岸図」
「夏山図」
「龍宿郊民図」

巨然（生没年不詳）　五代・宋初の山水画僧　董源とともに南宗画の祖
「蕭翼賺蘭亭図」
「溪山蘭若図」　クリーブランド美術館所蔵
「秋山問道図」
「層崖叢樹図」　台北国立故宮博物院所蔵

李成（九一九―九六七年）　五代・北宋初の山水画家
「茂林遠岫図巻」　遼寧省博物館所蔵
「晴巒蕭寺図」　ネルソン・アトキンス美術館所蔵
「小寒林図」
「喬松平遠図」　三重県澄懐堂美術館所蔵
「読碑窠石図」

范寛（生没年不詳）　北宋期の山水画家
「渓山行旅図」　台北国立故宮博物院所蔵
「雪山楼閣図」
「雪景山水図」
「臨流独坐図」　台北国立故宮博物院所蔵

郭煕（一〇二三?—一〇八五?年）　北宋神宗期の待詔　李成とともに山水画の重要人物
「早春図」（一〇七二年作）　台北国立故宮博物院所蔵
「渓山秋霽図巻」
「樹石平遠図巻」
「窠石平遠図」

米芾（一〇五一—一一〇七年）　北宋代の書画の変革者
「春山瑞松図」　台北国立故宮博物院所蔵

李唐（一〇五〇?—一一三〇?年）　南宋院体山水画の先駆者
「万壑松風図」（一一二四年作）　台北国立故宮博物院所蔵
「江山小景図巻」
「長夏江寺図巻」
「奇峰万木図」
「文姫帰漢図」

「山水図」　京都高桐院所蔵
「晋文公復国図巻」　メトロポリタン美術館所蔵
「採薇図巻」　ワシントン市・フリーア美術館所蔵

夏珪（生没年不詳）　南宋院体画の巨匠
「渓山清遠図巻」　台北国立故宮博物院所蔵
「山水十二景図巻」　カンザスシティ・ネルソン・アトキンス美術館所蔵
「観瀑図」
「竹林山水図」
「渓山無尽図巻」（伝）　台北市・国立歴史博物館所蔵
「江頭泊舟図」
「風雨山水図」　ボストン美術館所蔵
「山水画」　東京国立博物館所蔵

馬遠（生没年不詳）　南宋院体画の大家
「華燈侍宴図」
「禅宗祖師図」
「十二水図」　北京故宮博物院所蔵
「楊柳山水図」
「踏歌図」
「渓山行旅図巻」（伝）　ワシントン市・フリーア美術館所蔵

「清涼法眼像」「雲門大師像」　京都、天竜寺所蔵
「西園雅集図巻」　カンザスシティ・ネルソン・アトキンス美術館所蔵
「洞山渡水図」東京国立博物館所蔵
「風雨山水図」東京・静嘉堂文庫所蔵
「寒江独釣図」東京国立博物館所蔵
「山水図」　ＭＯＡ美術館所蔵
「山水図」　大徳寺龍光院所蔵

牧谿（生没年不詳）　南宋元初期の画僧、鎌倉・室町期に日本で最も評価された

「瀟湘八景図巻」（「漁村夕照」「山市晴嵐」「煙寺晩鐘」「瀟湘夜雨」「江天暮雪」「平沙落雁」「洞庭秋月」「遠浦帰帆」）
「漁村夕照図」　根津美術館所蔵
「煙寺晩鐘図」　畠山記念館所蔵
「蜆子和尚図」　個人所蔵
「龍虎図」　大徳寺所蔵
「羅漢図」　静嘉堂文庫美術館所蔵
「観音猿鶴図」　大徳寺所蔵
「洞庭秋月図」　徳川美術館所蔵
「平沙落雁図」　出光美術館所蔵
「遠浦帰帆図」　京都国立美術館所蔵
「写生蔬果図巻」　台北国立故宮博物院所蔵
「芙蓉図」　大徳寺所蔵

「老子図」　岡山県立美術館所蔵

梁楷（生没年不詳）　南宋院体画の画院待詔、人物画の減筆体の創始者
「雪景山水図」　東京国立博物館所蔵
「出山釈迦図」　東京国立博物館所蔵
「李白吟行図」　東京国立博物館所蔵
「六祖截竹図」　東京国立博物館所蔵
「六祖破経図」
「溌墨仙人図」　台北国立故宮博物院所蔵
「八高僧図巻」
「黄庭経神像図巻」
「沢畔行吟図」　メトロポリタン美術館所蔵

米友仁（一〇七四―一一五三年）　父の米芾とともに米法山水の祖
「雲山図巻」（一一三〇年作）　メトロポリタン美術館所蔵
「遠岫晴雲図」（一一三四年作）　大阪市立美術館所蔵
「瀟湘図巻」（一一三五年以前作）　上海博物館所蔵
「瀟湘奇観図巻」　北京故宮博物院所蔵

玉澗（生没年不詳）　南宋末の画僧
「遠浦帰帆」

「山市青嵐図」　出光美術館所蔵
「瀟湘八景図巻」　個人所蔵
「廬山図」　個人所蔵

高克恭（一二四八―一三一〇年）
「墨竹坡石」
「雲山図」
「方棹吟秋」
「秋山暮靄」
「雲横秀嶺図」　台北国立故宮博物院所蔵

黄公望（一二六九―一三五四年）　元末四大家中で一番の影響力を持った
「天池石壁図」軸（一三四一年作）　北京故宮博物院所蔵
「渓山雨意図巻」（一三四四年作）
「九珠峰翠」軸（一三四六‐八年作）　台北国立故宮博物院所蔵
「富春山居図」巻（一三四七‐五〇年作）　台北国立故宮博物院所蔵
「剰山図（「富春山居図」の前半断片）」巻（一三四七‐五〇年作）　浙江博物館所蔵
「剡渓訪戴」軸（一三四九年作）　雲南省博物館所蔵
「九峰雪霽図」軸（一三四九年作）　北京故宮博物院所蔵
「丹崖玉樹図」軸　北京故宮博物院所蔵
「快雪時晴図」巻　北京故宮博物院所蔵

「富春大嶺図」軸　南京博物院所蔵

倪瓚（一三〇一―一三七四年）　元末四大家の一人
「漁荘秋霽図」（一三五五年作）　上海博物館所蔵
「幽磵寒松図」　北京故宮博物院所蔵
「容膝斎図」（一三七二年作）　台北国立故宮博物院所蔵

呉鎮（一二八〇―一三五四年）　元末四大家の一人　文人画家
「洞庭漁隠図」（一三四一年作）
「漁父図」（一三四二年作）　台北国立故宮博物院所蔵
「嘉禾八景図」
「風竹図」（一三五〇年作）
「墨竹冊」（一三五〇年作）

王蒙（一三〇八―一三八五年）　元末四大家の一人
「夏山隠居図」（一三五四年作）
「青卞隠居図」（一三六六年作）　上海博物館所蔵
「具区林屋図」（一三六八年作）　台北国立故宮博物院所蔵

戴進（一三八八―一四六二年）　浙派の創始者
「帰田祝寿図巻」（一四〇七年作）　北京故宮博物院所蔵

「禅宗達磨至慧能六代祖師巻」　遼寧省博物館所蔵（「慧可断臂図」のモデルとされる）
「春遊晩帰図」　台北国立故宮博物院所蔵
「夏山避暑図」（一四四〇年）
「風雨帰舟図」（一四四一年）　台北国立故宮博物院所蔵
「松岩蕭寺図」
「漁楽図巻」　ワシントン市・フリーア美術館所蔵
「携琴訪友図巻」（一四四六年）
「春山積翠図」（一四四九年）
「雪景山水図」（一四五二年）　北京故宮博物院所蔵
「山水図巻」（伝）　広州芸術博物院所蔵
「長松五鹿図漁楽図」　台北国立故宮博物院所蔵
「長江万里図」　北京故宮博物院所蔵
「関山行旅図鐘馗夜游図」　北京故宮博物院所蔵

李在（?—一四三一年）　浙派の大家
「帰去来図巻」（一四二四年作）　遼寧博物館所蔵
「闊渚晴峰図」　北京故宮博物院所蔵
「雪景山水図」　京都・個人所蔵
「琴高乗鯉図」　上海博物館所蔵
「山荘高逸図」
「米氏雲山図」

「萱草花図」
「山水図」　東京国立博物館所蔵
「山村図」

沈周（一四二七―一五〇九年）　呉派、および南宗文人画中興の祖、明四大家の一人
「廬山高図」（一四五七年作）　台北国立故宮博物院所蔵
「策杖図」　台北国立故宮博物院所蔵
「采菱図」（一四六六年作）
「倣大癡山水図」（一四九四年作）　上海博物館所蔵

董其昌（一五五五―一六三六年）　南宗画（文人画）を定義付けた、明四大家の一人
「婉孌草堂図」（一五九七年作）　台北・個人所蔵
「送李愿帰盤谷図巻」（一六〇六年作）
「高逸図」（一六一六年作）　北京故宮博物院所蔵
「仿董源青弁山図」（一六一七年作）　クリーブランド美術館所蔵
「丁巳九月山水図」（一六一七年作）　ヴィクトリア国立美術館所蔵
「江山秋霽図」（一六二四年作）　クリーブランド美術館所蔵

資料製作協力　清水 貴子氏

【著者紹介】
古林 青史（ふるばやし・あきふみ）

山口県宇部市生まれ。山口大学文理学部文学科卒業。IT企業勤務を経て起業独立し、食品等の輸入販売業を営む。廃業後、中国古典や歴史などを題材に創作を行う。現在、埼玉県三郷市に在住。

E-mail : linling.co,ltd@jcom.zaq.ne.jp

天開《てんかい》の図画楼《とがろう》――雪舟等楊《せっしゅうとうよう》御伽説話《おとぎせつわ》

2020年6月21日　初版第1刷発行

著　　者　古林 青史

発 行 者　関根 正昌

発 行 所　埼玉新聞社
〒331-8686 さいたま市北区吉野町2-282-3
電話 048-795-9936（出版担当）

印刷・製本　株式会社クリード

©Akifumi Furubayashi 2020 Printed in Japan
本書の無断複写・複製・転載を禁じます。

ISBN978-4-87889-512-8 C0093
※定価はカバーに表示してあります